미나리스
“자, 저의 무료함을 달래줄 거죠?
우훗, 우후훗.”

슈리아
“달구경은 나중으로 미루겠어요.
분명, 붉은 피는 이 하늘에서
더욱 돋보일 거예요.”

"나의 이름은 레티시아.
초절 프리티한 이름이 아니더냐?"
마 왕
레 티 시 아 루 우 헐 스 톤

두 번째 용사는 복수의 길을 웃으며 걷는다

3

~꿈을 잃은 마술사~

키즈카 네로
Kizuka Nero

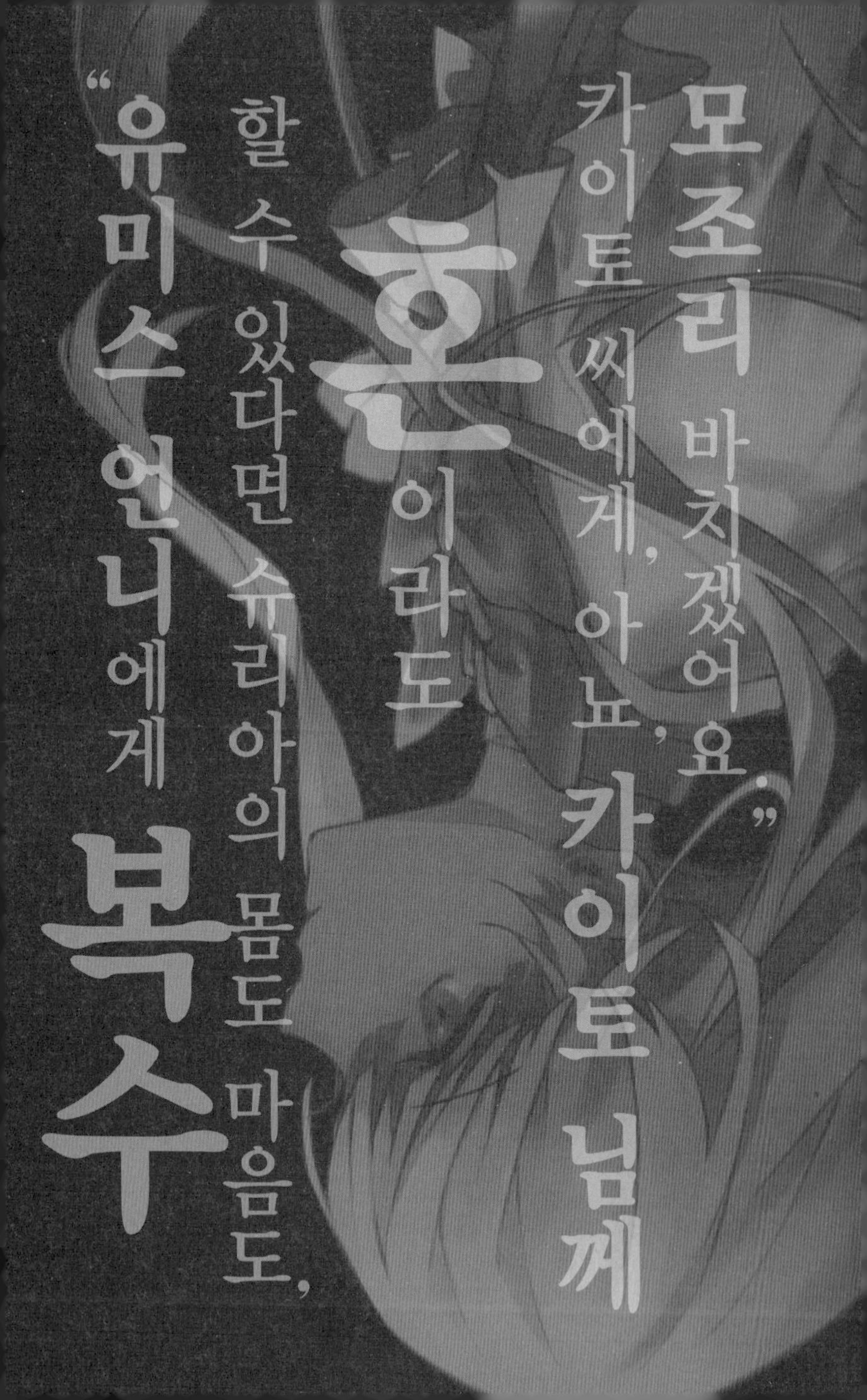
"유미스 언니에게 복수
할 수 있었다면 슈리아의 몸도 마음도,
혼이라도
카이토 씨에게, 아뇨, 카이토 님께
모조리 바치겠어요."

"각오하세요.
괴롭고 또 괴로워해도
치유해드리죠."

프롤로그

“하느님, 제발 슈리아의 여동생을 도와주세요…….”

오늘도 저는 마을 예배당에서 기도를 올립니다.

셀미가 병에 걸리고 나서 이렇게 매일매일 하느님께 기도했습니다.

그래도 동생이 걸린 희귀병을 치료하려면 무척 값비싼 약이 필요한 탓에 슈리아가 아무리 노력해도 도저히 금액을 마련할 수가 없었어요.

유미스 언니는 그런 때에 나타났습니다.

“어머나, 상상보다 훨씬 귀여운 아이였구나.”

“네에?”

“네가 슈리아지? 만나서 반가워. 나는 유미스, 네 언니란다.”

당황하는 슈리아의 뺨에 손을 가져다 대고 유미스 언니는 다정하게 미소 지었죠.

“여태 힘들었겠네. 장하구나, 슈리아.”

그 말이 슈리아는 기뻤답니다.

……많이, 기뻤었죠.

제1장 악마를 먹는 소녀

“『오오오? 뭔가 잘 모르겠는데 네 녀석, 꽤 괜찮은 혼을 가지고 있군. 왠지 어디에서 본 적이 있는 듯싶기도 한데. 으음, 뭐, 상관없나. 맛있어 보이니까. 겸사겸사 너도 먹어 치워주마.』”

“하, 거 고맙군. 천사의 허튼소리보다는 훨씬 신용이 간다. 전혀 기쁘지는 않지만.”

악마의 말에 코웃음으로 답하고 손에 든【심화(心火)의 영검(靈劍)】을 다시 힘주어 잡았다.

“『그건 그렇고 가차 없으시군. 이 몸의 팔이 아예 떨어져 나갔잖나. 어지간한 검사가 이런 짓은 못할 터인데.』”

“별문제 없잖아? 너희에게 몸뚱이 따위 허울에 불과하니까.”

“『응? 동포와 만난 적이 있는가? 딱히 괜찮은 눈동자를 갖고 있지도 않을 텐데?』”

악마란 정령의 일종이다.

정령은 마력 덩어리가 의사를 지니고 있는 개체이고, 마법의 기본 속성과 마찬가지로 화 · 수 · 풍 · 토 · 광 · 암까지 여섯 가지 종류가 존재한다. 인간의 적성과 달리 무와 계통 외는 존재하지 않았다.

다만 꼭 그 대신이라는 것은 아니지만, 이렇듯 속성 정령들과 다른 별개의 부류로서 『천사』와 『악마』가 존재한다.

어느 쪽도 양극단에 있는 녀석들이고 개인적으로는 어느 한쪽에도 호감이 들지 않는다만, 지금 중요한 것은 눈앞의 괴물이 바로 『악마』라는 사실이다.

"예전에 좀 이래저래 겪어봤거든. 그나저나 너희에게 동포 따위는 없을 텐데?"

"『오오, 그야 그렇지. 동종일지언정 동포는 아니고말고. 그래서? 그렇게 잘 아는 인간이라면 이런 공격이 의미 없다는 것쯤 뻔히 알겠지?』"

히죽, 미소 띤 악마의 팔이 재생된다.

지면에 떨어진 두 개는 공기 중으로 쓱 흩어졌다. 아마도 몸에 거두어들여서 재생했겠지.

"어, 어째서……."

목소리를 낸 사람은 슈리아였다. 시선을 돌렸더니 흙이 훤히 드러난 맨바닥을 굴러서 옷이 더러워진 슈리아가 보였다.

"영입 제안을 하기도 전에 죽으면 곤란하거든. 잠깐 얌전히 기다려라."

그 말만 하고 시선을 악마에게 되돌렸다.

"뭐, 그렇게 됐다. 너 말이야, 조금 방해되네. 사라져줄래?"

그렇게 말한 뒤 다시 손에 든【심화의 영검】을 악마에게 겨눴다.

"가능하면 마력 소비는 억제하고 싶거든. 지금 당장 사라지겠다면 못 본 척해줄 수도 있다만?"

"『도망치라고? 이 몸께서? 이봐, 농담 적당히 하게나. 대체 어째서 줄행랑을 쳐야 하는가? 이리 맛있는 식사가 눈앞에 차려져 있는 귀한 기회를 두고 말이야.』"

"그런가, 그러면……. 죽어라."

【심화의 영검】에 마력을 쏟아 불을 밝힌다.

내 마력을 먹은 칼날이 푸른 불꽃으로 제 몸을 감쌌다. 살랑, 불꽃이 흔들리는 동시에 몸을 빼냈던 악마의 오른팔 끝을 베어 날렸다.

뚝 떨어진 악마의 팔과 절단면에서 파르께한 불꽃이 피어오른다.

"『어이쿠, 자네 말이야. 마검사였나? 어쨌든 유감이군. 말했을 텐데? 그렇게 다 꺼져 가는 불꽃으로 이 몸의 신체는…….』"

악마의 말은 모조리 무시한 채 지면에 떨어져 있는 팔을 산산조각으로 썰어버렸다.

"『거참, 말 좀 들으라니까. 그렇게 벤들 아무 의미가 없다니까. 알잖아? 잠시 형태가 허물어졌을 뿐 이렇게 곧바로…….』"

여유작작한 태도로 거들먹거리면서 잘난 척 말을 늘어놓던 악마의 표정이 불현듯 굳어졌다.

"뭐야, 왜 그러시나? 얼른 재생해야지?"

"『네, 네놈. 뭔 짓거리를 했나.』"

"흠, 글쎄다? 내가 과연 뭘 했을까?"

악마의 몸은 살점이나 뼈로 구성돼 있지 않았다. 마력을 변질시켜서 만들어 내는 유사 물질이 덩어리져있다.

그러니까 거기에 마찬가지로 나의 마력의 유사 물질을 섞어 넣으면 그 불순물을 분리하지 않는 한 재흡수 및 구축은 불가능했다.

그것은 색깔 띤 모래 알갱이를 여럿 섞어다 놓은 무더기 속에서 한 가지 색의 모래만 골라내는 작업이나 다름없다. 당연히 바로 대처할 수는 없을 것이다.
그렇게 손도 못 쓰고 있는 동안에 검이 벤 단면에서 불타오르는 불꽃은 악마의 몸 일부를 완전하게 재생 불능으로 몰아넣었다.
【심화의 영검】의 진가는 심령화가 아니다. 이렇듯 물리적인 육체를 지니지 않는 마력 생명체 및 정신 생명체를 태워 죽이는 불꽃의 생성할 수 있을 뿐 아니라 자신의 마력을 정령이나 악마처럼 마력 신체를 지닌 상대에게 흘려 넣어서 행동을 방해할 수 있다는 점이다.
심령화는 어디까지나 그 효과를 이용하는 덤에 불과했다.
“『마, 말도 안 돼. 그, 그딴 짓거리를, 대체 어떻게…….』”
“군소리 그만~.”
“『끄아악!!』”
악마는 마력으로 구성된 몸을 갖고 있기에 광 속성의 상위 마법에 해당하는 신성 마법이라도 동원하지 않는 한 유효 타격을 가할 수 없었다.
그 때문에 악마는 직접 전투에서는 상대의 공격은 거의 무시한 채 긴 영창의 고위력 마법으로 유린하는 전법을 취하는 경우가 많고, 본연의 전투 기술은 변변찮았다. 그래서 예상 밖의 위협과 직면하게 되면 이렇게 치명적인 빈틈을 노출시킨다.
품속까지 뛰어든 다음 아래에서 베어 올리는 칼날이 허리 부근에 난 왼쪽 날개와 또 다른 한쪽 팔을 베어 날려서 저며 버렸다.
“『젠장!!』”
“도망도 그만~.”
악마가 허둥지둥 수육했던 마력의 형질을 변화시켜서 비물질화하는 한편 뒤쪽으로 휙 뛰어서 거리를 벌리려고 했다. 그러나【심화의 영검】의 패시브 효과로 내 눈에는 비물질화한 악마의 모습도 똑똑히 보이고 있다.

대각선 베기의 요령으로 오른쪽 다리를 허벅지 윗부분부터 날려버린 뒤 왼쪽 다리에서 아래쪽도 곧이어 베어 올림으로써 절단했다.

당연히 이번에도 역시 세심하게 절단함으로써 흡수 재생이 불가능하도록 만들었다.

"『어, 어째서냐! 어째서 이 몸의 모습이 보이는 거냐!! 아예 물질화하지도 않았건만 어떻게 검을 휘둘러 이 몸을 베어 낸단 말이냐!!』"

"멍청하기는, 굳이 설명을 해줄 만큼 어수룩해 보이냐? 악마에게는 인간의 혼을 본질까지 꿰뚫어 보는 눈이 있을 텐데?"

"『제기랄. 도대체 뭐냐, 네놈!!』"

균형을 무너뜨린 악마가 바닥에 나동그라졌다.

날개도 한쪽을 망가뜨렸기에 더는 이동을 시도할 수도 없을 것이다. 게다가 이 거리에서라면 저 녀석의 마법 영창보다 빨리 박살 낼 수도 있고.

"너희는 자신의 몸을 너무 과신하거든. 아픔을 느끼지 않는 데다가 마술을 얻어맞아도 거의 무의미하니까 공격을 회피하는 방식이 엉성하지. 자, 나는 착한 사람이니까 차근차근 가르쳐줬다? 어때, 어수룩한 놈으로 보이나?"

부들부들 떠는 악마에게 미소를 지어줘도 대답이 없다.

가르쳐달라기에 애써 가르쳐줬는데 참 실례되는 녀석이었다.

"『기, 기다려봐라. 부탁하마. 이 몸은 단지 계약에 묶여서 했을 뿐이란 말이다, 히익!!』"

재차 마력을 주입한【심화의 영검】이 커다랗게 푸르스름한 불꽃을 뿜어낸다.

"응, 그렇겠지. 이미 알고 있어. 너희 마족은 기본적으로 계약 없이 다른 누군가에게 이득이든 피해든 줄 수 없는 존재잖아."

"『그, 그러면, 용서해다오. 이, 이제 그 아이의 목숨을 거두려고 하지는 않을 테니까. 계약의 대가로 받는 게 전부였으니까 굳이 안 빼앗아도 계약에는 위배되지 않으니까, 그 여자와 맺은 계약은 이미 끝났단 말이다. 다음 계약은 맺지 않겠어, 그러니까…….』"

"그러니까? 어쩌자고?"

손에 든 심검을 커다랗게 휘둘러 올렸다.

"『부, 부탁하마. 살려다오…….』"

"이런, 유감이네. 내가 말이야, 아무래도 좋은 녀석에게 『살려달라』는 소리를 듣는 게 죽도록 싫거든."

그렇게 아쉬운 소리를 들을 때마다 도와줬던 결과를 이미 알아버렸으니까.

"『그, 그만둬어어어!!』"

"싫은데."

그렇게 말한 뒤 검을 내리치려고 하던 때였다.

"잠깐, 잠깐만요!!"

"응? 이봐, 뭐하자는 거야?"

제지의 외침과 함께 내 몸에 꽉 달라붙어서 공격을 멈춘 녀석은 방금 전까지 막 저 녀석에게 농락당했었던 슈리아였다. 일순간 악마에게 매료 마술이라도 걸려버렸나 싶었지만, 그런 수단이 사용되지 않았음은 내가 줄곧 확인했다.

"안 돼요……. 카이토 씨가 죽이게 두지는 않을 거예요."

그래서 나는 증오로 불타는 붉은 눈동자를 봤을 때 곧바로 알아주지 못한 자신이 부끄러워졌다.

"저 자식은 슈리아가 직접 죽일 거예요. 절대, 절대로 양보하지 않아요."

"……맞아, 물론 그래야겠지. 용서할 수 없을 테니까, 자신의 복수 상대를 누구인지도 모르는 녀석이 불쑥 가로챈다면."

나 역시 그렇다.

이 원한을 알지 못하는 녀석이 불쑥 나타나서 의기양양한 얼굴로 원한의 대행자 행세를 하고 나선다면 그 자리에서 죽이려들 자신이 있다. 복수에 참가하는 사람이 여럿이 돼도 상관없다. 그 행동이 내가 원한을 품게 된 원인과 다른 곳에서 기인했을지라도 딱히 상관없었다.

……그렇지만 내가 참가하지 않은 복수 따위는 절대 허용할 수 없었다. 복수에 참가하지 못한 채 단지 관객석에 앉아 있어야 한다면 분명 달궈진 철 의자에 앉은 이상으로 기분이 편치 않을 것이다.

'……흠. 회복되려면 아직 꽤 시간이 걸리겠군, 이 녀석.'

힐끔 시선을 돌려 악마를 쳐다봤더니 겁먹은 표정을 짓는 한편 주위의 마력을 받아들여서 신체 재생을 시도 중이었다.

들키지 않을 자신이 있어서인가, 혹은 들킨다 해도 달리 방법이 없다고 판단했기 때문인가. 어느 쪽이든 먼저 권유를 마쳐도 괜찮겠다.

"좋아, 슈리아. 오늘은 네게 제안을 하러 온 거야."

【심화의 영검】에 흘려 넣고 있었던 마력을 거둬 자신의 내면에 간수한 뒤 일단 슈리아를 떼어 내서 다시금 정면으로 방향을 돌려놓았다.

억지로 떼어 내는 와중에 바닥에다가 두 손을 짚은 슈리아는 다리를 구부려 접은 상태에서 이쪽을 올려다보고 있었다.

"슈리아, 네 사정을 알고 왔어. 그 여자의 전부에 복수하고 싶어서 못 견디겠지? 밉고 미워서 주체할 수가 없을 만큼 미워서 못 견딜 지경이지?"

그 말에 슈리아는 이제껏 봤던 중 가장 큰 불쾌감 서린 시선으로 반응했다.

눈빛으로 쏴 죽일 것 같다는 말은 이런 경우를 두고 하는구나 여겨질 만큼 예리한 기세.

……그래, 알다마다.

짜증이 솟구칠 테지?

이 심정을 티끌만큼도 이해하지 못하는 주제에.

동정 따위로 다 아는 척하며 제멋대로 자신을 진단하다니.

"눈앞의 저 빌어먹을 악마가 밉지? 자신이 관여하지 않은 형태로 저 녀석의 존재가 끝나버린다는 게 용납되지 않는 거야."

그 이해는 올바르다.

우리는 동종일지언정 아직 공범자가 아니다.

얼마나 많은 공통점이 있든지 간에 진정한 의미에서는 상대의 아픔을 알지 못한다. 물론 서로가 마찬가지다.

얼마나 많은 말을 늘어놓아도, 얼마나 성심껏 귀를 기울여도, 그런 행동으로 진짜 아픔은 전해지지 않는다.

"그렇지만 말이야, 지금 네게는 힘이 없잖아. 악마가 이렇게 약해졌는데도 너는 저 녀석에게 어떠한 고통 하나 줄 수가 없다는 거지."

"윽, 그래도!! 흐윽!!"

제법 진지하게 살기와 마력을 실어 발출한 위압감으로 소녀에게 압박을 가했다.

본능을 직접 자극하는 수준의 위기감은 소녀의 내면에 싹튼 반항의 싹을 물리적으로 꺾어 없앤다.

"비참하겠지. 근데 말이야, 저 녀석만 그런 게 아니야. 유미스의 죽음에도 이대로 가면 너는 관련되지 못해. 그 녀석은 내가 죽인다. 너의 심정도 사정도 나에게는 관계가 없지. 너에게 굳이 양보할 생각은 티끌만큼도 없어."

"끄아아아!!"

그렇지만 위압감에 굳어 가는 몸을 억지로 움직여서 슈리아는 나에게 몸을 날렸다.

계획성 따위 찾아볼 수도 없이 단지 나를 적이라고 인식했기에 벌이는 행동. 그런 서투른 짓이 먹힐 리 없다. 팔을 피한 뒤 목덜미의 옷깃을 잡아 지면에 넘어뜨리고 난동 부리지 못하게 등을 짓밟아줬다.

"으윽, 이게……!!"

"지금 네게는 아무것도 없어. 몰랐기 때문이지. 알려고 하지 않았기 때문이지. 그러니까 이렇게 전부를 잃어버렸어."

"……."

"모자랐던 건 힘이 아니라 의지야. 이 세계에서 필요한 것은 선량한 세계에 다 바칠 자애의 마음이 아니라 하얀 지도를 모조리 의심해서 검게 물들이는 회의의 마음이지."

"……단 말이에요!"

"무엇 하나도 몰랐던 주제에 겉만 보고 『믿으니까』라는 말 한마디로 때워 넘기고, 자기한테 유리한 식으로만 상황을 바라봤지. 그러니까 이렇게 지옥 밑바닥으로 떨어지게 된 거야. 딱히 나쁜 짓은 저지르지 않았겠지. 하지만 해야 할 일을 게을리 했던 결과가 이 꼴이라고."

"그딴 거, 굳이 말 안 해줘도 안단 말이에요!!"

그 눈에 형형하게 깃들어 있는 불꽃.

어디에 쏟아 부어야 하는가 알지 못하기에 스스로의 몸을 휩쓸어 버리려고 하는 검은 불꽃.

"아픈가? 『복수 따위는 포기하겠어요』라고 맹세하면 지금 당장에 발을 치워주지."

"으윽!! 끅, 웃기는 말, 집어치워요……. 그년은, 그 여자는 슈리아의 사냥감이에요!!"

"지금 얌전하게 시키는 대로 따르면 이 자리에서 피난시켜주겠어. 동정하는 건 사실이니까. 얼마간 돈도 주지. 어디든 시골 마을로 거처를 옮겨 조용하게 살면 되잖아?"

"그딴 거 필요 없어!! 그딴 건 사는 게 아니에요! 죽은 시체랑 전혀 다르지 않아!!"

마치 짐승과 같은, 아니, 짐승의 부르짖음.

그리하지 않으면 정말 죽어버릴 것 같다는 목소리.

"죽일 거야, 죽일 거야, 죽일 거야!! 이 아픔을 잊어버릴 바에야 그냥 죽어버리는 게 훨씬 나아요!!"

이성의 흔적 따위는 전혀 보이지 않고 합리성의 흔적도 없이 욕구에 지배당한 부르짖음.

그러나 분명 진정으로 살고 싶다는 바람이 담긴 반역자의 첫울음이었다.

"그렇구나."

짧게 대답한 뒤 다리를 치워주자 이번에는 몸을 굴려서 잠시 떨어졌다가 주저하지 않고 달려들더니 다리를 콱 깨물었다.

슬쩍 겁줄 의도가 아닌 살점을 물어뜯겠다는 강한 힘.

"아야. 가차 없구나, 이 녀석."

"윽, 어째서, 저항 안 하는 거예요."

저항도 않고 가만히 두고 보기만 하는 내가 수상쩍었는지 잠시 지나자 턱의 힘이 약해졌다.

"책임은 져야지. 확인이 목적이었다지만 속을 뒤집어 놓는 소릴 했다는 자각은 하고 있으니까."

"……."

의구심 어린 얼굴로, 진의를 꿰뚫어 보려고 하는 시선으로 내 눈을 뚫어져라 바라본다.

"맨 처음에 말했을 텐데? 영입 제안이라고."

"영입, 제안……?"

"그래, 맞아."

얌전하게 되묻는 슈리아의 앞에 쪼그려 앉아 시선을 똑바로 마주쳤다.

"방금 죽는 게 낫겠다고 말했지? 그러면 오늘 여기에서 다시 태어날 수 있도록 도움을 줄게."

눈을 마주치면서 손을 내뻗는다.

"어때, 슈리아. 나와 함께 복수하지 않겠어?"

☆

오늘은 악몽과 같은 날이에요.

손꼽아 기다렸던 전부가 싹 뒤집혔고…… 아뇨, 틀렸습니다.

그저 그것이 만질 수 있는 허상이라는 사실을 깨달았을 뿐이죠.

그것만으로도 충분히 끔찍한 하루.

많은 것들을 잃어버렸던 하루.

그런데도.

"비참하겠지. 근데 말이야, 저 녀석만 그런 게 아니야. 유미스의 죽음에도 이대로 가면 너는 관련되지 못해. 그 녀석은 내가 죽인다. 너의 심정도 사정도 나에게는 관계가 없지. 너에게 굳이 양보할 생각은 티끌만큼도 없어."

정신을 차렸을 때는 이미 몸을 날리고 있었어요. 그래도 역시 슈리아에게는 저항할 힘이 없어서 꼴사납게 바닥을 굴렀고 등을 짓밟히고 말았죠.

마치 옛날이야기에 나오는 심술쟁이 마법사 같은 사람이에요.

전부 안다는 말투로 슈리아가 저지른 잘못에서 눈 돌리지 말라고 하나하나 지적하고, 사람 얕잡아 보는 웃음을 짓고.

슈리아에게 마지막으로 남아 있는 복수 상대마저 빼앗으려고 해요.

"아픈가? 『복수 따위는 포기하겠어요』라고 맹세하면 지금 당장에 발을 치워주지."

아아, 귓속이 윙윙거려요.

이 남자는 웬 황당무계한 소리를 지껄이는 거죠.

"지금 얌전하게 시키는 대로 따르면 이 자리에서 피난시켜주겠어. 동정하는 건 사실이니까. 얼마간 돈도 주지. 어디든 시골 마을로 거처를 옮겨 조용하게 살면 되잖아?"

그딴 거 아무런 가치도 없단 말이에요.

이미 돌아갈 수 없는데.

이미 망가져버렸는데.

이미 닿지 못할 장소가 되어버렸는데.

저 혼자서, 어떻게 조용하게 살아갈 수가 있겠어요.

"그렇구나."

몸을 밟아 누르고 있던 다리가 떨어졌습니다. 올려다본 시야에 어째서인지 카이토 씨가 슬며시 웃는 모습이 비쳤습니다.

어느 틈인가 몸을 압박하는 위압감도 싹 사라졌습니다.

어라, 그러고 보니 이 사람은 정령이 아니었던가요? 아, 그래도, 그런 의문도, 이제는 아무래도 좋아요.

막아야 해요, 저항할 거예요. 눈앞의 상대에게 마지막으로 남은 복수 상대마저 빼앗길 수는 없어요.

그것만큼은 견딜 수 없어. 여기에서 살해당하더라도 절대 용납할 수 없어.

그러니까 다리를 물어뜯으려고 했습니다.

또 헛짓이 될 뿐 비참하게 짓밟히겠죠. 분명 이번에야말로 살해당할 테고요.

당연합니다, 목숨을 구해준 사람에게 은혜를 원수로 갚는 고약한 짓을 한 데다가 기껏 해주는 제안도 매몰차게 거절했으니까 충분히 살해당할 만도 하겠죠.

악마도 당해 내지 못했는데 악마를 압도했던 상대에게 맞서서 이길 가능성은 전혀 없습니다. 그래도, 이길 수 없다는 걸 알면서도 그렇게 할 수밖에 달리 길이 없었습니다.

복수를 포기하는 길은 슈리아가 스스로 끊어 냈으니까요.

설령 얼마나 희박한 가능성일지라도 상관없어요. 포기하고 죽음을 받아들이려고 했던 그때, 그래도 죽을 수 없다고 생각했던 순간에 최후의 순간까지 저항하겠다고 결심했습니다.

"읏, 어째서, 저항 안 하는 거예요."

그런데도 이루어질 수 없다고 미리 체념했었던 행동이 뜻밖에도 결실을 맺었습니다.

진심으로 물어뜯어버리려는 의도로 입에다가 힘을 넣었습니다만, 상대가 아무 저항도 않고 가만히 당하기만 한다는 것을 깨닫자 더 이상은 힘을 줄 수 없었습니다.

"책임은 져야지. 확인이 목적이었다지만 속을 뒤집어 놓는 말이었다는 자각은 하고 있으니까."

"……."

그때 처음으로 카이토 씨의 눈을 똑바로 바라봤습니다.

어둡고 어두워서 바닥이 없는 늪처럼 빛이 없는 눈.

복수 상대를 빼앗으려고 하는 적이라고 보기에 앞서 이 사람 본인에게 순수한 흥미가 솟았습니다.

"맨 처음에 말했을 텐데? 영입 제안이라고."

"영입, 제안……?"

"그래, 맞아."

감정의 진폭이 너무 커 자꾸 멍해지는 머릿속 구석에 스며들어서 목소리가 울려 퍼졌습니다.

"방금 죽는 게 낫겠다고 말했지? 그러면 오늘 여기에서 다시 태어날 수 있도록 도움을 줄게."

마치 악마와 같은 미소를 지은 채 카이토 씨는 웃었습니다.

"어때, 슈리아. 나와 함께 복수하지 않겠어?"

내뻗는 손은 평범한 인간의 손과 똑같아 보였습니다. 그래도 분명 악마의 유혹이 담긴 손.

한 번이라도 저 손을 잡으면 개미지옥처럼 어두운 바닥까지 떨어져버릴 것 같은 그런 속삭임.

"……함께?"

"맞아, 지금 여기에서 선택해라. 공범자가 될 텐가, 방관자가 될 텐가. 내 손을 잡겠다면 힘을 내줄 수 있어. 다만 그다음은 더 이상 돌이킬 수 없지. 유미스에게 복수를 완수한 다음에도 내 복수심을 함께 짊어지고 살아야 하니까. 피보다 짙은 계약. 비유가 아니야.

나의 죽음은 곧 너의 죽음이고, 너의 죽음은 곧 나의 죽음이 된다."

귀에 들어오는 말이 어쩐지 저 멀리 아득하게 들렸습니다.

아, 분명히 이 사람이 진짜 악마네요. 사람을 외도(外道)로 끌어들이고 마는 옛날이야기 속의 진짜 악마.

그래도 이제는, 그렇게 돼도 분명히 상관없어요.

"그런 건 아무래도 좋아요. 알고 싶은 건 하나뿐이에요. 당신의 그 손을 잡으면 그 여자는 괴로워하나요? 그 여자가 비통하게 일그러뜨리는 얼굴을 볼 수 있나요?"

혼자든 함께든 슈리아가 확실하게 복수할 수 있다면, 그럼 상관없어요.

그러니까 물을 말은 단 하나뿐이었습니다. 하나만 알면 충분해요.

"뭘 남 일처럼 말하는 거야? 나는 『공범자』가 되라고 말했을 텐데? 괴로워하도록 괴롭히는 거야. 몇 번이나 말했잖아. 네가 결정해. 네가 선택해. 네가 고민해. 나는 보증 따위는 해줄 수 없어. 다 잘될 거라는 전망을 보여줄 마음도 없어."

"……아, 정말로 악마 같은 사람이에요. 사람을 외도로 유혹해 놓고 위로의 말도 앞날의 보증도 아무것도 안 해주는 거네요."

"남에게 전부 떠맡겼다가 어떤 대가가 돌아오는지는 뼈저리도록 겪었을 텐데?"

미소 띤 표정이라기에는 너무나 어두운 얼굴에서 입꼬리가 올라갑니다. 분명히 슈리아는 지금 눈앞에 있는 악마님과 똑같은 표정을 짓고 있겠죠.

그러니까 이것은 슈리아가 무엇보다도 바랐던 구원의 손.

분명히 슈리아를 악마로 바꿔주는 손.

"부탁드려요. 슈리아를 당신과 똑같은 악마로 바꿔주세요. 유미스 언니에게 복수할 수 있다면 슈리아의 몸도 마음도, 혼이라도 카이토 씨에게, 아뇨, 카이토 님께 모조리 바치겠어요."

내밀어주는 손을 슈리아는 잡아 쥐었습니다.

☆

"부탁드려요. 슈리아를 당신과 똑같은 악마로 바꿔주세요. 유미스 언니에게 복수할 수 있다면 슈리아의 몸도 마음도, 혼이라도 카이토 님께 모조리 바치겠어요."

내밀었던 손을 하얗고 작은 손이 맞잡아 쥔다.

그나저나 악마로 바꿔달라니.

"유령에 정령에 악마에 참 별말을 다 듣는군. 말해 두겠는데 나는 평범한 인간이거든?"

슈리아의 손을 잡아 일으켜주고 뗀 손에다가【복수의 성검】을 계약용 단검으로 만들어 냈다.

"평범한 인간은 마력으로 된 몸으로 나타나거나 그렇게 불길한 마력을 써서 단검을 만들어 내진 못하는데요."

"……뭐, 그 부분의 의문이라면 절반쯤 이 녀석이 풀어줄 거야. 나머지 절반은 나중에 다시 얘기하자. 자, 사용법은 검이 가르쳐준다."

만들어 낸【복수의 성검】을 슈리아에게 건네줬다.

심검이 슈리아의 손에 넘어간 순간『합격이다』라고 말하는 듯이 어둡게, 그러나 태양보다도 강하게 이글거리는 빛을 발출했다.

"신기한 빛이에요. 차갑고 어둡고 뜨거워요."

손에 든 【복수의 성검】을 뚫어져라 바라보면서 슈리아의 붉은 눈이 그윽한 빛을 발하고 있다.

슈리아의 손에 넘어간 【복수의 성검】은 깜박깜박 검은 빛 포자를 흩뿌리면서 복수자의 새 출발을 은근히 비웃는 듯 축복해줬다.

그렇게 슈리아는 마치 보물을 부둥켜안는 듯한 그런 동작으로 본인의 가슴에다가 손에 든 검을 꽂아 넣었다.

검은 한층 더 강한 빛을 발한 뒤 마치 꽃이 스러지듯이 옅은 빛의 포자만 남긴 채 사라졌다. 슈리아에게 이제 【복수의 성검】이 꽂혀 있었다는 사실을 나타내는 흔적은 하나도 없다.

"크, 아아, 으으."

미나리스의 때와 마찬가지였다. 복수심의 추체험.

당시의 감정마저도 선명하게 떠올리게 하는 감각은 두 번째인데도 익숙해지지 않는다.

억제하려고 해도 억제되지가 않아서 안면이 고통과 쓰라림으로 구겨졌다.

【복수의 성검】이 남긴 어둠 색채의 빛 포자가 다 사라진 무렵에는 나와 슈리아의 복수가 서로 뒤섞여서 하나가 됐다.

"역시 바깥에서 느끼는 동정과는 다르군."

"아, 깜짝 놀랐어요. 이렇게 금방 비슷한 짓을 당했던 사람과 만나게 될 줄은 몰랐거든요."

슈리아는 복잡한 심정과 함께 달관이 섞인 숨을 토했다.

"신기한 느낌이에요. 그래도 멋진 힘이네요."

손을 펼쳤다 쥐었다 되풀이한 뒤 슈리아는 주위를 둘러보고는 좋은 물건을 발견했다는 표정으로 킥킥 웃었다.

"마침 딱 적당한 재료가 남아 있었네요. 기념할 만한 1호는 이 아이로 해야겠어요."

저벅저벅 걸어가는 슈리아의 앞에는 고양이 인형이 놓여 있었다. 살며시 웃고 쪼그려 앉은 슈리아가 인형의 배에 손을 얹었다.

"야옹아, 야옹아. 어디 있나요?

따뜻한 나라의 시계는 깨졌어요.

싸늘한 얼음의 세계는 깨졌어요.

길 잃은 야옹아. 자, 여기랍니다.

맛있는 간식이 바로 여기에 있어요.

—실을 자아내 춤춰라, 『괴뢰빙대(傀儡憑代)』."

노랫조의 독특한 영창과 함께 고조되는 마력에 적색과 황색, 흑색의 빛 포자가 지면으로부터 뿜어져 나와 슈리아의 주위에서 흩날린다.

변질된 슈리아의 마력이 인형에 쭉쭉 밀려들어 갔고, 그 현상이 최고조에 달했을 때 주위에서 소용돌이치던 빛 포자가 인형으로 수렴됐다.

"으응, 휴, 어질어질해요. MP취기……. 꺄핫, 꺄하하하핫!! 자, 일어날까요? 지금 당장에."

움찔, 움찔움찔. 인형이 마치 슈리아의 목소리에 반응하는 움직임을 보인다.

혼자서 몸을 움직이는 하얀 고양이 인형이 바들바들 떨다가 일어섰다.

"흠, 재미있는 능력이군."

"이제부터 더욱 재미있어질 거예요. 후훗, 후후훗!"

깊숙이 열기에 달뜬 표정의 슈리아가 즐겁게 웃는다.

슈리아를 올려다보던 고양이 인형은 몹시 매끄러운 동작으로 제 주인에게 한 차례 인사를 올렸다.

그 모습을 보고 슈리아는 만족스럽게 미소 지은 뒤 인형에게 첫 번째 명령을 내렸다.

"자, 명령이에요. 불쌍한 광대를 잡아먹고 오세요. 꼭꼭 씹어서 맛보면서 먹어야 해요?"

"『이히히, 이히히히히히!!』"

입꼬리를 끌어 올리고 웃다가 고양이는 꾸벅하고 고개를 한 번 끄덕거렸다.

인형이 두 손에 쥔 포크와 나이프를 끌면서 줄곧 낌새를 살피고 있던 악마의 곁으로 타박타박 다가간다.

내가 죽여줄까 싶기도 했었지만, 지금 건드려서는 흥이 안 살겠지. 이대로 한 걸음 물러나서 관망하도록 하자.

"『크, 젠장. 뭐냐, 뭐냔 말이다. 네 녀석들!!』"

악마의 몸 수복은 아마 절반쯤 진행됐겠지만, 마지막 발버둥 삼아 나머지 몸의 밀도를 엷게 만듦으로써 온몸을 재구축한 듯 보였다.

불리한 상황에 도망치려고 하는 악마를 향해 인형이 재빠르게 지면을 박찼다.

"『장난하는 거냐!! 저리 꺼져라!!』"

뛰어드는 고양이 인형을 걷어 내고자 휘둘렀던 악마의 손.

"『이히히!』"

"『뭐, 뭐야?!』"

그러나 웬 발버둥이냐는 듯이 인형이 휘두른 나이프가 일순간 거대화해서 그 팔을 베어 갈랐다.

"『하, 하하. 방금 전 검과 다른 물건인가 보구나. 그렇게 잘라내봤자 곧바로 흡수해서…….』"

일순간 얼굴에 조바심이 서렸지만, 악마는 베여서 떨어져 나간 팔이 【심화의 영검】과 마찬가지로 불타지 않는다는 것에 안도한 기색을 내비친다. 그러나 그 안도는 곧 사라졌다.

"슈리아는『잡아먹어』라고 말했을 텐데요?"

즐겁게 미소 짓는 슈리아의 말을 악마가 이해하기에 앞서 고양이 인형은 이미 충실하게 주인의 명령을 실행하고 있었다.

"『이히히히.』"

푹, 잘려 떨어져 있던 악마의 팔을 포크로 꽂더니 통상 사이즈로 돌아간 나이프를 써서 조각조각 자르고 곧장 입속에 던져 넣는다.

"『……아?』"

그 광경을 악마는 멍하니 바라만 봤다. 악마가 정신이 나가 있는 동안에도 고양이 인형은 식사를 계속하면서 순식간에 나머지 팔도 먹어 치웠다.

"『뭐야, 웃기지 마라……. 먹었다? 이 몸의 팔을, 먹었다고?』"

"꺄하하!! 어머, 어머나? 왜 이럴까요? 정말 재미있는 표정을 짓고 있네요?"

슈리아의 비웃음 소리와 고양이 인형의 이히히, 웃는 소리가 공명하면서 울려 퍼졌다.

악마의 물음에는 대답하지도 않고 고양이 인형은 악마가 있는 방향으로 돌아선 뒤 나이프와 포크를 부딪쳐 깡깡, 두 차례 소리를 냈다.

"『젠장, 젠장젠장젠자아아앙!! 도대체 뭐냐, 너희들!! 웃기지 마라! 마력체를 불사르는 검에다가, 이 몸의 육체를 먹어 치우는 인형이라고?! 반칙이다, 비겁하다!!』"

"풋, 큭큭큭. 악마가 반칙이니 비겁이니 하는 소리를 지껄이지 마라."

말참견하고 싶지는 않았는데 너무나 웃긴 대사였기에 무심코 웃음이 새어 나오고 말았다.

"『이 몸께서는 악마란 말이다?! 네놈들 따위 하등 생물과는 다르다!! 그런데, 그런데그런데그런데!!』"

그렇게 비명인지 항의인지 모를 소리를 질러 대면서 악마가 인형과 전투를 이어 나갔지만, 전혀 상대가 되지 않았다.

비록 악마에게 통각이 없을지라도 공포는 느끼는가 보다. 자신의 몸이 차례차례 베여서 먹히는 광경을 보고는 굳어지는 표정을 숨길 여유도 없는 듯했다.

그렇게 마지막으로 악마는 목부터 위쪽만 남았다.

"『이 몸께서는 악마인데, 이따위 인간이니 엘프니 젠장맞을 하등 생물에게……!』"

이제 악마의 몸을 구성하고 있었던 마력은 돌이킬 길이 없는 지경까지 작아졌고 또한 희미해졌다.

이렇게까지 손실이 큰 이상 가만히 내버려 둬도 대기 중으로 안개처럼 흩어지겠지.

“에이~ 조금 더 버텨주면 좋았을 텐데요. 한 번밖에 없는 데뷔전이잖아요……. 슈리아는 너무 시시해요.”

“기운 내라, 이다음에는 유미스가 기다리고 있잖냐. 의미도 없이 늘어지는 서장은 사족이야.”

“……그래요, 알았어요. 그러면 이제 마무리를 짓겠어요.”

악마의 앞에 쪼그려 앉은 슈리아는 몹시도 다정하게 미소 짓고는 마지막 명령을 내렸다.

“최후의 한순간까지 슈리아가 관찰해줄게요. 자, 어서 잡아먹어요.”

“『제기라아아아아아아아아아아알!!』”

“꺄하하하하하하하하하!!”

“『이히히!!』”

푹, 악마의 두 눈에 나이프와 포크를 찔러 도려서 뽑은 눈알을 먹은 뒤 나머지 머리를 깔끔하게 공중에 던져 베어 먹다가 삼켜버렸다.

그리고 만족스럽게 꺽, 숨을 토한 인형은 마지막으로 다시 한 번 나이프와 포크를 부딪쳐 두 차례 소리를 냈다.

그리고 그때였다. 하얀 고양이 인형과 슈리아에게 변화가 일어났다.

하얀색이었던 고양이 인형에 짙은 흑색의 문양이 섞여 든다.

검은 그림자가 휘감겨 붙는 것처럼 인형은 모노크롬으로 바뀌어 갔다.

“……어? 왠지, 몸이 달아올라, 뜨거워요! 으윽.”

다만 그 이상으로 놀라운 변화가 눈앞에서 일어나고 있었다. 어두운 마력의 소용돌이가 슈리아를 둘러싼다.

"슈리아?! 괜찮아?!"

계약을 맺은 이상 농담이 아니라 슈리아의 위기는 나의, 그리고 미나리스의 위기였다.

심상치 않은 분위기였기에 몹시 조바심이 났다.

"으으, 위험한 느낌은 들지 않아요. 그래도, 왠지, 타오르는 것처럼 몸이 뜨거워요."

아무래도 생명에 지장이 있는 사태는 아닌 듯하다. 슈리아는 전혀 괴로워 보이지 않았다.

추이를 지켜보는 동안 이윽고 마력의 소용돌이가 가라앉았고, 지하 감옥은 본래 모습을 되찾았다만…….

"아, 이건 또 예상 밖이군."

"……변신이에요?"

그렇게 말한 뒤 슈리아가 스스로의 몸을 내려다본다.

백자처럼 흰빛을 띤 채 누르면 한없이 잠겨 들어갈 것 같았던 피부는 밀크 초콜릿과 같은 갈색의 육감적이고 탄력이 강한 질감으로. 금실처럼 윤기가 났던 금발은 완전하게 색이 빠져서 은빛으로 바뀌었다.

찢어진 옷의 틈 사이로 들여다보이는 복부에도 문신을 새긴 것처럼 검은 문양이 들어가 있다.

슈리아가 손가락으로 빙글빙글 만지작거리는 머리카락은 지하를 밝히는 초의 불빛에 닿아 주홍색으로 빛났다.

아무래도 인형이 악마를 잡아먹음으로써 그 마력이 역류한 것이 원인 같았다.

"다크 엘프구나. 하하, 잘 어울리고 보기도 좋네. 악마는 되지 못했어도 적당하게 괜찮은 변화야."

"다크 엘프?"

"지금 슈리아처럼 갈색 피부의 엘프를 말하는 거야. 내 세계에서는 그런 지식이 있었거든."

엘프는 특별히 드문 종족이 아니었다. 실제로 이 도시에서도 때때로 엘프가 보이고는 한다. 마법에 뛰어난 종족 특성을 살려서 모험가로서 생활을 꾸려 나가는 엘프도 많기 때문이었다.

다만 갈색의 피부를 지닌 이른바 다크 엘프는 첫 번째 세계에서도 본 적이 없었고 이야기도 들은 적이 없었다.

아마도 존재 자체가 없다고 여겼었지만, 딱히 그렇지도 않은가 보다.

스테이터스를 보면 『인족(엘프 혼혈)』이라고 쓰여 있었던 종족 표기가 『다크 엘프』로 바뀌었고 고유 능력에 『괴뢰빙대』도 추가됐다.

스테이터스

슈리아 Lv33

Shuria 14세 여
다크 엘프

HP : 292/332 MP : 780/780 양도 중(525)
근력 : 133 체력 : 213
내구 : 194 민첩 : 288
마력 : 679 항마 : 582

고유 능력 『비색 눈동자』『괴뢰빙대』
스 킬 『기척 감지 Lv 1』『기척 은폐 Lv 1』
『수술 마법 Lv 1』『풍술 마법 Lv 1』
『명상 Lv 3』『탈취 Lv 3』
상 태 양호

스테이터스

슈리아 Shuria

히든 스테이터스

기교 : E

사고 반응 속도 : E

신체 회복 속도 : F

상태 건강

마법 적성

염(炎) 계통 적성 : 0	광(光) 계통 적성 : 0
수(水) 계통 적성 : 0	암(闇) 계통 적성 : 0
풍(風) 계통 적성 : 0	무(無) 계통 적성 : 21
지(地) 계통 적성 : 0	계통 외 적성 : 154

획득 칭호

엘프 혼혈 저주를 정착시킨 자 복수자의 종속자

괴뢰빙대의 조종자 악에 타락한 엘프

"뭐, 일단 위험은 없어 보이고, 아마 괜찮겠다."
"다크 엘프……. 좋네요. 정말로 다시 태어난 기분이에요."
스스로의 몸을 새삼스럽게 둘러보면서 슈리아는 말했다.
"자, 가자. 악마도 죽였겠다, 방어용 결계를 조금 무리해서 피해 들어왔거든. 유미스가 머지않아 눈치를 채고 여기에 돌아올 거야."
내가 지하 감옥의 입구 부근으로 이동하려고 하던 때에 슈리아에게서 제지의 목소리가 들렸다.
"앗, 잠깐만요. 잠깐만 기다려줘요. 모두를 해방시켜주고 싶어요."
슈리아는 흰 고양이에서 흑색과 백색의 대리석 무늬로 변한 고양이 인형에게 명령하여 감옥에 있던 언데드들을 전부 죽이도록 지시했다.
언데드가 불사이기는 하나 몸이 파괴되고 마력이 적어지면 존재를 유지하지 못하는지라 뼈까지 한꺼번에 흙무더기로 화한다. 감옥 안에 이제 언데드가 있었던 기척은 남지 않았다.
"이제 서둘러서 여기를 떠나자. 시간은 유한하지, 이래저래 대화 나눠야 할 것도 많고 말이야."
"네네, 알겠어요."
계단 주변까지 왔을 때 슈리아는 마지막으로 한 번 고개를 돌렸다.
"기필코, 그 여자를 죽여버리겠어요. 꼭 모두가 받은 고통보다 더 한 고통을 선사하겠어요."
어두운 열기가 담긴 말에 대답을 돌려주는 자는 없었다.
그곳에는 단지 신음 소리가 사라진 지하 감옥만 남아 있었다.
그 뒤쪽, 더는 돌아보지 않고 걸어가는 슈리아의 뒤쪽에서 검은빛에 침식된 하얀 고양이 인형이 터벅터벅 뒤따라왔다.

===

『괴뢰빙대』 스킬 레벨: 2

자신의 최대 MP를 대가로 바쳐 무생물을 종자로 삼고 거짓된 생명을 부여한다. 종자의 능력은 부여된 최대 MP와 주입되는 감정의 종류 및 강도, 주위 환경에 따라 좌우된다.

아울러 종자에게 부여 가능한 최대 MP는 마력의 최대치 이하로 한정된다.

자율 행동을 취할 수 있는 종자의 수는 스킬 레벨 × 2개체, 수동 조작의 경우는 술자의 기량에 의존한다. 자율 행동을 취할 수 있는 종자가 특정 존재를 먹었을 때는 1종에 하나씩 본체가 그 마력을 흡수할 수 있다. 새로 흡수한 대상이 더욱 큰 경우에는 그쪽으로 이행된다.

【???????】

【???????】

흡수 목록

『악마 포식자』

===

제2장 무너지는 꿈의 소리

【○월 ×△일】

최근 들어서 마도구 연구가 막다른 길에 부딪쳤습니다.

원인은 명확합니다. 내게 마법의 재능이 부족하기 때문입니다.

마력 출력을 올리지 않는 한 이쯤이 한계일까요? 아뇨, 포기할 수는 없습니다.

나는 반드시 도시의 석비에 이름을 새겨 넣어야만 합니다.

그렇게 하지 않으면 내게는 무른 아버님도 우리 관계를 허락해주지 않아요.

기다려줘요, 소리. 그때야말로 당당하게…….

【○월 ×△일】

오늘도 소용없었습니다, 실패했어요.

내 마법 재능은 첫 번째 특기인 바람 속성도 평균을 살짝 웃도는 수준. 레벨도 이곳 주변의 마물을 토벌해서는 올리기 어려운 지경에 다다랐습니다.

마력은 수련을 계속 지속한다면 조금씩이나마 확실하게 다룰 수 있는 양이 늘어난다지만, 그래서는 너무 늦어집니다. 지금은 아직 괜찮아요. 그렇지만 언젠가 나와 소리의 사이를 갈라놓는 혼담이 불쑥 날아들겠죠.
그 전에 어떻게든 대책을 마련해야 할 텐데요…….

【○월 ×△일】
이번에는 방식을 바꿔봤습니다.
제어는 보다 복잡해졌으나 일정 효과는 확인할 수 있었습니다. 그러나 그렇다 해도 석비에 이름을 새겨 넣기에 족한 마도구를 제작하기에는 역시 근본적으로 마력의 출력이 모자랍니다.
석비에 이름을 새겨 넣으려면 석비에 깃들어 있는 고대의 영령에게 반드시 인정을 받아 내야 한다고 알려졌습니다. 석비의 좌대에 마도구를 받들어 올릴 때 영령에게 인정받을 만한 마도구를 올리면 석비에 저절로 이름이 새겨집니다.
어떻게 하면 그토록 강력한 마도구를 만들어 낼 수 있을까요.
미안해요, 소리. 모자란 나를 용서해줘요.
우리가 맺어지려면 아직 시간이 더 걸릴 것 같아요.

【○월 ×△일】
오늘 학회에 에르미아의 상회 관계자가 방문했습니다. 내가 제작한 연구 도중의 부산물을 눈여겨봤다던가요.
시장에 유통하면 제법 괜찮은 가격으로 판매할 수 있으리라는 설명을 들었습니다만, 나는 발명가가 되려는 게 아닙니다. 간단한 도구를 제작해서 적당히 돈을 벌어다가 만족하고 싶은 게 절대로 아닙니다. 그렇다 해도 연구에는 어느 정도의 비용이 필요한 터라 자유롭게 사용 가능한 돈을 확보해서 나쁠 까닭은 없습니다. 그러니까 에르미아의 상회에 몇몇 물품을 넘겼습니다.

그때는 고려하지 않았습니다만, 지금 이렇게 일기를 쓰다 보니까 제법 괜찮은 방안이었다고 여겨집니다.

다소나마 이런 거래로 내 이름이 알려지고 명성이 높아지면 무사히 석비에 이름을 새겨 넣고 소원을 말했을 때 나올 이견을 미리 억누를 수도 있으니까요.

에르미아 가문에는 시조님께서 남긴『에르미아의 석비에 이름을 새겨 넣는 영예를 누린 인물의 소원을 들어주어라』라는 가훈이 절대적인 규칙으로서 전해 내려오고 있습니다만, 어쨌든 허락을 받는 데 보탬이 될 만한 요소는 많으면 많을수록 좋겠죠.

그건 그렇고 오늘 소리는 참 귀여웠어요.

뺨을 분홍색으로 물들이고 내 이름을 부르는 모습은 견딜 수가 없습니다.

【○월 ×△일】

오늘은 수상쩍은 상인과 마주쳤습니다.

에르미아의 거리에는 다양한 사람들이 뒤섞여 살고 있기 때문에 그런 부류의 인간도 꽤 많습니다.

평소였다면 적당히 인사치레를 하고 떠났을 텐데 어째서인지 대화를 받아주고 말았습니다.

그렇지만 판매한다는 상품을 봤을 때 대단히 진귀한 물건을 발견했습니다.

악마 소환석입니다.

정작 상인은 진가를 몰라봤겠죠. 흔한 잡동사니로 취급해서 말도 안 되는 헐값에 판매하는 물건을 매입한 뒤 곧장 귀가했습니다.

【○월 ×△일】

오늘 사전 조사를 끝내고 정성 들여서 준비를 마친 뒤 악마를 불러냈습니다.

악마는 정령의 일종입니다. 큰 대가를 요구하는 대신 저주의 지식 및 힘을 전해줍니다.

그래서 노예 한 사람의 목숨을 바쳐 마법의 재능을 손에 넣기 위한 주법(呪法)이 있나 물어봤더니 악마는『있다』이렇게 한 마디로 답했습니다.

특수한 마법진을 써서 혈연관계에 있는 인물을 마법진의 안쪽에 긴 시간 체류시킴으로써 재능을 빼앗는 수단.

아아, 신께서는 제 편이었습니다.

마법의 재능이 있고 나와 혈연관계에 있고, 아울러 장기간 구속하기에 수월한 인간.

나는 그런 인물을 알았습니다. 아버님이 고용인을 건드리는 바람에 태어났던 아이, 어머니가 다른 자매.

이제야 광명이 살짝 보입니다. 이름은 분명 슈리아라고 들었던 기억이 납니다.

이제 소리와 맺어질 수 있는 구체적인 진로가 보입니다.

작전을 가르쳐준 뒤 이제 우리 사이를 인정받을 날이 크게 가까워졌다고 말하자 소리는 희색을 띠며 기뻐해줬습니다.

도와줄 일은 없냐고 스스로 말을 꺼내는 소리가 정말 기특하고 사랑스럽습니다.

【○월 ×△일】

작전은 성공리에 완료됐습니다.

역시 나에게 행운의 여신님께서 함께하시는 거죠. 때마침 큰 문제를 떠안고 있었던 슈리아에게 신용을 얻고 저택으로 불러들일 수 있었습니다.

악마가 요구했던 대가, 마법진의 지식 및 기동에 필요하다는 특수한 마력의 대가 역시 동시에 감쪽같이 처리하는 데 성공했습니다.

조사 중 마족이 장치한 함정 때문에 죽었다고 꾸며 실험체도 상당수 확보했죠.

이제는 나의 어리석은 이복 자매가 마법진을 설치한 방에서 나오지 않게 손쓰면 끝입니다.

지금은 아직 **내 재능**을 그 아이가 갖고 있어요. 그 힘을 써서 마법진을 파괴하는 불상사가 일어나서는 안 됩니다. 그게 아니더라도 마법진 바깥으로 나와버린다거나 하면 재기동을 위해서 악마에게 또 대가를 지불해야 하는 난점이 있었습니다.

그 마을처럼 폐쇄적이고 작전에 딱 맞는 재료를 흔히 찾을 수는 없습니다. 게다가 아무러면 똑같은 방법으로 「마물에게 세뇌당해서……」라고 위장하여 또 하나의 마을을 망가뜨리기는 어렵습니다.

마법진이 100퍼센트 효력을 다 발휘할 때까지는 그 아이에게 줄

곧 다정한 언니를 연기해야겠네요.

【○월 ×△일】

중요한 발견입니다.

내가 다정한 언니를 연기하며 사이좋은 모습을 연출한 날의 소리는 질투에 휩싸여서 무척 정열적이 됩니다.

소리도 귀족이기는 하나 위계가 낮은 분가에서 고용이 되어 온 처지인지라 평소는 메이드의 입장을 의식해서인지 설령 침실일지라도 감정을 숨기려고 신경 씁니다.

그런 소리가 독점욕을 훤히 드러내주는 모습이 무척 기뻤습니다. 흥분됩니다.

【○월 ×△일】

오늘 왕도에 살고 계시는 부모님에게서 편지가 도착했습니다. 넌지시 내게 혼인을 맺을 의사는 없는가 묻는 내용이었기에 불 마술로 재도 남기지 않고 싹 태워버렸습니다.

내가 혼담을 줄곧 거절해왔던 게 조금 걱정되어서인지 요즘은 그런 재촉이 슬슬 늘어납니다.

아, 빨리 석비에 이름을 새겨 넣고 소리와 정식으로 결혼식을 올리고 싶어요.

【○월 ×△일】

마법진의 효과가 이제 실감됩니다.

슈리아가 갖고 있었던 마법 스킬의 숙련도가 내게 가산되면서 그토록 노력해서 훈련한 지난날이 우스울 만큼 숙련도가 올라갔습니다.

마법 스킬의 레벨도 지난 반년 사이에 한 단계는 상승했습니다.

다만 단박에 다룰 수 있는 마력량이 늘어난 탓에 세세한 제어의 난이도가 무척 높아졌습니다. 그럼에도 앞으로 분명 언젠가는 대마도구라고 칭송을 들을 만한 물품을 만들 역량이 갖춰지겠죠.

지금은 마법 제어 훈련을 진행하면서 마법진의 효과가 완성되기를 기다려야겠습니다.

【○월 ×△일】

이제 슬슬 마법진의 효과가 완성에 다다르려고 합니다.

마법진의 효과를 완성한 이후의 계획도 슬슬 수립을 시작해야겠군요.

먼저 슈리아의『비색 눈동자』.

정말 매력적입니다. 재료로 써서 감지 계열의 마도구를 만들도록 하죠.

본래는 내 재능을 갖고 있었으니까 마력 수용성도 높을 겁니다. 분명 불량품이 되어버렸던 그것들과는 달리 훌륭한 언데드로 사역할 수 있을 거예요.

【○월 ×△일】

마침내 마법진의 효과가 완성됩니다.

돌이켜보면 상상 이상으로 긴 시간을 들였습니다.

그 아이가 그만큼 분수에 맞지 않도록 많은 재능을 내게서 훔쳐 갔었다는 뜻이겠지요.

그렇다 해도 내일 아침이 되면 전부 내게로 돌아옵니다.

앞으로도 여러모로 도움을 받게 될 테니까 그 대가 삼아서 내일이 끝날 때까지는 좋은 꿈을 보여주도록 하죠. 나는 다정한 언니니까요.

☆

"이제야 알겠군, 이런 사연이었나."

나는 애써 마음을 평온하게 다스리려 의식하면서 다 읽은 유미스의 일기를 덮었다.

……시시하다.

시시하고 시시하고 시시하다, 정말로 시시하다.

유미스, 이것이 네가 마도구를 만들어 내려고 했던 이유였나. 이것이 나를 배반한 이유였나.

도시의 석비에 직접 제작한 마도구를 인정받음으로써 총애하는 메이드를 당당하게 반려로 맞아들이겠다?

그 때문에 나를 배반했고, 그 때문에 슈리아를 이용했고, 수많은 희생에다가 꿈으로 향하는 주춧돌을 쌓아 올렸고.

"……뭐, 상관없지. 그 메이드 한 명만 소중하게 여기는가 싶었다만, 우격다짐으로 배제하지는 않는 걸 봐서 부모나 고용인들도 제법 소중하게 여긴다는 뜻이군. 그렇다면 그 녀석들도 무대에 올려야겠지."

티 나지 않게 일기를 원래 장소에 돌려놓고 나는 또 한 걸음, 복수의 조미료를 발견했다는 기쁨에 차서 유미스의 저택을 뒤로했다.

☆

“으흑, 아아앗!”

아아, 또, 같은 꿈.

꿈인 줄 아는데도 너무나 불쾌한 광경이 눈앞에서 펼쳐집니다.

“자, 오늘 약이랍니다. 흘리지 말고 꼭꼭 삼켜주세요.”

“큭, 이런 짓 해 봤자, 소용없습니다!! 나는, 당신들에게 절대로, 굴복하지 않아요……!”

“그런 건 아무래도 좋아요. 당신도 나를 속였죠? 필요한 것은 단지 그 사실 하나뿐이에요.”

그곳은 어두컴컴한 동굴 비슷한 장소였습니다. 엷게 반짝 이끼가 자라난 동굴 안, 큰 바위를 가로로 싹둑 베어다가 만들어 놓은 침대 위에 소리가 누워 있습니다.

손과 다리에 마치 노예 취급하듯이 매달아 놓은 조잡한 철제 수갑과 족쇄가 마음 아픕니다.

거기에 온화하게 미소를 머금고 있는 슈리아, 아마 그렇게 짐작되는 소녀가 평소처럼 다가들었습니다.

그 모습은 기억에 남아 있는 생김새와 전혀 달랐습니다. 금색 머리카락은 백색에 가까운 은빛으로, 피부는 투명하리만큼 희던 것이 햇볕이 강한 기후의 지역의 사람처럼 갈색으로.

기억과 다르지 않은 부분은 얼굴 생김새와 짙은 색을 띤 붉은 눈동자뿐입니다.

그리고 슈리아의 옆에는 항상 어딘가에서 본 적이 있는 흑발 흑안의 소년과 갈색 머리카락의 토끼 수인 소녀가 서 있었습니다.

슈리아는 소리의 입에 개구기를 채워서 강제로 벌려 놓고는 입속에다가 황록색 액체를 흘려 넣었습니다. 그리고 소리가 사레들리는 것을 미리 예견하고 입을 막아서 끝까지 액체를 삼키게 만듭니다.

"흐아앗, 아파! 쿨럭, 쿨럭!"

그 작업이 끝나자 슈리아는 개구기를 난폭하게 제거했습니다.

"자, 어제는 두 팔까지 끝났으니까요. 이번에는 왼쪽 다리부터 시작해야겠어요."

"네, 받아요."

"고마워요."

토끼 수인에게 슈리아가 여느 때처럼 또 말뚝을 건네받았습니다. 중앙에 구멍이 있고, 끝 쪽의 뾰족한 부분이 임의로 벌어지는 검은 말뚝.

또다시 같은 광경을 봐야 한다고 상상하면 눈을 돌리고 싶어서 견딜 수가 없습니다만, 이 꿈 속에서는 뜻대로 눈을 감지도 못합니다.

"히끅?! 으으, 아아아아아아아아!!"

눈앞에서 콱, 아름다운 소리의 다리에 말뚝이 박혔습니다.

"아아! 으읏, 으아앗!!"

그대로 연속해서 세 개를 더 틀어박자 소리가 새된 비명을 지릅니다.

고통 섞인 목소리가 마치 나와 침실에 있을 때처럼 요염한 교성이 뒤섞인 듯 들립니다.

"이런 짓을 당하는데도 기분 좋게 신음을 흘리다니 소리는 변태 아가씨예요."

그런 소리의 치태를 보고 슈리아가 쿡쿡 웃었습니다.

"으응, 흑, 전부, 그 약 때문에……."

"아픔도 분명히 느껴지도록 조정해달라고 했단 말이에요. 즉 소리 본인이 고통보다 쾌락을 우선한다는 증거예요. 자, 이제부터가 진짜랍니다? 어제처럼 기절하면 시시하니까 정신 바짝 차려요. 고통에 시달리지 않으면 굳이 시간을 들이는 의미가 없어지는걸요."

"힉!!"

그 손에 든 큼지막한 병에는 검은색 액체 상태의 무엇인가가 들어 있습니다. 금속의 광택을 지닌 그것은 마법 생물처럼 슈리아의 명령에 따라 자유자재로 행동할 수 있습니다.

병을 소리의 곁에 두고 천천히 뚜껑을 엽니다.

"자, 식사 시간이에요."

슈리아가 중얼거리자 검은 액체 상태의 무엇인가는 스스로 병 바깥으로 기어 나와서 소리의 몸을 꿰뚫은 말뚝으로 모여들더니 구멍 속으로 들어갔습니다.

"흑, 하앗!!"

아마도 소리의 몸속에서 말뚝의 끝 쪽이 벌어졌겠죠. 또다시 터져 나오는 교성은 한 번으로 끝나지 않았습니다.

"으응, 아아아앙! 으흑, 아흐윽. 아아앙! 으으, 흣, 아, 아앗!!"

“정말로 기분 좋게 흐느끼네요. 뼛속이 녹아내리는데도 신음 흘리다니 슈리아에게는 도저히 무리예요.”

“유미스 님, 유미스 님!! 유미스 니이이이임!!”

“통증과 함께 그보다 살짝 적은 쾌감이 흐르니까 아프면서 기분 좋아서 머릿속에 아주 큰일이 났겠네요. 불쌍해라.”

“이봐, 네가 만든 독이잖아.”

“아니에요, 주인님. 독이 아니라 약이랍니다? 그럼요, 단지 아프기만 하다면 금방 망가져버리잖아요. 아깝게 말이에요.”

처참하게 비명을 지르고 있는 소리의 옆쪽에서 흑발 소년과 토끼 수인이 즐겁게 담소를 나눕니다. 본심을 말하자면 이 자리에 있는 세 사람을 당장 숯덩이로 만들어버리고 싶은 심정이건만, 내가 보고 있는 꿈인데도 어째서 전혀 자유가 허락되지 않는 걸까요.

그저 나는 언제나처럼 속절없이 소리가 고통과 쾌락에 신음하는 광경을 가만 지켜볼 수밖에 없었습니다.

“앗?! 헉, 허억. 아아, 또 같은 꿈이야. 최악의 꿈자리네요.”

침대에서 몸을 일으킨 나는 이마에 배어나는 땀을 느끼며 한숨 쉬었습니다. 시계를 보니 평소보다 조금 늦은 기상 시간.

“오늘로 나흘 연속인가요. 도대체 뭐가 어떻게 된 거죠.”

그날, 악마 소환석이 평범한 돌로 바뀌어버린 며칠 뒤부터 꿈을 꿨습니다. 매일 밤 잠들 때마다 같은 꿈을 꿉니다.

겉모습이 변모된 슈리아가 모르는 인간들과 함께 소리를 고문하는 꿈. 몹시도 사실적인 그 광경을 꿈속에서 하염없이 지켜봐야만 합니다.

"그 악마, 계약 위반도 모자라서 내게 무엇인가 저주를 걸어 둔 걸까요."

슈리아를 함정에 빠뜨려서 악마에게 바쳤던 다음 날, 소리와 즐거운 시간을 듬뿍 보낸 뒤 해가 높게 떠오르고 나서 일어났을 때는 거뭇거뭇하게 빛을 발하던 악마 소환석이 아무 데나 굴러다니는 평범한 돌멩이가 되어 있었습니다.

무슨 일이 났다 싶어서 서둘러 비밀 지하 감옥이 있는 집에 가봤더니 지하 감옥은 텅 비어 껍데기만 남아 있었고, 그 악마는커녕 슈리아의 사체와 이제껏 연구에 사용해왔던 언데드까지 남김없이 전부 다 사라졌습니다.

그 밖에도 안쪽 감옥의 철창이 잘려나가 있었습니다만, 무슨 일이 있었는지를 설명할 만한 증거는 되지 못했습니다. 슈리아가 뭔가를 저지른 것일까 하는 생각도 들었지만, 곧 말도 안 된다고 고개를 흔들었습니다. 그 아이에게 있었던 마법의 힘이 완전하게 내 수중에 넘어온 이상 슈리아가 어떻게 손쓸 도리는 없었겠죠.

엘프의 피가 격세 유전됐어도 마법의 힘을 잃은 슈리아는 평범한 아이에 불과한지라 악마와 맞서 싸울 만한 수단이 딱히 없었으니까요.

그러니까 아마도 그 악마가 모종의 수단으로 계약을 깨뜨려서 슈리아의 전부와 겸사겸사 그 밖의 언데드도 자신의 먹잇감으로 거둬들인 뒤 또다시 어느 돌에 깃들었을 겁니다. 악마는 하나의 계약을 마치면 임의로 세계의 어느 돌에나 깃들 수 있다고 하니까요.

"후유, 안 되겠네요. 이런 얼굴을 소리에게 보여줄 수는 없죠."

마음을 가라앉히고자 바로 곁에 놓아 둔 주전자의 물을 다 마셨을 무렵에 소리가 방에 찾아왔습니다.

"좋은 아침입니다, 유미스 님. 식사 준비가 끝났습니다."

"알겠어요. 오늘은 아침 식사를 함께 들까요? 소리."

"아, 안 됩니다, 유미스 님. 저는 메이드예요. 제 입장에 함께 식탁에 앉을 수는 없습니다."

"괜찮아요, 오늘은 방에서 아침 식사를 먹을 테니까 아무에게도 보이지 않을 거예요. 식사의 양을 넉넉하게 담아달라고 말해서 함께 나누어 먹도록 해요. 오늘은 식욕이 돌지 않아서 그 정도면 딱 알맞을 거예요."

다시금 권한 뒤 나는 소리에게 미소 지었습니다.

약간 억지를 부렸습니다만, 소리는 난처한 기색으로 머뭇거리며 살짝 고개를 끄덕거린 뒤 「바로 요리를 갖고 오겠습니다」라고 말하고 다시 방에서 나갔습니다.

오늘은 소리와 조금이라도 함께 지내고 싶습니다. 소리에게는 꿈 이야기를 하지 않았습니다. 쓸데없이 걱정 끼치고 싶지 않았고, 꿈자리가 사납다는 것 말고 별다른 피해가 발생하지 않았기 때문입니다.

그렇기는 하나 형용할 수 없는 불안감 때문에 조금이라도 안심할 수 있는 시간을 갖고 싶었습니다. 내 목표를 달성할 수 있는 가망이 이제야 슬슬 보입니다만, 아직은 조금 더 시간을 필요로 하는 상황이니까요.

"그건 그렇고 슈리아의 눈을 확보하지 못한 게 유감스럽네요. 마력을 직접 볼 수 있다는『비색 눈동자』, 틀림없이 좋은 마도구의 재료가 되었을 텐데 말이죠."

과거에도 용의 눈이나 빙거랑(氷巨狼, 펜릴)의 눈을 마도구로 가공한 사례는 다수 보고됐습니다. 지금의 내가 비색 눈동자를 쓴다면 석비에 인정받을 만한 마도구를 완성시킬 수도 있을 겁니다.

'정말 가증스러운 악마네요. 덕분에 도움을 받은 건 사실이지만, 귀한 기회를 놓쳐버리고 말았습니다.'

"뭐, 상관없겠죠. 이만한 마법의 힘을 능숙하게 구사할 수 있게 된다면 언젠가 확실하게 석비에 인정받을 마도구를 제작할 수 있을 테니까요."

이미 잃어버린 물건은 어쩔 수 없습니다. 그보다 이제부터 어떻게 활동할까 고민하는 것이 먼저입니다.

"역시 어떻게든 도시를 떠나 수행과 소재 수집차 여행을 다니고 싶네요. 이 주변에서는 성장에 시간이 너무 걸립니다. 그리고 질 좋은 재료도 가만히 기다리기보다는 먼저 찾아가는 게 좋을 테죠."

이곳은 교통의 요소이자 갖은 물품이 모여드는 도시입니다만, 정말로 좋은 물건은 왕도에서 더 비싸게 팔리는 경우가 많습니다. 또한 그런 재료는 왕국보다도 제국에 더 많이 집중되는 경향이 있습니다.

제법 괜찮은 물자정도는 모이는지라 아직까지 연구 재료에 부족함을 느낀 적은 없습니다만, 석비를 위한 마도구를 만들기 위해선 소재가 들어오기를 기다리기만 해서야 언제 완수할 수 있을지 모릅니다.

'그렇다 해도…….'

힐끔 시선을 돌린 쪽에는 여기저기에서 올려 보내온 보고서의 다발이 있습니다.

왕도에서 마도구 개발 연구 성과의 보고를 요구하는 서찰 및 징수한 세입의 보고서.

가까운 교회에서 대량의 성수를 도둑맞았다는 소식까지.

역시 누군가 대관(代官)을 세워 놓아야겠죠.

여행을 떠난다 한들 나는 외동딸인 까닭에 어떻게든 아버님을 잘 달래드릴 필요도 있습니다.

"마왕이 더욱 강하게 공세를 펴고 있다는 이야기도 들리는데, 차라리 전설에서 나오는 용사 파티에 끼어들 수 있다면 가장 좋을 텐데요……."

그렇다면 당당하게 영지를 떠날 대의명분이 만들어지니까 취미 때문에 영지를 내팽개친다는 악평을 들을 필요도 없고 아버님도 왕국의 귀족인 이상 마왕 토벌에 참가하겠다고 하면 반대는 못 하실 테죠.

왕도 쪽에서 한때나마 용사 소환이 이루어진다는 소문이 난 적이 있었을 텐데 어떻게 되었을까요?

"유미스 님, 식사를 가지고 왔습니다."

그런 생각을 하고 있을 때 소리가 돌아왔습니다.

왜건에 실은 식사를 방에 설치된 탁자 위에다가 깔끔하게 늘어놓습니다.

"오늘 식사는 고기를 채운 돼지 창자구이와 쿠르크 새의 알구이에 하얀 빵입니다. 디저트로 단맛이 강한 치이고 열매를 으깨서 섞은 염소 우유를 준비해서 가져왔습니다."

"고마워요, 오늘도 무척 맛있겠네요."

그다음은 식사를 서로에게 먹여준다거나 하면서 소리와 살가운 장난을 즐겼습니다.

입술로 옮기며 함께 마셨던 디저트 주스는 무척 달콤하고 무척 맛있었기에 정신없이 탐닉하고 말았습니다. 마냥 그렇게 시간을 보내고 싶었습니다만, 유감스럽게도 수행해야 하는 일정이 있었던 터라 외출용 옷을 갖추어 입었습니다.

"으응, 오늘은 관청에서 업무를 보시겠네요. 힘내세요, 유미스 님."

"그래요, 고마워요."

방에서 나가고자 문손잡이에 손을 가져다 댔을 때 문득 신경이 쓰여 소리에게 말을 건넸습니다.

"미안해요, 소리. 잠깐만 괜찮을까요?"

"네? 그럼요, 무슨 일이신가요? 유미스 님."

"메이드복의 스커트를 아슬아슬한 높이까지 끌어 올려서 보여주겠어요?"

"네?!"

소리의 얼굴에 확 붉은 기가 돌았습니다.

잠자코 지켜보자 소리는 부끄러워하면서 스커트 자락을 잡아 들어 올렸습니다.

"저, 저기, 유미스 님. 이렇게 하면 되겠습니까?"

소리가 스커트를 높이 들어 올림으로써 날씬하고 아름다운 다리와 속옷이 훤히 노출됩니다.

아름다운 다리에 꿈에서 봤던 상처 따위는 단 하나도 없었습니다. 애당초 어제도 소리를 침실에 불러 잠들기 직전까지 나와 함께 지냈던 만큼 꿈속의 그 광경은 일어날 수가 없는 일입니다.

'……무엇을 신경 쓰는 걸까요. 아무리 그래도 걱정이 너무 지나치군요.'

나중에 짬이 나면 신관을 찾아 『악몽을 본다』라고 알린 뒤 진찰을 받도록 하죠.

그건 그렇다 치고, 아아, 얼굴을 붉은빛으로 물들인 채 부끄러워하는 자세에서 못 움직이고 있는 소리가 사랑스러워서 견딜 수가 없습니다. 그 모습을 차분하게 즐긴 뒤 나는 오늘 예정을 소화하기 위해 관청으로 걸음을 옮겼습니다.

파악한 범위 안에서 나쁜 일은 아무것도 일어나지 않았습니다.

나는 소리와 이어지는 미래를 꿈꾸면서 거리를 걸어 나아갔습니다.

'아, 언제까지 계속되는 거죠. 이 꿈은'

그리고 또다시 몇 번인가 같은 꿈을 꾸었던 어느 날이었습니다.

'……이제는 슬슬 눈이 뜨일 무렵이군요.'

평소와 거의 똑같은 광경을 억지로 지켜보다가 평소처럼 눈이 뜨일 것이라고 여겼던 그날의 꿈은 평소와는 마지막 부분이 달랐습니다.

"자, 준비는 전부 갖춰졌어요. 어리석은 언니? 아직 아무것도 끝나지 않았답니다. 언니가 막을 올렸던 연극의 무대 위에서 인형들이 아직껏 춤추는걸요.”

줄곧 방관자의 입장에서 지켜봤던 나에게 처음으로 슈리아가 말을 건넸습니다.

‘아?!’

바로 곁에서 보이는 그 눈동자는 기억 속의 선명한 붉은빛이 아니라 어둡게 탁한 빛을 띤 피처럼 붉은 다홍색으로 물들어 있었습니다.

끈적하게 달라붙는 소름 끼치는 시선을 견딜 수가 없습니다. 그럼에도 꿈은 여전히 당사자의 의사는 무시한 채 제멋대로 진행됩니다.

“아직 끝나지 않았어요, 끝내게 두지 않아요. 최초이자 최후의 막을 내리러 가겠어요. 기대하세요, 아무쪼록 가슴 벅차게 기대하면서 기다려주셔요.”

오싹할 만큼 장절한 미소를 짓고 있습니다. 등줄기에 싸늘한 무엇인가가 치달리는 감각과 함께 나는 침대에서 벌떡 몸을 일으켰습니다.

어제는 분명 소리를 침실로 부른 다음에 같은 방에서 함께 잠들었습니다.

그러나 황급히 옆을 돌아봐도 소리의 얼굴은 보이지 않았습니다.

“『키히히, 키히히히히히!』”

“윽, 누구죠!!”

그렇게 혼란에 빠진 와중에 둘러본 방은 평소와 다를 바 없는 내 침실이었습니다.

아뇨, 단 하나 다른 부분이 있습니다.

방의 탁자 위쪽에 여기저기를 붙이고 기운 디자인의 인형이 놓여 있었습니다. 저것은 분명 일전에 소리가 슈리아에게 준 먹이 중 하나였을 텐데요.

디자인이 특이했었기에 잘 기억합니다.

'그 인형이 어째서 이런 곳에…….'

"『키히, 키히히.』"

놀랍게도 목소리를 낸 것은 인형이었습니다. 그뿐 아니라 단순히 장식으로 여겼던 몸의 지퍼가 벌어지더니 한 통의 편지를 꺼내 들었습니다.

마치 나를 바보 취급하듯이 매끄럽게 한 차례 인사를 올리더니 편지를 탁자에 놓고 세차게 창밖으로 뛰쳐나갑니다.

"머, 멈춰요!!"

인형이 뛰쳐나간 창문으로 허둥지둥 달려갔습니다만, 창밖으로 몸을 내밀었을 땐 이미 주위의 여러 집 사이 모퉁이로 돌아드는 참이었습니다.

전혀 영문을 모른 채 급격하게 부풀어 오르는 불안감을 내리누르면서 새삼 상황을 확인하고자 마음을 다스렸습니다.

붉은 편지지와 봉해 놓은 편지의 겉면에는 『초대장』이라고 쓰여 있습니다. 뒷면으로 돌려서 본 발송인의 이름은 『슈리아와 당신은 알지 못하는 복수자가』라고 쓰여 있었습니다.

쓰여 있는 문장을 읽으면서 방금 전까지 꾸던 꿈과 현실이 이어졌다는 기분이 들었습니다.

"소리, 소리!! 어디에 있어요! 대답 좀 해봐요, 소리!!"

커다랗게 내지른 목소리에 돌아오는 대답은 없습니다.

고함을 듣고 다른 고용인들이 찾아왔습니다만, 누구에게 물어도 내 질문에 답하지 못했습니다.

그날 내 집 안에서 소리가 행방을 감췄습니다.

결국 저택 안을 구석구석까지 뒤져봐도 소리는 발견되지 않았고 특별히 배정해줬던 개인실을 살펴봐도 자취를 찾을 수 없었습니다. 보통은 다른 메이드와 공동으로 합숙방을 쓰는 것이 관례이건마는 귀족 출신이라는 이유를 들어 밀회에 편하도록 1인용 개인실을 내줬던 것이 화로 돌아왔습니다.

아무도 소리가 언제 사라져버렸나 알지 못했습니다.

'아니요, 먼저 나부터 진정해야 합니다. 애당초 어젯밤에는 내 방에서 함께 잠들었잖아요. 먼저 지쳐서 의식을 놓아버렸던 소리의 얼굴을 잘 기억하는걸요. 그런데도…….'

"……나머지 단서는, 이 편지뿐인가요."

수중에 남은 것은 봉인되어 있는 한 장의 편지.

새빨갛게 물들어 있는 봉투는 안 그래도 불길한 느낌을 더욱 부풀립니다.

그럼에도 아마 소리의 행방을 찾을 수 있는 유일한 단서입니다. 가슴에 불길한 예감을 품으면서 봉투를 열었습니다.

안에는 우리 가문의 문장이 찍힌 연파란색의 편지지. 음성 재생 기능이 딸린 편지였습니다.

"『자, 친애하는 유미스 언니. 연극 무대는 오늘 밤 해가 저문 뒤 올릴 거예요. 소리를 돌려받고 싶다면 앞뒤 가리지 말고 전력을 갖춰 오기를 추천드리겠어요. 장소는 해 질 녘 동문의 가도로 안내를 보내겠어요. 그러면 이만.』"

들려오는 것은 은근히 즐거움이 묻어나는 틀림없이 슈리아의 목소리.

그 자연스러운 목소리는 내가 먹이 삼아서 건네줬던 가짜가 아니라 살아 있는 인간의 육성이었습니다.

슈리아가 살아 있다는 확연한 증거였고, 내가 꾸었던 꿈이 단순히 꿈에 불과하지 않다는 증명입니다.

"윽, 어째서, 살아 있지……!"

예감은 들었습니다. 그러나 이성이 가능성을 삭제했었습니다.

말도 안 되니까요. 어떻게 하면 그 상황에서 마법의 힘을 잃은 가냘픈 소녀가 살아남을 수 있겠습니까.

악마가 슈리아의 편으로 돌아섰다? ……말도 안 되죠.

악마와 계약 맺으려면 그에 걸맞은 수순이 필요합니다. 설령 악마 본인이 바랐다고 한들 슈리아와 계약을 맺을 수는 없었습니다. 그리고 인간과 계약하지 않은 상태의 악마는 누군가에게 무언가를 할 수 없습니다. 즉 악마가 슈리아에게 협력했을 리는 없습니다.

그러니까 악마가 슈리아의 생명을 굳이 살려 두었을 리는 없었습니다. 그러나 현실에서는 이렇듯 슈리아가 살아 있고, 또한 나에게 적의를 드러내고 있습니다.

'아니요, 상황 분석은 나중에 하면 됩니다. 지금은 먼저 소리를……!!'

"……론베르트를 불러와요."

잠시 후 은근히 야비한 분위기를 지닌 거한이 나타났습니다.

"불렀소이까? 아가씨."

영지의 병력 가운데 내가 자유롭게 동원할 수 있는 대략 오십의 인원으로 구성된 직할 정예 부대. 이른바 더러운 일을 맡아서 처리하는 사병입니다.

전장에서 명성을 날렸던 전직 용병 및 모험가 등등으로 구성됐고, 실력이 제법 괜찮을 뿐 아니라 부담 없이 사용할 수 있는 편리한 말.

연구에 방해되는 걸림돌 및 이따금 주위를 캐고 다니는 불온 분자를 암살한다든가 마을 섬멸 작전 때에도 이자들을 이용했습니다.

먹이만 잘 주면 고분고분하게 움직여주는 터라 이런 때에는 요긴하게 쓸 수 있겠습니다.

"론베르트, 일거리를 주죠."

"예예, 물론 이번에도 보수는 아무쪼록……."

"걱정하지 마세요, 한 사람당 금화 한 장씩 내주겠어요. 꾸물대지 말고 서둘러 부대 전원을 소집하세요."

"전원 말이오?"

론베르트는 놀란 기색으로 눈이 휘둥그레졌습니다.

더러운 일 때문에 전원을 움직이는 경우는 거의 없었고 암살 건으로 움직이는 인원수는 기껏해야 대여섯 명입니다. 그 밖에는 첩보 부대로 활용하는 게 보통이었습니다. 그러나 나 또한 사정을 뻔히 아는데도 조바심 나는 마음을 억제할 수가 없었습니다.

"예, 전원입니다. 이번에는 평소의 암살 임무가 아니에요. 소리가 인질로 잡혔습니다. 목적은 인질 탈환입니다."

"그럼 왜 우리를 부르는 거요? 납치라면 평범하게 영지군이 출동할 차례 아니신가?"

"그렇게 하면 망할 놈들을 그 자리에서 쳐 죽일 수가 없잖아요? 나는 당장에라도 갈가리 찢어버리고 싶어서 견딜 수가 없습니다."

눈을 가늘게 뜨고 론베르트를 노려봐주자 고양되는 감정에 호응하여 짙은 밀도의 마력이 흘러넘칩니다.

"군소리 말고 최고 전력을 갖춰 오세요. 시간은 오늘 밤입니다."

"알겠소이다, 아가씨."

침묵은 금이라는 태도로 론베르트가 곧장 방에서 나갔습니다.

그리고 혼자가 된 방에서 검토를 이어 나갑니다.

"……."

모르는 요소가 너무 많았습니다.

슈리아가 어떻게 살아 있는가. 그리고 그 꿈은 무엇인가.

어떻게 생각해도 그 꿈과 지금 상황은 이어져 있을 테지요. 그렇지만 소리는 어제까지 특별히 이상이 있는 기색을 보이지 않았던 데다가 고문의 흔적도 남아 있지 않았습니다.

바깥을 봐도 아직은 해가 높이 떠 있습니다.

이를 갈고 싶어지는 심정으로 나 또한 소리를 납치했다고 짐작되는 슈리아와 그 일당을 학살하기 위한 준비에 착수했습니다.

☆

준비를 갖추고 전투에 앞서 의욕을 높이고 있는 사병 부대가 동문의 가도에 모였습니다.

명목은 도시 북동쪽 숲의 조사를 겸하는 군사 훈련입니다. 따라서 삼엄한 기세도 설명이 가능합니다.

그리고 그것이 갑작스럽게 함께 눈앞에 나타났습니다.

"저것은…… 그때 보았던."

북동쪽 숲으로 이어지는 길을 걸어서 이리 걸어오고 있는 것은 편지를 건네고 떠났던 곰 인형.

"『키히히.』"

조금 떨어진 위치에서 걸음을 멈춘 인형은 바보 취급하는 것처럼 손짓하더니 척척 걸음을 뗐습니다.

"쫓아가죠."

"예이."

인형을 시야에서 놓치지 않게 가도를 따라 나아갔습니다.

적의 무력이 불명확할 뿐 아니라 인질을 붙들렸다는 불리한 상황.

갑자기 나타난 것은 마물로 보이지도 않는 스스로 움직이는 인형.

아슬아슬한 줄타기를 능란하게 처리해왔던 사병들은 이미 이곳이 적지임을 깨닫고 긴장을 풀지 않은 채 주위를 경계합니다.

그 녀석들은 숲속으로 들어가 한 시간가량 걸어간 곳에서 기다리고 있었습니다.

"다시 만나서 반가워요, 유미스 언니. 그리고 여러분들도. 진심으로 환영해요."

흡사 방울을 울리는 듯한 목소리.

그곳에는 마치 경계선처럼 숲이 끊어져, 여기가 전장이라는 듯 잡초마저 자라나지 않은 맨땅이 펼쳐져 있는 원형의 지면이 있었습니다.

그 투기장의 중심, 잎사귀 하나도 달리지 않은 마른 거목에서 뻗어 나오는 두꺼운 가지에 세 개의 그림자가 걸터앉아 있습니다. 그림자 중 하나, 은색 머리카락을 밤바람에 흔들거리면서 검은 원피스를 몸에 걸치고 사나운 미소를 머금고 있는 한 명의 소녀가 웃음 짓습니다.

"슈리아…… 정말로 너야?"

"맞아요, 유미스 언니. 도저히 죽을 수가 없어서 이렇게 멋진 모습으로 다시 태어났답니다."

쿡쿡 웃는 소녀에게 이전의 면모는 찾아볼 수 없었습니다.

천진난만한 용모도, 몸에 두르고 있는 분위기도 전혀 다른 사람 같았습니다.

변하지 않은 듯 보이는 얼굴 생김새 및 목소리마저도 이렇게 직접 마주하니 전혀 다른 사람 같습니다.

달빛에 비추이는 가운데 손가락을 들어 스스로의 입술을 매만지면서 붉은 눈동자로 이쪽을 내려다보는 모습은 마치 음마와 같은 요염함으로 가득 찼습니다.

빛이 가득했던 예전의 천진난만함은 티끌만큼도 눈동자에 남지 않았습니다.

"오늘 밤에는 정말 아름답게 푸른 달이 떠올랐어요. 하지만 막간은 끝났고, 달구경은 나중으로 미루겠어요. 분명, 붉은 피는 이 하늘에 잘 어울릴 거예요."

마치 차가운 얼음으로 된 혀가 등줄기를 훑는 듯한 한기가 덮쳤습니다.

슈리아가 지면에 내려서자 뒤쪽의 두 사람도 따라서 지면에 내려

섰습니다.

그러자 중앙에 앉아 있었던 거목이 마치 시간을 빨리 돌린 것처럼 검은 흙이 되어서 일순간에 썩어 허물어졌습니다.

“『키히히.』”

“곰돌아, 안내역 고생 많았어요.”

선도를 맡아 수행했던 곰 인형이 주인으로 섬기는 듯한 슈리아에게 종종걸음으로 달려가자 슈리아는 머리를 부드럽게 쓰다듬어줍니다.

“옆에 있는 두 분은 어딘가에서 본 적이 있다 싶었더니 전에 도시 바깥에서 만났었죠, 블랙 오크와 싸웠던 분들인가요?”

“오, 뭐야. 기억했었나? 보나마나 금방 잊어버릴 줄 알았다만.”

“도롱이 벌레처럼 생각이 부족한 것치고는 기억력이 나쁘지 않군요.”

“……쓰레기들이! 역시 대화는 소용없겠군요. 소리를 내놓으세요.”

즐겁게 마주 웃는 흑발의 소년과 수인 소녀.

분명 저 두 사람이 슈리아를 도왔을 테죠. 그때도 전사의 차림새였는데도 블랙 오크를 단둘이서 상대했습니다. 변모한 슈리아의 모습도 그렇고 방심은 금물이겠습니다. 평범하게 싸우면 이토록 큰 마법의 힘을 얻은 내가 패배할 리는 없습니다.

“아, 그랬죠. 지금 데려오라고 할게요. 야옹아, 이리 데려오세요.”

짝짝, 슈리아가 손뼉을 치자 안쪽의 숲속에서 그날 슈리아에게 사줬던 고양이 인형이 나왔습니다. 손에 들었던 것으로 기억하는 나이프와 포크는 허리춤에 꽂은 채 작은 손에다 쇠사슬을 쥐고 있습니다.

“『이히히히히.』”

"끅, 아앗!!"
"소리!!"
그 뒤쪽을 따라서 소리가 짐승처럼 기어 나왔습니다. 의복은 너덜너덜하고 손발이 조잡한 철제 수갑과 족쇄에 묶여 있습니다. 목에는 짐승을 조교할 때나 쓸법한 투박한 가죽 목걸이가 감겨 있었고, 거기에 연결된 쇠사슬 끝을 고양이 인형이 붙들었습니다.
"야옹아, 이제 놓아주세요."
"『이힛.』"
"힉?!"
고양이 인형이 손을 놓은 뒤 소리의 상처투성이 손발을 묶은 수갑과 족쇄의 쇠사슬도 뽑아 든 나이프로 절단했습니다.
"자, 미끼는 어서 가버리세요."
"그게, 아."
슈리아의 재촉에 소리가 망설이면서도 이쪽으로 걸어옵니다.
소리는 일단 걸음을 떼자 더는 견딜 수 없었는지 울먹이는 얼굴로 달려왔습니다.
"유미스 님! 유미스 니이임!!"
"소리!!"
몹시 수척해진 소리를 가능한 한 부드럽게 받아 안았습니다.
"아, 아아, 소리, 이렇게 여위어버리—."
아니야, **이것은** 소리가 아닙니다!!
"아씨, 떨어지쇼!!"
그렇게 직감하는 동시에 옆쪽을 지키고 있던 론베르트가 고함과 함께 검을 내리치는 광경이 보였습니다.

머릿속으로 스쳐 지나가는『함정』이라는 말과 동시에 소리의 형체를 지닌 무엇인가를 떼어 내려 했습니다만, 나도 론베르트도 한발 늦었습니다.

“『키히히!!』”

가짜 소리는 어느 틈인가 손에 들고 있었던, 뒤로 젖혀진 칼날에 색깔이 각각 다른 여덟 개의 수정이 부착된 단검을 나에게 박아 넣은 뒤 얼굴을 일그러뜨리며 비웃음 지었습니다.

섬뜩했던 곰 인형과 같은 종류의 웃음소리.

“큭!!”

내가 뒤쪽으로 거리를 벌리는데도 아무것도 하지 않고 지켜보는 가짜 소리의 팔을 론베르트가 베어서 떨어뜨렸습니다.

“울려 퍼져라, 바람 정령의 성난 목소리, 『녹뢰일섬[라이트닝](綠雷一閃)』!!”

“『키히히히히힛!!』”

추가 타격을 입히기 위해 즉각 전격을 날렸더니 시체도 남기지 않고 타올라 제자리에서 천천히 안개처럼 희미해지다가 자취를 감췄습니다.

“아이, 역시 겉모습만 비슷한 가짜는 금방 들켜버리네요.”

슈리아는 아무것도 아니라는 듯 말한 뒤 또다시 쿡쿡 웃음 지었습니다.

“쿡쿡. 자, 이제부터가 진짜 시작이랍니다? 오늘 무대에 오를 주역은 슈리아 혼자가 아니에요.”

소리의 모습을 함정으로 이용당한 탓에 머릿속을 지배하려고 드는 증오를 간신히 제어하면서 꽂혀 들었던 검을 뽑아냈습니다.

그 단검을 집어 던지자 역시 안개처럼 사라져버렸습니다.

"무슨 짓을—!"

무슨 짓을 한 것인가, 그렇게 추궁하려는 심산이었으나 하려던 말을 끝까지 다 낼 수 없었습니다.

"끅, 아아아아아아아!! 머, 머리가……."

방대한 양의 알지 못하는 기억이 뇌리에 새겨지고 있습니다. 머릿속에 무엇인가를 직접 흘려 넣는 감각. 아니, 무엇인가 당하는 곳은 머리가 아닌 차라리 혼이라고 말해야 할 만한 무엇이었습니다. 강제로 엉망진창 뒤섞이는 처지에 놓인 감각, 혼의 일부에 덮어쓰기를 당하는 감각이 몸을 덮쳤습니다.

☆

어떨까. 잘 되었을까?

그야말로 파격적이라고 말할 수 있는 사용법. 이런 용도로 사용한 적은 없다. 분명히 말하자면 가능한지 불가능한지 확신도 없다. 스스로도 억지와 같은 발상임을 잘 알았기에 어디까지나 성공하면 좋겠다는 막연한 기대만 갖고 있었다.

더욱 빨리 알아차렸다면 자일리 패거리로 실험이라도 했을 텐데 정말이지 아쉽기 짝이 없었다.

"아가씨! 젠장, 네놈들 대체 뭔 짓을 했나!!"

유미스의 사병 부대를 이끄는 대장으로 짐작되는 한 사람이 큰 목소리로 고함지른다.

"뭔 짓은, 살짝 옛 기억을 되돌려줬을 뿐이라고."

유미스에게 박아 넣은 단검은 사전에 담을 수 있는 만큼 마력을 담아 둔【팔목(八目)의 투본검(透本劍)】이었다.

【팔목의 투본검】에는 상대의 스테이터스를 표시, 기록하는 힘이 있다.

그러면 스테이터스란 무엇인가? 어디에서 어떤 정보를 꺼내 오는가?

출처는 육체가 아니다. 육체뿐이라면 스테이터스에 이름은 표시되지 않아야 한다. 두뇌가 출처일까? 그러나 말을 이해하지 못하는 갓난아기의 스테이터스에도 이름은 표시된다.

그렇다면 그 출처는 분명 혼의 정보다.

혼이 실재한다는 것은 이 세계에서는 상식이다. 대표 사례라고 말할 수 있는 레이스 등등 언데드가 실재하기 때문이었다. 만약 스테이터스가 혼의 정보를 표시하는 기능이라 가정하면【팔목의 투본검】에 남아 있는 데이터는 혼의 정보를 따온 복사본이다. 그러면 스테이터스를 표시하는 것처럼 유미스의 혼에 첫 번째 때 혼의 정보를 직접 열람시킬 수는 없을까?

물론 아전인수에 불과할 뿐 죽도록 난폭한 가설인 줄은 스스로 잘 알고 있었다. 그래서 성공리에 첫 번째 때의 자신을 떠올려준다면 횡재. 잘 풀리면 좋고 실패해도 그만이라는 심정이었다.

어떻게 되든 할 일이 바뀌지는 않는다. 선택하는 과정에 오차가 발생할 뿐. 다만 떠올려준다면 망설임이 줄어드는 만큼 불순물 없는 멋진 표정으로 울어주겠지.

그리고 낌새를 보는 한 나의 바람은 잘 들어맞은 것 같았다.
"헉, 허억. 뭐, 뭐죠. 무엇을 한 겁니까. 이 기억은, 대체……."
"그 답은 네 자신이 가장 잘 알고 있잖아?"
"……우케이 카이토, 이세계에서 도래한 용사, 분명히 죽였을 텐데요. 아니, 죽였다니? 그래도, 이건 분명 내 기억인데."
새어 나오는 말은 분명히 나를 나라고 인식하는 것을 전제로 하는 발언.
"……아하하!"
뒤이어서 솟아오르는 감정은 차라리 사랑스럽기까지 한 압도적인 환희.
"아하하, 아하하하하!! 그래, 그래…… 그래, 그래!! 기쁘군. 기쁘다고, 유미스. 너와 또 이렇게 다시 만나는구나! 가장 마지막으로 만난 건 내가 살해당했을 때인가? 드디어 다음 스토리를 춤출 수 있겠군. 개막이다, 개막이다, 개막이다!! 이것이 얼간이 용사의 제2막이다!! 출연 거부는 용납하지 않는다, 마술사!!"
덮어쓰기일까, 혹은 별개 보존일까.
어느 쪽이든 상관없다. 결국은 똑같으니까.
이 녀석은 떠올렸다. 그러니까 이제 충분하다.
"……전혀 의미를 알 수 없습니다만, 결국은 내 꿈을 방해하는 적이겠군요."
어쨌든 간에 주사위는 내 손에서 굴러 떨어졌고.

"네 말이 옳다!! 자, 나는 내 맹세를 완수하마!! 반드시 죽인다! 전원 죽인다!! 우선은 너부터다, 유미스!! 절망과 한탄과 실의의 구렁텅이에서 극한의 고통과 함께 죽어버려라!!”

분명히 어떤 눈조차 남기지 못한 채 부서져서 흩어질 테니까.

제3장 분명 무너지고 부서지는 소리가 났다

드디어 이때가 왔다. 몸도 머리도 마음도 이미 진작에 전투 준비를 갖춰 놓았다.

우선은 정면 대결을 벌여 내 무력으로 저 녀석의 힘을 뭉개버린다.

"헛소리!! 설령 스테이터스를 못 봤더라도 당신이 약체화되었다는 것쯤은 느낍니다!! 『녹뢰일(라이트)』……."

그렇게 유미스가 마법을 날리려고 하다가 깜짝 놀란 얼굴로 도중에 굳어졌다.

"소용없어. 방금 전 【팔목의 투본검】에는 마력이 정련되는 것을 방해하는 저주독을 발라 뒀거든. 해독 마도구를 착용했어도 완전 해독되기 전까지는 파이어 볼도 못 날릴 거다."

"크……."

분한 표정을 짓는 유미스가 뒤로 물러나서 치료에 전념한다. 기억을 되찾은 지금의 유미스라면 미나리스의 수제 저주독이라도 대략 3분이면 다 해독해버릴 것이다.

즉 여유롭게 이 녀석들을 몰살할 수 있겠다.

"자, 유린 시간이다. 3분을 딱 채우는 개막 공연이군. 특등석에서 기분 좋게 관람해줘."

그래, 우선은 몸도 풀 겸해서 사병들이 박살나는 광경을 똑똑하게 보여주도록 하자.

【시초의 심검】과【심화의 영검】을 준비한다.

어느 쪽인지 모를 누군가가 당긴 도화선이 폭발하는 것처럼 전투가 시작됐다.

"적은 고작 세 명이다!! 조급하게 굴지 말고 숫자로 뭉개버려라!!"

유미스를 보호하는 위치에 선 남자, 론베르트라는 이름의 사병 한 놈이 침착하게 지시 내린다.

적의 숫자는 대략 오십 명가량이니까 각자 할당량은 열다섯 명 정도. 그렇지만 슈리아의 마을을 습격해서 학살을 벌인 이 녀석들은 기본적으로 슈리아의 사냥감이었다. 따라서 나와 미나리스는 숫자를 적당히 낮춰서 과도하게 날뛰지 않도록 인내, 또 인내가 필요하다.

"……하하하!! 꾸물거리지 마라! 뭐하나, 뭐하는 거냐!! 진짜 실력을 발휘해서 덤벼봐라, 구더기들아!!"

우리가 세 방향으로 흩어지자 사탕에 개미가 모여들듯이 숫자의 우위에 힘입은 자신감을 근거로 부스러기 놈들이 덤벼들었다.

당연하게도 전에 마주쳤던 마물 떼처럼 일격으로 죽이는 짓은 하지 않는다. 나중에 방해꾼 노릇을 못 하는 정도의 대미지면 충분하니까 가능한 한 오래도록 괴로워하도록 치명상을 입히자.

"뭐, 뭐냐. 이 녀석, 끄아악!!"

"너무 빨라, 커억!!"

"머, 멈춰?! 끄흑!!"

얕게 두 눈을 베어 찢고 두 다리의 힘줄을 끊었다. 허물어지는 몸의 팔뼈를 역방향으로 꺾어 일부러 고통스럽도록 부러뜨리는 한편 뾰족한 뼈가 안쪽으로부터 튀어나오게 만들었다.

눈 깜짝할 사이에 세 개의 기괴한 오브제가 지면을 나뒹군다.

"크하하하. 응? 이런, 실수했군. 한 녀석 기절시켜버렸어."

애써 천천히 목숨이 사라져 가는 감각을 맛보여주고자 하는 의도였건만, 저래서는 의식을 잃어버린 채 머지않아서 과다 출혈로 죽고 끝나버리겠다.

뭐, 한 명쯤이야 괜찮은가. 어차피 아직 사냥감은 잔뜩 남아 있다.

"왜들 그러나? 겁먹었나? 명색이 용병 출신인데 한심하잖아, 이 자식들아."

척 봐도 처음의 기세는 사라졌고 겁먹은 기색으로 적극적인 공격을 망설인다. 부활하기를 기다릴 만큼 나는 친절하지 않았다.

""끄아아아앗!!""

곧장 적 집단으로 몸을 날려서 갑옷 빈틈을 쑤셔 정면에 있는 두 사람의 팔꿈치를 꿰뚫었다. 쳐 날려버리지는 않는다. 단번에 너무 강한 통증을 가하면 또 기절할 수도 있으니까.

"바보 놈, 죽어랏!!"

두 손의 무기가 전부 틀어박혀 있는 순간을 보고 좋은 기회라고 판단했을까, 사냥감이 또 한 마리 손아귀로 뛰어들어 온다.

기본적으로 그 판단은 틀리지 않았다. 좋은 기회를 보고 망설일 만큼 훈련도가 낮은 인간은 이곳에 없었다. 틀린 부분은 전혀 좋은 기회가 아니었다는 것.

"카아아악!!"

"쓰레기에게 바보 소리를 듣고 싶지는 않군, 어이!"

벌레의 날개처럼 건너편이 비쳐 보이는 얇은 칼날과 붉은 색채를 띤 칼자루가 두드러지는【약탕 벌레의 날개 검】.

입술, 코, 눈꺼풀, 안면의 요철이 전부 예리한 칼날에 깎여 떨어져 나간다. 남자가 내지르는 고통의 목소리가 듣기 좋다.

그 한 번의 칼질 뒤【약탕 벌레의 날개 검】을 지우고【시초의 심검】과【심화의 영검】을 뽑아내서 녀석의 몸과 **평행이 되도록** 발등부터 발뒤꿈치에 걸쳐 검을 박아 세웠다.

그 상태에서 텅 비어 있는 몸통을 한껏 힘줘서 발차기로 날려버렸다.

"꺼헉, 끄아아아아아아악!!"

평소와 마찬가지로 순간적인 마력 조작에 따른 강화를 펼친 발차기는 결코 어중간한 위력이 아니었다.

충분한 마력을 주입해서 경도를 올린 심검에 비해 놈의 살점은 너무 약했다. 힘이 실려 옆으로 벌어지는 칼날에, 꿰뚫려 있던 놈의 몸뚱이에서 발목 앞쪽이 말 그대로 찢겨 나갔다.

"그만, 괴물 놈!!"

"어이쿠, 어딜 도망가시나. 섭섭하게."

"끄아악!!"

한 녀석이 비명 지르면서 도망치려고 했지만『천구(天驅)』로 사각을 확보한 뒤 양산품 장검을 써서 물리적으로 다리를 지면에 꿰어 박았다.

나와 가까운 곳에 있던 녀석들은 도망치기 위해 내게서 등을 돌리는 행동조차도 두려워서 견딜 수가 없는지 꼼짝도 하지 못하는 눈치였다.

"제기랄, 도대체 뭐냐!! 아가씨, 아직 마법은 못 쓰는 거요!!"

"이제 잠깐이면 풀립니다! 시간을 끌어주세요!!"

"헛소리 집어치워!! 저런 놈 상대로 어떻게 시간을 벌라는 거야! 나는 도망친다!!"

"아니?! 배반하는 겁니까?!"

"시끄럽다, 빌어먹을 레즈비언 년아!! 우선은 목숨부터 챙겨야 하지 않겠나!!"

그럼에도 도망치려고 하는 바보는 있었다. 그러니까 **본보기용** 투척 나이프를 휙 집어 던졌다.

"끄헉!! 끄아아아악! 아파, 아파, 아파!!"

노렸던 대로 론베르트인가 하는 남자의 어깻죽지에 나이프가 꽂혀 들어갔다. 그리고 격통에 눈을 까뒤집으면서 고장 난 수다 인형처럼 아파, 아파, 되풀이하며 지면을 나뒹군다.

나이프에 발라 둔 것은 도망치려고 하는 상대를 위해 준비했던 미나리스 특제 격통독이다. 효과는 이름 그대로 통각을 끌어올린 상태에서 온몸이 끝없이 이어지는 아픔에 시달리게 만드는 것.

혈액 순환을 좋게 만드는 효과도 있기 때문에 기절도 못 한다. 평범한 독과 달리 일단 효과를 발휘한 다음 생명력을 차근차근 빼앗아 가기에 고통을 주는 데 특화된 독이었다.

"거참, 도망치지 말라니까? 자꾸 추한 꼴 보이지 마라. 너희가 살아남으려면 우리를 죽이는 방법밖에 없어."

""""힉!""""

어떠한 마력도 전혀 실리지 않은 순수한 살기를 쏟아붓는다.

"그래, 진정 죽을 각오로 덤벼라. 전부 정면에서 박살 내주마."

☆

"끄아악!!" "이제, 그만!" "녹는다! 내, 내 팔이잇!!" "뜨거워, 뜨거워, 뜨거워!! 몸이 타오른다!!"

"우훗, 우후후후훗!! 어머나, 뭐죠. 왜 그러시나요? 고작 계집아이 하나잖아요, 실컷 농락하고 맛본다면서요?"

휘두르는 검이 느리고 상황 판단이 느리며 힘을 가하는 방식이 불균등해서 회피가 너무 쉽습니다.

더러운 일을 제법 해치웠다지만, 약한 상대를 다수의 인원으로 희롱하거나 잠들어 있는 동안 암살하는 일이나 했을 뿐 본연의 전투 기술을 갈고닦았던 것도 아니겠지요. 요컨대 잔챙이에 불과합니다.

분명 주인님께서 말씀하신 대로 전투가 아닌 유린이었습니다.

'아차, 조심해야죠. 이번에는 보조역, 보조역입니다. 제가 지나치게 욕심을 부려서는 안 됩니다.'

"죽어랏, 이 망할 갈보야!!"

"누구더러 갈보라는 거죠, 진드기 주제에."

"끄갸아아아악?!"

휘둘러 오는 검을 쥔 손을 베어 날리자 피가 튀어서 뺨에 살짝 묻었습니다.

더럽습니다. 이런저런 이유 때문에 얼굴이 저절로 일그러집니다.

그나저나 고통을 주되 죽지는 않는 수준으로 힘을 조절한다는 건

상당히 어려운 기술이군요. 주인님은 어려움 없이 해내시지만, 저는 내장의 빈틈을 쑤셔서 검을 박아 넣거나 움직이는 상대의 피부를 얇게 도려내는 식으로 검을 쓰기에는 아직 역량이 모자랍니다. 수련 부족입니다.

따라서 이번에는 손가락이라든가 귀와 눈. 그리고 남자라면 성기, 여자라면 가슴. 잘라 베어도 문제없는 부위를 노리자고 처음부터 마음먹었습니다.

"어차피 더는 쓸 일도 없을 테니까 잘라 내도 상관없겠죠?"

"억, 끄아아아아악!!"

"왜 이리 시끄럽나요, 개도 거세하면 성격이 얌전해지는데 말이죠. 아, 맞아, 그랬죠. 개만 한 지능도 없는 진드기였죠. 그렇게 생각하면 어쩔 수 없기는 하겠네요."

거품을 뿜고 쓰러지는 진드기를 걷어찬 뒤 다음 표적으로 향합니다.

"자, 저의 무료함을 달래줄 거죠? 제가 주체로 마음껏 날뛸 자리는 여기가 마지막이란 말이에요. 우훗, 우후후훗!!"

☆

"도대체 뭐냐, 이 인형! 멈춰라, 눈이, 눈이이잇!!"

분명 이 남자는 맛있는 채소를 가져다줬던 아저씨를 죽였습니다.

"누나?! 아니야, 가짜……. 꺽!"

분명 이 병사는 사이좋게 지냈던 이웃집 아이들을 웃으며 살육했습니다.

"그만, 나는 같은 편. 끄흑?!" "아, 아니야. 내가 아니라고!! 검과 갑옷이 제멋대로!! 끄악!!"

분명 이 악한들은 진심으로 즐거워하며 어머니와 셀미를 죽음으로 몰아넣었습니다.

"쿡쿡, 쿡쿡쿡. 좋아요, 실컷 공포에 떨어요."

미식가 야옹이는 눈알을 도려내고 코를 잘라버리고 귀를 잡아 뜯고 마지막으로 혀를 뽑아내서 먹었습니다.

곰돌이는 상대의 친분이 있는 인간으로 분신을 만들어서 망설이거나 당황하는 틈에 확실하게 해치웁니다.

슈리아는 『괴뢰빙대』의 마력 실을 뻗어서 검과 갑옷을 조종해 서로 찌르게 하거나, 자기 손에 든 검을 움직여서 강제로 자해시키는 중입니다.

레벨로 보면 슈리아는 무척 약했습니다. 그렇지만 『괴뢰빙대』는 인간을 상대하기에 무척 편리하고 효과적이었습니다.

왜냐하면 너도나도 강도가 높은 금속 갑옷을 입고 있었으니까요.

완력으로 저항해 봐야 마력에 특화된 슈리아를 뛰어넘을 수준은 결코 아니었습니다. 완전 제압까지는 아니어도 살짝 움직임만 둔하게 만들면 야옹이와 곰돌이가 확실한 치명상을, 그러나 당장 죽지 않을 정도의 상처를 입혀줍니다.

"응? 아파요? 그래도 아직 부족하거든요. 유린당하는 아픔을 더욱 많이 맛봐야 해요."

그래요, 슈리아는 그저 오로지 살해를 즐길 수 있었습니다. 이 3분은 카이토 님과 미나리스 씨가 슈리아에게 마련해준 즐거움을 위한 무대.

유미스 언니의 말에 따라서 마을 사람들을 죽이거나 포박했던 자들을 이 손으로 죽이기 위한 무대.

“아하하, 더욱 괴로워하세요! 더욱 울부짖으세요!! 마을 사람들은 겪는 고통을 표현할 자유마저 부조리하게 빼앗겼다고요!!”

곰돌이가 죽인 풀 플레이트 인물의 시체를 직접 조종해서 쓰레기 자식들을 죽여줬습니다.

“멈춰, 멈춰다오!! 우, 우리는 단지 고용되었을 뿐!”

“입 다물어요!! 고용된 처지여서 어쩔 수 없다고 말할 작정인가요!! 그러면 무엇 하나도 나쁜 짓을 하지 않았던 마을 사람들은 어떻게 되나요!! 그저 조용하게 살았던 일상을 마구 짓밟았던 주제에!!”

“끄악! 아파, 그만. 끄아아아악! 꺼헉!!”

분노에 등 떠밀려서 왼팔, 오른쪽 다리, 왼쪽 다리, 오른팔을 차례차례 자른 뒤 마지막으로 목을 꿰뚫어 죽여 버렸습니다.

“앗, 실수했네요. 목을 찌를 필요는 없었는데요. ……죽여 버리면 거기에서 끝나잖아요.”

뿌득, 이 가는 소리가 울립니다.

……3년, 3년이에요.

어머니와 셀미가, 마을 사람들이 내내 농락당했던 시간들.

그 지하에서 생물의 존엄마저도 짓밟힌 채 인간 아닌 존재로 전락해서.

그 대가가 몇 시간도 채우지 못한 고통과 죽음이니까 최대한 많이 가능한 한 범위 안에서 온갖 괴로움과 아픔을 다 겪어야 해요. 머릿속이 온통 엉망진창으로 망가질 만큼.

“그래요. 전부, 전부, 엉망진창으로 망가져버려야 해요. 꺄핫, 꺄하하하하하핫!!”

“『이히히히히히!!』”

“『키히히히히히!!』”

야옹이도 곰돌이도 슈리아의 마음에 공감해주면서 요란하게 웃음을 터뜨렸습니다.

“힉, 꺼흑?!”

“끅?! 컥, 끄아아앗!!”

“쿡쿡. 아아, 정말이지 젖어버릴 것 같아요!!”

자, 더욱 절절히 즐겨볼까요.

자유롭게 쓸 수 있는 시간은 길지 않아요. 카이토 님과 미나리스 씨가 계획에 어긋나지 않게 조정해줄 테니까 마음껏 날뛰라고 말해줬어요.

그러니까 슈리아는 한정된 짧은 시간을 핥으면서, 빨면서.

——마지막 한순간까지 다 음미할 거예요.

☆

철벅철벅, 비 내려 젖은 지면을 달려 돌아다니는 소리가 울려 퍼진다.

다만 그곳에 어느 한가로운 장면 따위는 티끌만큼도 굴러다니고 있지 않았다.

“아파, 아프다고.” “꺼헉, 끄윽.” “으아아아, 아아아아아아.” “오른쪽 팔이 없어어엇, 두 다리도, 어디에?”

살랑거리는 밤바람에 섞여 있는 것은 쇠붙이의 녹 냄새. 반짝반짝 빛나는 달에 비추이는 지면에는 붉은 바다가 만들어졌다.

통증 때문인가, 육체의 반사 행동인가. 경련하는 몸에서 피 튀어 오르는 소리가 난다. 그 소리가 **망가진** 인간들이 내질러 대는 고통의 신음 소리와 겹쳐 들었다. 유미스를 때려눕히는 전주곡에 몹시 잘 어울린다.

나동그라져 있는 이놈들도 유미스가 주위를 짓밟아 가며 쌓아 올렸던 성과다.

그렇다 해도 이놈들 또한 유미스에게는 단지 버리는 말에 지나지 않을 테고, 망가뜨려 봤자 당장에 갖다 버린 뒤 잊어버릴 정도의 가치밖에 안 되겠지만.

“잿더미로 돌려보내는 지옥의 화로, 모조리 빼앗는 포학의 열화,
데몬즈 파이어
『지옥염로(地獄炎爐)』.”

유미스가 손을 가볍게 흔들자 어두운 색의 불꽃이 용솟음쳐서 쓰러져 있는 영지병들을 집어삼켰다.

“뜨거워어?! 멈춰, 끄아아악!!” “아아, 따뜻하다, 이제야 죽을, 수…….” “캬아아아악…….”

“어이구, 숨통을 끊어버렸네. 뭐, 어차피 금방 과다 출혈로 죽었겠지만.”

내가 팔다리를 날려버렸던 녀석들은 당장에 죽지 않도록 중요한 혈관은 지혈 삼아서 살점이라든가 뼈라든가 대충 뭉갰던 까닭에 피

는 별로 흘러나오지 않게 조처했다.

미나리스와 슈리아는 그렇게까지 능숙한 살해 기술을 익히지는 않았으니까 30분쯤 지나면 과다 출혈로 죽었겠지만, 내가 정성 들여서 오뚝이 상태로 만들어 놓은 녀석들은 두세 시간은 더 살아 있었을 테고 한 시간 이내의 경우 후유증도 남기지 않고 회복도 가능했다.

뭐, 그런 처지에 놓인 수하들이 과연 유용하겠냐고 묻는다면 어떻게 궁리해도 아니라는 대답이 나올 테니까 맞이하게 될 말로는 결국 똑같았겠지만.

"그게 전부가 아닙니다, 이『데몬즈 파이어』는……."

"말하지 않아도 안다. 그 말투를 듣자 하니까 역시 별개 보존인가 보군. 어디까지나 주체가 되는 것은 두 번째의 너라는 뜻이겠지."

덮어쓰기가 이루어졌다면 굳이 내가 다 아는 마법의 설명을 하려고 들 리가 없잖은가.

다른 세계의, 그뿐 아니라 미래의 지식이다. 게다가 내가 심검으로 복사본을 만들어 놓았다고 짐작되는 혼의 데이터 역시 꼭 완전하다고 확신할 수는 없으니까 그런 의미에서도 별개의 인격으로 간주하는 것이 더욱 잘 들어맞는다.

복수를 보다 완벽하게 마무리하기 위해서 기억을 되돌려놓는 것은 분명 보탬이 됐지만, 이렇듯 반대로 유미스를 강화시키기도 했다. 지금 유미스는 나와 함께 개발했던 마법 지식을 갖고 있으니까.

"사령과 불꽃과 흙의 혼합 마법『데몬즈 파이어』. 인체와 흙덩이와 불꽃을 재료로 써서 만들어 내는 프레시 골렘과 언데드를 섞은

키메라종『테네브리즈이그니스 자이언트』를 만들어 내는 마법이지. 처음부터 다 알고 있었다고.”

쓱 둘러보면 신음 소리를 지르던 영지병들이 어두운 색의 불꽃을 두른 채 거뭇한 뼈가 되어서 한곳으로 모여들고 있었다.

“큭, 전부 안다고 어떻게 되는 게 아닐 텐데요? 미래의 나는 당신의 못된 발버둥질과 다름없는 도주극 때문에 제법 애를 먹었던 것 같군요. 그 보답도 겸하여 지금 당장에 이 자리에서 티끌도 남기지 않고 죽여 드리겠어요.”

“응? 이봐, 괜찮겠어? 나를 죽여 버리면 애지중지하는 소리 아가씨의 위치를 물을 상대가 사라진다고?”

“문제없습니다, 「사령 마술」을 쓰면 죽이고 얼마 지나지 않은 시체에서 정보를 빼내는 것쯤 손쉬운 일이니까요. 다른 세계 인간의 몸에 흥미는 있습니다만, 소리에게 손을 댄 이상 1초라도 빨리 우리 세계에서 당신을 말소해야겠죠. 당신과 거기 수인과 슈리아까지. 오물은 한꺼번에 소독해야 하지 않겠어요?”

가볍게 어깨를 으쓱거리더니 생긋 웃는 유미스.

그러나 여유를 가장하는 가면 안쪽에는 아마도 우리에 대한 분노가 가득 들어차 있는 듯했다. 그렇지 않으면 우리도 최대한으로 즐길 수 없겠지.

“『쿠워어어어어어어어어!!』” “『꾸워어어어어어어어어!!』”

목소리가 되지 못하는 포효를 지르고 불타오르는 두 마리 골렘이 느릿느릿 일어섰다.

흡사 산 사람을 모독하는 모습.

검게 물들어서 물렁하게 녹아내리다가 만 사람의 뼈를 한곳에 모아서 만든 5~6미터급의 인간형 거체가 청자색의 끈적거리는 불꽃을 활활 태운다. 그 모습은 주인을 지키는 골렘이라기보다도 악마가 소환하는 하수인 같았다.

온몸을 뒤덮고 있는 엷은 청자색 불꽃 때문일까, 혹은 불길한 분위기 때문일까. 실제 크기보다 훨씬 더 커다랗게 보였다.

"그러면 예정대로 이 녀석은 내가 혼자서 박살 내겠어. 미나리스, 슈리아, 이동해서 다음 준비에 착수해주겠어?"

"알겠습니다, 주인님. 너무 과하게 손을 쓰지 않도록 조심해주세요."

"카이토 님, 너무 신나서 휙 죽이면, 안, 돼요. 망가뜨릴 때는 슈리아도 같이 할 거예요."

"……너희 말이야, 조금은 더 나를 신용해줘도 되지 않겠냐?"

""복수심이 들끓는 게 전해지니까 무리예요.""

……확실히 저 말을 들으니 무엇 하나도 대꾸를 못 하겠군.

복수심의 공유 및 서로 간에 적의를 갖지 못하게 되는 등등 배반의 우려가 아예 사라진다는 점에서 【복수의 성검】의 제약은 여러모로 우수하지만 이런 때는 곤란했다. 아무것도 못 숨기니까. 허세 부려도 의미가 없다.

"그래, 얼른 가라, 가. 죽이지 않게 선을 지킬 이성은 틀림없이 남아 있다고. 귀한 식자재를 손질 단계에서 먹어버리는 아까운 짓은 안 한다니까."

농담 비슷하게 어깨를 으쓱거리면서 가볍게 쉭쉭, 손을 흔들자 미나리스와 슈리아는 빠른 걸음으로 떠나갔다.

"자, 이제 시작하실까."

"괜찮은가요? 애써 3대1의 상황을 만들어 놓고 보내버리다뇨. 그렇게 약체화되어 있는 상태에서 정말로 나를 이겨보겠다고요?"

"당연하잖냐? 애당초 너도 약체화됐잖아. 기억을 손에 넣었다고 딱히 레벨이 오르지도 능력치가 증강되지도 않으니까 말이야."

'뭐, 기교는 대폭 올랐지만.'

확인한 스테이터스에 나온 기교는 B+.

본래의 소양에 슈리아에게서 빼앗은 재능을 더 얹어다 놓은 까닭에 레벨에 비해 마법계 스킬도 모두 『술식 마법』의 상위, 『마도』가 되어 있었다.

아직껏 스킬 레벨은 낮아도 충분히 위협적이다.

다만 어차피 그 수준에 불과했다.

"그러니까 너도 저 두 사람을 쫓지 않았던 거지? 조금이라도 유리해지도록."

"……오만하군요, 그렇게 혼자가 돼서 최후에는 우리에게 살해당했던 주제에."

"그렇다면 첫 번째 때에 내가 너와 함께 덮쳤던 그 살인귀 암살자 놈, 골드를 죽인 뒤에 어째서 너희는 항상 네 명 이상이 함께 무더기로 공격에 나섰던 거지? 굳이 사전에 잔챙이를 먼저 보내서 소모를 유도하는 전법을 고수했고, 세 명 이하의 인원수라면 절대로 나를 공격하지 않았었잖아?"

내가 망할 왕녀, 알레시아의 수작으로 진실과 직면하고 도망친 이후. 그동안 스테이터스와 기술, 자기 암시와 비슷한 착각으로 외면

해왔던 살인에 대한 망설임, 이 세계의 생물을 죽이는 행위에 대한 주저가 정말로 싹 사라졌다.

마술사와 암살자.

스테이터스의 차이 때문에 정면으로 무력 승부를 벌이면 불리하다는 판단이었을까, 이 녀석은 암살자 골드와 손잡아서 나를 습격했었다. 골드가 재빠른 손놀림으로 나를 묶는 동안에 유미스가 주문 영창으로 위력을 높인 마법을 준비해서 나를 제압하려는 심산이었겠지. 분명히 내가 살인에 대한 기피를 무의식중에 품고 있었던 과거와 변함없었다면 충분히 성공했을 수법이었다.

어쨌든 탈출할 때 알레시아에게 얻어맞은 화염탄에는 강력한 스테이터스 저하 저주의 효과가 있었고 상처도 완치는 되지 않은 상태였으니까.

그러나 결과는 전제부터 와해됐다.

그 상태에서도 내가 골드를 압도해서 그가 시간을 끄는 방패 역할을 완수하지 못했기 때문이었다.

이전까지는 순수한 속도에서는 내가 앞섰는데도 불구하고 노회함이 배어나는 속임수 동작, 혼란에 빠뜨려 살해하는 데 특화된 암살 기술에 속아 넘어가서 정작 실력은 비등하다는 평가를 받는 상태였다.

그러나 막상 직접 대결하자 전혀 상대가 되지 않았다.

검의 속도가 느려서 훤히 보이는 속임수 동작은 전부 빈틈이 됐다. 상대의 시선 및 호흡뿐 아니라 근육 움직임과 힘의 흐름을 손에 잡힐 듯 알 수 있었고 허와 실이 뒤섞여 있는 검은 빈틈투성이의 검술로 전락했다.

상처를 입지 않은 것은 아니지만, 고양이가 쫓다가 궁지에 몰아넣은 쥐새끼에게 물린 흠집과 비슷한 정도. 고양이는 아프지도 않고, 죽음으로 이어질 만한 타격도 받지 않는다. 혹여나 그때 내 몸이 만전의 상태였다면 유미스도 놓치지 않고 죽일 수 있었을 것이다.

그러나 유미스는 형세가 불리하다고 판단한 뒤 끌어올리고 있었던 마력을 억지로 전이 술식으로 개변해서 다른 장소로 도망쳤었다. 그곳에서 유미스를 놓쳐 보내지 않았다면 첫 번째 세계에서도 조금 더 많은 녀석들을 죽일 수 있었을 텐데.

물론 이런 식으로 복수를 할 여유까지 갖지는 못했겠지만.

"『별개 보존』때문이라면 한 번 더 지금의 네게도 새겨 넣어주마. 패거리를 끌고 오지 않으면 덤빌 생각도 못하던 버러지야."

【역경에 처한 자의 과격한 칼】을 두 손에 쥔다.

"큭, 건방진 소리. 할 수 있다면 해보시지!!"

"하하!! 벌써 가면이 벗겨졌구나, 유미스으으으으으으으으으!!"

『테네브리즈이그니스 자이언트』에게 지시를 내린 뒤 스스로도 마술을 구축하는 유미스.

우선은 맛보기 삼아 평범한 상태로 가볍게 달려 나가 몸과 마찬가지로 청자색 불꽃에 감싸여 있는 인골검을 휘둘러 치는 골렘과 칼날을 맞부딪쳤다.

"『우워어어어어어어.』"

"쳇!! 역시 단단하군."

랭크를 붙여 평가한다면 군소리 없이 C급 상위로 자리매김할 『테네브리즈이그니스 자이언트』.

블랙 오크의 흑피부와 비교해도 손색이 없는 단담함이다. 순수한 힘으로 봐도【역경에 처한 자의 과격한 칼】을 사용하는데도 이쪽이 더욱 불리했다. 무엇보다도 몸을 얇게 뒤덮고 있는 불꽃에는 직접 맞닿기만 해도 MP를 빼앗아 가는 성질이 있었다.

그 부분을 감안하면 평범한 심검이 적합하겠지만, 그렇게 하면 이번에는 화력이 부족해지는 사태가 일어난다.

트라이 라이트닝
"『삼뢰섬(三雷閃)』!!"

"어이쿠."

각각 다른 궤도를 그리는 뇌광이 이쪽으로 향한다.

또 하나의 골렘도 뒤쪽에서 덮쳐들었다. 이쪽은 검이 아니라 나무 방망이 같은 둔기를 무기로 선택했다. 코등이싸움 중 힘을 빼내고 상대의 힘을 이용하여 공중으로 몸을 비틀어 『천구』로 만든 가느다란 막대 형상의 발판을 손으로 붙잡았다.

기세를 억누르지 않고 철봉을 돌듯 몸을 흔들어서 추격해 오는 전격을 피한다. 아직 속도가 실리지 않은 또 다른 골렘의 해머는 몇 초만 유지될 뿐 고정되지 않는 『천구』의 발판을 사이에 끼고 곡예사처럼 발로 밟았다.

"『꾸르라아아아아아.』"

그다음은 날아가는 대로 몸을 맡긴 채 공중에서 1회전 하고 기세를 억제하며 거리를 벌린다.

"흥, 꼴사납군요. 이전의 당신이었다면 이쯤은 일격에 때려눕혔을 텐데 말이죠."

"그러는 너도 굳이 『데몬즈 파이어』 따위를 쓰지 않고 고위력 마법을 직접 때려 박았겠지. 뭐, 지금의 너는 스테이터스가 모자라서 제대로 구사할 수도 없겠지만 말이다.”

“입만 살아서는……. 불쾌합니다. 골렘!!”

지금의 접전으로 승리할 수 있다고 판단했을까, 검을 든 호위용 골렘은 그 자리에 남긴 뒤 해머를 든 녀석을 돌격시킨다. 그리고 유미스 본인은 다시 또 마력을 끌어 올려서 다음 마법을 준비했다.

거체에 걸맞은 둔중한 움직임으로 천천히 다가드는 골렘에게서 시선을 떼지 않은 채 거리를 벌린다.

“…….”

“분기하는 변덕스러운 바람의 정령이여, 미혹하는 궤도를 그리는 섬광의 주인이여…….”

멀티플 라이트닝
이 영창은 『다중뇌섬(多重雷閃)』이군. 완전히 예상대로의 행동, 대응.

너무나 단순하고 뻔했기에 무심코 웃음이 새어 나왔다.

나는 마물 떼를 섬멸했을 때 시험한 전력에서 한 걸음 더 나아간 기술, 글자 그대로 한계를 돌파하는 비장의 수단을 쓰기 위하여 【취록(翠綠)의 정검(晶劍)】에 서서히 마력을 주입했다.

“그러면 나도 본 실력을 발휘해볼까.”

“찰나의 시간에 의식을 품어 영겁 불가피의 벼락 길을 터 내라,
멀티플 라이트닝
『다중뇌섬』!!”

“……『오버 리미트』.”

발동을 개시한다는 자기 암시를 담아 중얼거리자 옅은 녹색으로 물든 빛이 전신을 감싼다.

색채를 잃어버린 채 둔화하는 시야 속에서 벼락의 발출을 확인했다.

마법 전격은 실제 벼락과 다른 현상이다. 분명히 다른 마법에 비하면 속도는 빠르지만, 물리적인 요인하에서 생성되는 벼락만큼 번쩍거리는 속도는 아니었다. 그런 판타지 같은 힘의 결과물이기에 전격이 불규칙하게 곡선을 그리도록 날려 보내는 재주도 부릴 수 있지만.

지면을 박차고 이쪽으로 날아드는 전격을 피하며 반전하여 홀로 돌출되어 있는 골렘에게 향했다.

스테이터스의 전부를 기교로 이끌어 내는 경지에서 한 걸음 더 나아간 곳, 몸을 압박하는 부담조차 완전히 무시하는 신체 능력의 행사.

망가지지 않은 아슬아슬한 한계가 아닌, 망가지는 것을 전제로 하는 신체의 운용은 부상을 대가로 스테이터스를 크게 웃도는 힘을 일순간이나마 끌어낼 수 있다.

그리고 한계를 넘음으로써 파열되는 몸속의 근육을【취록의 정검】으로 상시 회복함으로써 짧은 시간이나마 진실된 의미에서 포텐셜의 한계를 뛰어넘는다.

"아니?!"

"『끄워어어어어어어어?!』"

"한참 느리다, 멍청한 것들아!!"

일섬(一閃), 이섬(二閃), 삼섬(三閃), 사섬(四閃), 오섬(五閃).

방해꾼 없는 일대일 상황, 나를 노리고 휘둘러 대는 해머가 한바탕 휘둘러지는 동안 골렘의 몸을 절단하는 일격을 다섯 번 날렸다.

참격을 넘어 타격에 가까운 위력을 자랑하는 공격이 왼쪽 어깻죽지, 오른쪽 위팔, 왼쪽 허리, 오른쪽 넓적다리, 왼쪽 장딴지에 도려져 나간 흔적을 남겼다.

"으랏차아아아앗!!"

"큭!! 골, 아니, 에잇!!"

유미스는 일순간 검을 든 다른 골렘에게 협공을 명령하여 보내려다가 그만두고 무영창 파이어 볼을 날렸다.

일대일로 골렘이 불리하다는 것은 확실하게 파악했음에도 다른 한 개체를 보냄으로써 본인이 무방비해지는 상황을 피하고 싶었을 테지.

그 판단은 정확하다. 왜냐하면 어차피 제때 도착은 못 했을 테니까.

이 골렘은 핵이 되는 코어를 파괴하면 기능이 정지되고 결국에는 전부가 보래로 바뀐다.

설령 이제 와서 골렘을 이쪽으로 보낸다 한들 도착하기 전에 내가 코어를 파괴해버렸을 것이다.

"잔챙이 놈, 냉큼 자빠져라!!"

유미스의 마법을 피한 뒤 밸런스를 잃고 비틀거리는 골렘에게 추가 타격을 입히기 위해 다리를 절단했다.

완전히 균형을 무너뜨린 골렘은 마지막 발버둥으로 옮게 둘러 둔 청자색 불꽃을 호쾌하게 뿜어냈다.

골렘에게는 자폭과 다를 바 없는 행위.

청자색 불꽃은 곧 골렘의 목숨이었기에 격한 사용은 가동 시간를 극단적으로 갉아 먹는다.

"골렘 주제에 구질구질하게 버티는군."

나는 청자색 불꽃에 MP를 빼앗기는 것을 느끼면서 두꺼운 장갑에 비호받고 있는 골렘의 코어를 끝내 파괴했다.

"내 기억을 돌려놓은 것이 불리하게 작용하는군요. 다 알고 있답니다, 『오버 리미트』의 약점은."

"……."

유미스의 말대로 『오버 리미트』에는 결점이 있다.

항상 치유의 힘을 쓰는 관계로 어쩔 수 없이 MP 소비가 격해진다. 그리고 【취록의 정검】은 치유력을 대폭 높여주는 효과밖에 없기 때문에 마력과 별개로 활력이 소모된다. 그게 이 비장의 수단을 쓴 뒤에 비정상적으로 배가 고파지는 이유였다.

레벨이 올라가면 몸의 활력 허용량이 늘어나서 『활력 저장』이라는 스킬도 손에 넣을 수 있다만, 지금 시도해 봤자 군살만 붙는다. 따라서 이 비장의 수단은 별로 오랜 시간을 쓸 수 없었다.

마물 떼를 상대로 사용했을 때는 적당히 자제하면서 썼는데도 불구하고 대략 7분 만에 상당히 소모됐었다.

전력으로 쓰는 지금은 잘해야 3분이 한계겠지.

그런 데다가 『테네브리즈이그니스 자이언트』의 불꽃에도 MP를 빼앗기고 있다.

남은 MP는 약 3할, MP취기의 조짐도 살짝 느껴졌다. 오버 리미트는 이제 쓸 수 없었다.

"훗, 그건 너도 마찬가지잖아? 유미스."

그러나 유미스 또한 비슷한 처지였다.

『데몬즈 파이어』를 발동하는 데 필요한 MP는 효과나 위력에 비하여 몹시 적었다. 그러나 골렘의 코어가 파괴되었을 때는 저주의 반동처럼 격한 고통과 함께 술사의 MP를 듬뿍 깎아 먹는다.

은밀하게 마력을 빼앗는 효과도 부여되어 있었던 저주독, 높은 위력을 발휘하는 『트라이 라이트닝』과 『멀티플 라이트닝』의 사용.

그리고 『테네브리즈이그니스 자이언트』 코어의 파괴.

현재 레벨의 유미스가 다루기에는 마력 소비가 컸다. 겉에 보이는 만큼 여유가 없기는 저쪽도 마찬가지였다.

"그렇다 해도 아직 마력도 4할은 남아 있죠. 『오버 리미트』도 한계일 테고, 『테네브리즈이그니스 자이언트』도 하나 더 남아 있습니다."

"……."

"여전히 당신의 어리석음은 변함없네요. 만약 내가 기억을 되찾지 않았다면 그 힘을 경계해서 당신에게 회복할 여유를 내줬을지도 모르겠습니다만."

오버 리미트를 쓰는 동안은 치유의 힘을 발현하기 때문에 두르게 되는 옅은 녹색의 빛. 그 빛이 사라졌음을 확인하고 승리를 확신한 듯 유미스가 여유롭게 미소 짓는다.

"최대 출력으로 처단하거라, 골렘이여."

"『쿠워어어어어.』"

유미스의 말에 검을 쥔 골렘이 방금 전 코어가 깨져 나갔던 골렘과 마찬가지로 몸에 두른 불꽃의 출력을 올렸다.

저래서는 평범한 심검으로 맞싸워 봤자 몇 합 버티지도 못한 채 나머지 마력을 모조리 빨아먹힌다.

그리고 곧 움직임을 멈출 나에게 일격을 선사하고자 마력을 끌어모으고 있었다. 주문은 영창하지 않았으나 유미스의 주위에 모여드는 마력이 물과 바람의 속성을 띤다.

이 상황에서 저년이 쓸 만한 마법은 예상이 됐다.

"정말로 너는 아무것도 변하지 않았구나, 유미스."

작게 중얼거렸던 말이 쿵쿵 지면을 흔들면서 이쪽으로 향하는 골렘의 발소리에 지워 없어졌다.

"확실히 나는 어리석었지만 말이야, 너도 충분히 어리석은 인간이잖아?"

그래, 전부가 다 일말의 오차도 없이 예상대로 전개된 결과.

그러니까 당연히 유미스가 선택할 수단을 박살 낼 수단이 **나에게도 숨겨져 있다**.

"와라, 【흡착검(吸着劍)】."

손에 든 것은 유미스가 기억을 되찾기를 바라며 다시 획득했던 심검.

형태는 통상의 롱 소드이고 한가운데에서 적색과 청색으로 깔끔하게 색깔이 구분되어 있다.

능력은 지정한 대상을 주위에 끌어모으는 것.

유미스가 이상하다는 표정을 짓는다. 저 녀석도 역시 【흡착검】의 능력을 알고 있기 때문에 더욱 『이 상황에서 무슨 짓을』이라는 생각을 떠올렸을 것이다.

그러나 지금 내 의도를 알아차리지 못한 시점에서 이미 체크 메이트였다.

가까이 닥쳐든 골렘에게 눈을 돌리고 타이밍을 가늠하다가 나는 심검을 지면에 박아 세웠다.

"아니, 왜?!"

"『우워어어어어엇』"

내가 검을 박아 세워서 함정을 작동시킴에 따라 정확히 골렘이 있던 장소가 붕괴됐다.

받쳐주는 지면을 잃어버린 골렘이 은근히 얼빠진 목소리를 내면서 깊이 7미터의 함정에 떨어졌고, 그 구멍에 채워져 있던 물을 성대하게 뿜어 올렸다.

"함정?! 게다가 물……?"

나는【흡착검】을 뽑아 들고 골렘에게 마지막 일격을 선사하기 위해서 달려 나아갔다.

"앗?! 역시 어리석군요! 단순한 물로 골렘이 두르고 있는 저주받은 불꽃이 약해지리라는 기대라도 갖고 있었던 겁니까?!"

"바보는 너다, 유미스. 말했을 텐데?"

물보라가 다 떨어진 다음 모습을 드러낸 골렘은 불꽃을 거의 전혀 피어올리지 못했다.

"네가『데몬즈 파이어』를 쓸 줄 알고 있었다고."

"세상에, 설마 성수?!"

저주의 힘을 지니는 불에다가 물을 끼얹어 봤자 아무런 의미도 없다. 그러나 교회의 축복을 받은 성수라면 결과가 달라진다. 그 불꽃 자체는 골렘보다도 언데드의 성질이 강하니까. 따라서 성수를 뒤집어씌우면 저주의 불은 위력이 약해진다.

함정에 뛰어든 나는 움직임이 느려졌을 뿐 아니라 청자색 불꽃도 약해져 있는 골렘의 코어를 꿰뚫었다.

"끄윽, 크, 아악, 아직입니다!!"

코어 파괴에 따라 MP를 빼앗기고도 유미스는 구축 중이던 마력을 애써 유지했다. 그리고 모래로 화하던 중 골렘이 유미스의 지시에 따라 일순간이나마 내 움직임을 방해했다.

"죽어랏, 용사!!"

최후의 힘을 쥐어짜서 유미스가 마술을 날리려고 한다.

"그러니까 말했을 텐데, 유미스."

그리고 여기까지가 내가 예상했던 일련의 흐름.

【흡착검】에 마력을 담아 내가 있는 위치와 반대쪽의 함정 벽면에 던진다.

거의 동시에 뚜껑을 덮는 것처럼 유미스가 만들어 낸 바람의 막이 함정의 출구를 뒤덮었다.

"처음부터 알고 있었다고, 네가 틀림없이『데몬즈 파이어』를 쓴다는 것도."

피식 웃고서 나는 커다랗게 숨을 들이마신 뒤 호흡을 멈췄다.

【흡착검】이 꽂혀 들어가는 동시에 함정 안쪽의 수분이 분해되면서 대량의 산소와 수소가 생성된다. 이만한 양이 폭발하면 분명 몸성히 버틸 수 있을 리는 없었다.

"기억을 떠올리면 마력 소비가 적은『수풍염폭(水風炎爆)』을 쓸 거라는 것도 말이야. ―『수소여, 검에 모여들어라』."

"『수풍염폭』!!"

치직, 작게 방전이 이루어지는 동시에 화염이 솟았다. 그러나 폭발이 아닌 단순한 타오름이었다.

짧은 불꽃마저도 일순간 뒤에 사라졌고, 다음에는 아무것도 남지 않았다.

"불발?! 아니, 그래도 불꽃은 분명히, 어째서……?!"

"아하하하하하핫!! 꼴좋구나, 유미스으으. 겉핥기 지식, 남에게 빼앗은 힘. 그러니까 너는 그 수준밖에 안 되는 거야, 빌어먹을 돼지 년아!"

물을 분해한 수소와 산소의 혼합 기체에 불을 붙이면 폭발이 일어난다. 그러나 유미스가 아는 지식은 거기에서 그칠 뿐 어째서 폭발이 일어나는가 원리를 알지 못한다.

단지 물을 분해하면 수소 및 산소라고 명명된 두 기체가 생성되고, 거기에 불을 붙이면 폭발한다는 것밖에 모른다.

폭발이 급격한 연소 반응에 따른 충격파라는 사실을 알지 못한다. 그러니까【흡착검】으로『수소와 산소의 혼합 기체』를『수소 기체』와『산소 기체』로 분리했던 의미를 알지 못한다.

그 상태에서 불을 붙인들 타오르는 것은 산소와 수소가 닿아 있는 표면 부분뿐. 혼합 기체만큼 단박에 반응이 퍼져 나가지 않기 때문에『폭발하지 않고 잠깐만 불타오른다』라는 결과가 만들어진다.

함정 밖으로 뛰쳐나와서 나는【시초의 심검】을 손에 들고 유미스의 위치로 달려들었다.

"크, 아직!"

"뭐가 아직이냐, 체크 메이트다!!"

꺼내 든 것은 노예 따위에게도 사용되는 마력 봉인의 수갑.

노출된 빈틈을 이용하여 유미스에게 수갑을 채워 잠가버리고 다리를 걷어찬 다음, 손에 든 심검을 쓰러져 있는 유미스의 손등에 꽂아 박았다.

"끄읏!! 끅, 아아아악!!"

빙글빙글, 통각을 자극하고자 박아 세운 심검을 흔들었다.

"크핫!! 얼씨구, 왜 이러시나. 아픈가? 나도 꽤 솜씨가 좋아졌지? 전부 너희 덕분이라고. 네가 그렇게 괴로워하는 표정을 지어주다니 진심으로 기쁘군. 전부, 전부가 다 너희를 위해 갈고닦았던 오직 고통을 주기 위한 기술이거든. 어때, 알겠어? 지금 내 심정을."

"끅, 으으, 아아악!!"

손등과 발등, 팔꿈치, 무릎까지 출혈이 너무 심하지 않도록 주의를 기울이면서 유미스의 몸에 흠집을 냈다.

"정말 즐거운 전투였어. 완전히 예상대로 움직여줘서 웃음을 참는 게 얼마나 힘들었는지 알아? 사병을 쓰레기로 바꿔 놓으면 틀림없이 그 골렘을 만들 줄 알았지. 괴로운가? 너, MP취기로 이성이 날아가는 게 아니라 속이 메스꺼워지는 타입이었지. 코어 파괴도 괴로웠겠군? 아닌 척해도 다 알아."

"끅, 으으윽, 헉, 허헉."

"아차, 안 되지. 독식은 하지 말라고 당부도 들었는데 말이야. 자, 정신 똑바로 차리고 버텨라?"

"으끅!! 끅, 읍, 아아."

몸의 마디마디 관절을 검에 꿰뚫려서 지면에 납죽 엎드려 있는 유미스의 손을 짓밟았다. 뼈는 좀 부러졌어도 이쯤은 괜찮겠지? 아주 조금, 아주 조금뿐이니까 말이야. 꽉꽉 밟아준 것도 일부러 한 짓은 아니니까.

그러니까, 부탁이니까 벌써 망가지지 마라?

“자, 내 담당의 준비는 이제 끝났군. 이제부터 진짜 본 공연이거든? 유미스. 부탁이니까 일찌감치 망가지면 안 된다?”

“으흑.”

턱 아래에서 뺨을 찌부러뜨릴 기세로 유미스의 얼굴을 거머쥐었다.

“자, 너의 자부심을 엉망진창으로 짓밟아줬지. 이번에는 하나하나, 정성 들여서 티끌도 남기지 않고 너의 모든 꿈을 부숴주마.”

억제할 수 없는 감정의 분출에 입꼬리가 저절로 비웃음을 머금고 치켜 올라갔다.

땅에 엎드려 있는 유미스가 이쪽을 올려다보면서 눈을 부라린다. 그러나 발목은 여전히 꺾여 있기에 도망치거나 놓칠 우려는 없었다.

“끄, 아악. 못 움직이는 여자를 괴롭히고 즐거워하는 꼴을 보니까 여전히 참 좋은 취미를 갖고 있군요, 용사. 과연 마왕에게 욕정할 만한, 끄흑!!”

“오, 그렇지? 레티시아는 멋진 여자였어. 그러니까 너 따위 년이 그 녀석을 거론하지 마라, 더러우니까.”

포션을 써서 MP를 회복하면서 유미스의 상처 부위를 검으로 헤집었다. 그러다가 상처를 회복시켜주고 또 검으로 헤집는다. MP가 줄어들면 또 포션을 마셨다.

국방 관련의 문제도 있어서 고위 귀족답게 높은 고통 내성 스킬을 보유한 유미스에게는 일정 이상의 효과를 기대하기 어렵겠지만, 그렇기에 이렇게 저질러도 전혀 문제없다는 것은 기뻤다.

고통 내성을 갖고 있지 않은 평범한 녀석의 경우 이렇게 된통 당하고 나면 마음이 꺾여 망가지거나 죽여 달라는 말을 꺼낸다.

어쨌거나 덕분에 이렇게 즐길 여유도 생겼다.

심심풀이라고 말하기에는 즐거운 시간을 몇 번인가 반복했다. 그러나 새치기가 지나쳐서 김이 빠지면 못쓴다.

작업량을 감안하면 미나리스는 아직 준비 중일 텐데, 그나저나 슈리아는 충분하게 놀이 시간을 즐겼을까? 그런 생각을 하며 미나리스와 슈리아에게 연락을 취했다.

"『미나리스, 슈리아. 이쪽 준비는 끝났다. 그쪽은 어때?』"

『심화(心話)』스킬을 사용했다. 이전에 쥐 1호가 보내주는 정보를 미나리스에게 넘겨 보냈을 때처럼 【복수의 성검】으로 연결된 패스를 이용하는 통신 수단이었다.

거리가 너무 떨어지면 사용이 안 되지만, 평범한 통신용 마도구와 달리 일단 도청당할 우려가 없는 점이 훌륭하다.

"『네, 여기는 미나리스. 남은 목표는 절반의 절반 정도입니다. 마무리가 지체되어 죄송합니다, 주인님.』"

"『아니, 상관없어. 뭐랄까, 미나리스가 벌써 끝났다면 깜짝 놀랐을걸? 너는 적당히 하는 게 불가능하잖아. 오히려 대체 뭔 턱없는 짓을 저질렀나 걱정했겠지.』"

그나저나 절반의 절반이라니.

아니, 지능이 높아서 가끔 잊어먹을 뻔했는데 미나리스는 본래 평범한 마을 소녀였잖아. 제대로 된 계산을 할 줄 모른다 해도 어쩔 수 없지. 나중에 그쪽 공부를 할 시간도 가져야겠다.

“『슈리아, 거기 상황은 어때?』”

“『여기는 문제없어요. 심심해서 조금 놀고 있었을 정도예요.』”

“『그런가, 그렇다면 슬슬 이쪽으로 와줘. 거기 장난감보다 여기게 더 좋잖아?』”

“『앗!! 알았어요!!』”

그렇게 기쁜 기색으로 대답을 돌려주자마자 나와 유미스가 싸워서 아주 엉망이 된 전장에 파르께한 빛의 마법진이 퐁, 펼쳐졌다.

“전이, 저 마법진은 내 가문의 전이석이죠?”

“맞아, 이런 물건은 유용하게 써먹어줘야 하지 않겠어?”

전이석은 이름 그대로 전이의 힘을 지니는 돌이다.

내 심검과 달리 마력은 소비하지 않으나 적은 인원수 · 단거리 · 발동에 시간이 걸리는 등 디메리트도 많았다. 더욱이 희소하기에 가격도 꽤 높으시다. 그럼에도 만에 하나의 사태에 대비하는 탈출 수단으로 귀족 정도면 대체로 보유하고 있는 물건이었다.

그리고 전이 마법진이 한층 더 강하게 빛을 발하는 다음 순간, 그곳에서 만면에 미소 띤 슈리아와 대략 스무 명에 달하는 잠옷 차림의 남녀노소가 뒤섞인 인간 집단이 나타났다.

슈리아를 제외한 인물은 모두 유미스의 개인 저택에 고용된 자들, 즉 유미스가 조금은 정을 품었고 신뢰를 준 대상으로 짐작된 자들이다. 그들은 고통에 젖어 일그러진 표정을 짓고 있었다.

“이 녀석아, 조금이라더니 너무 놀았던 거 아니야?”

“네? 이쯤은 괜찮을걸요? 그냥 조금 손가락을 몇 개 잘라 내거나 귀라든가 눈꺼풀이라든가 깨물어서 떼어 내거나 머리카락을 억지로 잡아 뜯은 게 전부였단 말이에요. 죽을 만한 짓은 안 했으니까 합격 판정 내려주세요."

그렇게 역설하는 슈리아. 아니, 뭐가 합격이라는 말인지 알 수가 없군.

뭐, 확실히 찬찬히 보면 내버려 둬도 죽지는 않을 부상으로 자제는 했다. 망가지지 않았다면야 큰 문제는 없지.

"게다가 카이토 님도 유미스 언니를 먼저 막 건드렸잖아요."

"아니, 그게 말이야, 예상했던 대로 결판이 제법 빠르게 나버렸잖아? 마냥 앉아서 기다리려니까 좀 심심해서."

이것이 현대인의 특기 기술, 정작 본인이 한 짓은 시치미 떼기이다.

"그건 그렇고 멋진 꼴이네요. 역시 유미스 언니예요. 아주 잘 어울려요."

"슈리아……! 내 저택의 고용인들까지……."

유미스가 슈리아에게 눈을 부릅뜬다. 그러나 슈리아는 자기 얼굴에 고혹적인 미소를 띠어 보일 뿐이었다.

"자, 그러면 시작할까? 유미스, 우선 첫 번째 공연은『제1회 유미스 후두려 패주기 대회!! 두 번째는 없다?』다. 짝짝짝~!!"

"짝짝, 박수를 쳐요!"

마치 유치원 재롱 잔치라도 벌이는 것처럼 호들갑스러운 박수가 주위에 울려 퍼졌다.

"자, 구더기분들? 공연이 시작되었답니다?"

""""힉!!""""

슈리아의 말에 곰이 웃었고 고양이가 나이프와 포크를 깡깡 두드렸다.

"싫어, 싫어! 제발 부탁이니까 귀를 먹지 마!!"

"잘못했어요, 잘못했어요! 머리를 깎으라면 깎을 테니까 피부째 머리카락을 잡아떼지 말아주세요!!"

공포에 짓눌려 일그러지는 목소리가 울려 퍼진다.

"자, 당신은 집사장이에요. 그렇다면 다른 고용인들에게 모범이 되어 보여야겠죠?"

슈리아가 얼음과 같은 시선을 보낸 곳에는 머리카락의 오른쪽 절반이 아무렇게나 우격다짐으로 잡아 뜯겨져 나간 남자가 있었다. 머리카락을 두피째 뜯어냈는지 흘러나오다가 엉겨 붙은 피가 새파란 얼굴과 더해져서 살짝 호러였다.

아무래도 가장 격하게 봉변을 당한 듯 오른손으로 감싸고 있는 왼손은 둘째 손가락과 약지와 소지까지 세 개가 물어뜯긴 흔적만 남아 있었고 상처 부위는 불타 눌어붙었다.

"힉, 죄송합니다! 굼벵이에 상놈에 구더기라서 죄송합니다, 죄송합니다, 죄송합니다!!"

부들부들 떠는 남자는 마치 목숨을 구걸하듯 실룩거리는 얼굴로 흐느끼면서 일어섰다.

"자, 다른 구더기들도 제대로 역할을 하지 않으면 어떻게 될까 잘 알겠죠?"

""""흑!!""""

웃지 않는 비색 눈동자에 위압당하여 그 밖의 고용인들도 일어섰다.

"자, 유미스. 네 위치는 여기다!"

"큭, 아앗!!"

유미스의 팔을 붙잡아 끌어다가 고용인들의 바로 앞까지 기어가게 했다.

"죄송, 죄송합니다, 유미스 님."

"무엇이…… 끅?!"

온통 공포와 혼란에 지배된 표정을 짓고 있는 집사장이었던 남자는 유미스의 등에 제 발을 내리찍었다.

최초의 한 사람을 따라 연쇄되어 다른 녀석들도 같은 행동을 따라한다.

"미안해요, 미안해요!! 죽고 싶지 않아요!! 병약한 여동생이 있어요!!"

"저는, 저는 가족을 지켜야만 합니다! 흐흑, 용서하십시오, 유미스 님! 용서하십시오!!"

"꺽, 으윽, 끄흑!!"

사죄의 목소리와 함께 잇따라 내리 떨어지는 발길질에 유미스의 몸이 땅에 파묻혔다.

"극극, 아하하하하하!! 신뢰하던 고용인들에게 짓밟히는 기분이 어떠신가? 유미스. 꼴사납군, 아하하하하!!"

"마치 구더기들이 모여드는 음식물 쓰레기 같아요. 앗, 이렇게 보면 정말로 똑같네요. 비유가 되질 않아요."

레벨로 봐도 타고난 소질로 봐도 고용인들과 유미스의 사이에는 압도적으로 차이가 있다. 고통 내성을 감안하면 통증 따위야 전혀 없다고 말할 수 있다. 그럼에도 자부심 강한 유미스가 소리를 숨겨둔 저택에다가 고용할 만큼 신뢰했던 고용인들에게 이렇게 발길질

당하는 것은 굴욕이겠지.

"크, 비겁한 놈……!!"

유미스의 굴욕에 젖은 시선이 기분 좋았다.

얼마나 그 광경을 보고 있었을까. 잠시 지났을 때 미나리스에게서 『심화』로 연락이 들어왔다.

"『주인님, 준비가 완료됐습니다.』"

"『그래, 그러면 이쪽도 첫 번째 공연은 마무리할게.』 자, 슬슬 그만둬도 된다."

그렇게 말을 건네자 고용인들은 움직임을 멈추고 이쪽을 봤다.

유미스는 분노에 가득 찬 눈동자로 이쪽을 보고 있었다.

"저, 저기, 저희는……."

"이제 너희는 볼일 다 끝났으니까 죽어."

"아?"

그리고 나는【시초의 심검】으로 남자의 목을 베었다.

쿵, 지면에 떨어져서 머리가 굴러간다.

"어, 어째서! 틀림없이 시키는 대로 따랐, 꺼헉!!"

그다음은 소리 질러서 항의하려고 들던 메이드 한 명이 고양이의 포크에 목을 꿰뚫렸다.

"무슨 소리를 하는 거예요? 출연이 끝난 배역은 퇴장하는 법이라고요. 상식이랍니다."

슈리아는 살짝 고개를 갸웃거리면서 말을 입에 담았다.

"사, 살려?! 꺽!"

"이러지 마요! 뭐든 다 할 테니까, 죽고 싶지 않, 꺄아악! 아파, 아

파, 아파아아아앗!!"

위압감을 발출하여 도망치려는 시도조차 허락하지 않고 첫 번째 공연의 마무리 작업에 착수했다.

나와 슈리아는 필요가 다한 출연자들을 깔끔하게 청소했다.

"어떻게 이런, 악독한 놈……!"

"어머, 유미스 언니는 역시 참 다정하세요. 자기에게 발길질했던 저 구더기들이 죽어 나가는데도 화를 내다니요."

"너희들이 악취미스러운 장난질에 억지로 끌어들였잖아!!"

이를 악물고 유미스가 이쪽을 본다.

"크크크, 너무 화내지 마라. 겨우 첫 번째 공연이잖아? 자, 우선은 네가 신뢰했던 녀석들을 박살 내줬다. 다음은 두 번째 공연, 네가 쌓아 올렸던 과거를 부숴주마."

그리고 나는 도시에서 미리 구입한 마도구를 발동시켰다. 망원경 같은 마도구를【마수선의 갈고리 칼】로 개조한 물건.

왕녀에게 손쓴 결과를 확인하기 위하여 주페인에게 의뢰했던 마법 생물처럼 중계 카메라 비슷한 힘을 지닌 마도구였다.

첫 번째 때에도 사용했었기에 유미스 또한 물건의 기능을 알고 있었다.

"이것은, 도시의 영상?"

경계심을 드러내는 유미스의 앞에 떠올라 있는 것은 에르미아 거리의 영상.

아직껏 밤이 지나가지 않은 도시는 고요했다.

"자, 두 번째 공연을 시작하자. 『미나리스, 시작해.』"

“『네, 주인님.』”

미나리스의 목소리가 들린다.

그리고 야음을 잡아 찢는 굉음이 에르미아의 거리에서 울려 퍼졌다.

“앗?! 이건?!”

출력되는 화면은 고온을 나타내는 푸르스름한 폭염.

어두운 밤하늘을 비추는 불꽃이 에르미아의 거리를 비추어 낸다.

상당한 거리가 있었음에도 불구하고 폭발음이 이곳까지 울려 퍼졌다.

“무, 무슨 짓을…….”

“훗, 아름다운 불꽃이구나. 네가 쌓아 올렸던 과거가 타오르는 불꽃이야.”

미나리스에게 내린 명령은 에르미아에서 마도구 연구를 진행하고 있던 시설의 폭파.

유미스가 소망을 이루고자 갖은 노력을 다하여 쌓아 올렸던 마도구의 연구 정보가, 시간이, 이슬처럼 사라져 간다.

에르미아의 곳곳에 위치하는 연구소에서 발생한 폭발에 놀라 집 밖으로 뛰쳐나온 구경꾼들이 지켜보는 가운데 건물은 돌무더기로 바뀌었고 서적은 먼지가 되어 사라졌고 소재는 재가 되었다.

정말이지 아름다운 색을 띤 불꽃이다.

도시의 주민들이 불을 끄고자 물을 끼얹고 있으나 그래 봤자 불은 꺼지지 않는다. 미나리스가 『환염독귀(幻炎毒鬼)』로 만들어 낸 고온에서 타오르는 발화성 독약에다가 기름도 잔뜩 뿌려 놓았다.

평범한 화재라면 말도 안 되는, 싸늘하다는 인상마저 주는 파르께한 불꽃은 지옥 밑바닥에서 불타오르는 화톳불처럼 보이기도 했다. 이윽고 에르미아에서 거주하는 마법사들이 나타나 마법을 동원하여 불길을 진화했을 무렵에는 고온에 따른 완전 연소로 인하여 대부분이 하얀 재로 형체를 바꿔 처참한 빈 땅만 남겨졌다.

기세가 약해져서 파르르 타오르는 붉은 불과 고요함을 유지하고 있는 푸른 달만이 불탄 지면을 비춰주고 있었다.

"아, 아아, 나의 도시가, 연구의 주춧돌이……."

"이제 두 번째 공연은 종료다. 다음은 세 번째 공연, 이번에는 네 미래를 빼앗아주지."

그리고 비추어지는 것은 에르미아의 중앙에 있는 석비.

"설마……?! 머, 멈춰……!"

"『빵~!』"

나는 유열에 젖어 미소 띠면서 보이지 않는 무엇인가를 눌러서 찌부러뜨리려는 듯이 짝, 두 손을 맞대어 가볍게 쳤다.

그와 거의 동시에 비추이고 있던 석비가 와르르 소리를 울리며 허물어진다.

"말도, 안 돼……. 에르미아의 석비가……."

부들부들 떨리는 유미스의 목소리.

"그래, 좋구나. 정말 좋은 표정이야, 유미스. 그래도 아직 세 번째거든. 『충실한 고용인들』, 『쌓아 올렸던 과거』, 『목표로 삼았던 미래』를 부쉈다. 다음은 『지금 네가 갖고 있는 것』을 부수겠어."

"아?! 자, 잠깐만요! 잠깐만 기다려줘요! 더 이상 무엇을 할 작정인가요?!"

바짝 표정을 굳히고 있는 유미스의 뺨에 슈리아가 손을 가져다 댔다.

그 얼굴에는 슈리아가 최후에 마주했었던 유미스의 미소 띤 표정과 몹시 닮은 미소가 어려 있었다.

"유미스 언니, 아무것도 무서워하지 마세요. 유미스 언니는 단지 본인의 행동에 따른 결과를 받아들이면 돼요. 이제 와서 유미스 언니가 할 수 있는 일은 전혀 없는걸요. 그러니까, 자요. 슈리아와 죽어 갔었던 사람들이 보내드리는 선물이랍니다♪"

장소가 바뀐 영상은 에르미아 가문이 직할로 운영했던 연구 시설의 흔적.

허물어진 그곳에서 **기어 나오는** 것은 고블린이나 레드 캡 등등이 좀비화된 언데드였다.

"『캬르으으.』" "『쿠오오오오.』"

게다가 한두 개체가 아니었다. 각 위치에서 나타난 언데드의 수는 이미 서른을 넘어섰다.

"『흑, 꺄아아악! 언데드, 도시 안에 마물이 나타났어요!!』"

쥐 죽은 듯이 조용했던 장소에서 울려 퍼지는 한 사람의 목소리가 은근슬쩍 방관자를 자처하고 있었던 구경꾼들을 벌집을 쑤신 듯 소란스럽게 만들었다.

"어, 어떻게 된 거죠? 저 많은 언데드가 대체 어떻게 들어왔죠?!"

"뭔 소리야? 저것들은 네가 학살한 슈리아의 마을에서 끌고 들어온 언데드들이다. 기억할 텐데?"

이날을 위해 슈리아가 태어난 마을에 다녀왔다.

그곳에 있었던 것은 엄청나게 숫자를 불리고 있는 언데드 무리.

부조리하게, 갑작스럽게 목숨을 빼앗겼던 대량의 마이너스 정념과 악마가 소환됐던 영향에 따른 잔류 마력이 숫자를 불려 놓았다.

"다들 언니가 만든 고통에서 태어난 언데드들이에요. 슈리아가 말했잖아요? 『본인의 행동에 따른 결과를 받아들일 뿐』이라고요."

그 원통함을 풀어주려는 도움도 겸하여 모여 있었던 언데드들을 연구소에 불러들이기 위해 며칠에 걸쳐 전이진을 설치했다.

마법을 쓰지 못해도 마법진에 마력을 담을 수는 있었다.

MP포션을 삼키며 마력을 마구 들이부었던 전이진에서, 미나리스에게 설치시켰던 표적 좌표에 있는 연구소의 빈 땅에서 자꾸자꾸 언데드가 나타나 주위 인간들을 습격하려고 한다.

"이런, 이런 짓을 하면! 에르미아의 주민들에게도 피해가!!"

유미스의 얼굴에서 더욱 핏기가 가셨다.

"맞아, 당연히 부상자나 사망자도 발생할 거야."

진심으로 즐겁다는 듯이 유미스에게 미소를 지어줬다.

사실은 맨 처음 폭발 때 억지로 깨운 덕분에 언데드의 존재는 금세 발견됐다. 교회 관계자도 있을 테고 어느 정도는 숫자를 솎아 내기도 했기 때문에 쓸데없이 많은 인간이 휘말리는 사태는 일어나지 않을 터이나 그런 사정을 유미스에게 알려줄 필요는 없다.

그럼에도 백이나 이백으로 수습되지 않은 인원이 죽을 테지만, 이번에는 필요한 손실이니까 어쩔 수 없다.

"그런데 말이야, 잔뜩잔뜩 죽어 나가지 않음 곤란하거든. 처참한 사건으로 기억에 남아야 한단 말이지. 미안하다는 마음은 든다? 그래도 내 꿈에 필요한 희생이니까. 너라면 알아주겠지? 응? 유미스."

"크, 악독한……!"

쿡쿡쿡, 깔보는 비웃음 소리를 흘려보내면서 나는 말을 이어 나갔다.

"게다가, 에르미아의 주민이 뭐가 어쨌다고? 뻔뻔하기는, 그딴 거 신경 쓰지도 않는 주제에. 아니면 인정하고 싶지 않은가? 이 광경이 너에게서 무엇을 빼앗았는지, 사실 알고 있잖아?"

"무, 무슨 소리를……."

"저기, 저기요? 마음씨 고운 유미스 언니? 무지한 슈리아에게 가르쳐주세요. 언니가 직할로 관리하는 연구소에서 불쑥 폭발이 일어났죠? 그리고 거기에서 솟아 나오는 언데드. 두 전제에서 도출되는 시나리오는 뭘까요? 최후에, 결국은 어디에 가서 책임의 소재를 묻게 될까요?"

쿡쿡 웃으면서 슈리아가 시치미 떼고 말을 건넸다.

"서, 설마! 나에게 이 소동의 죄를 뒤집어씌울 작정인가요?!"

"정답, 정답, 정답입니다!! 아하하하하!! 맞아, 너희가 첫 번째 세계에서 나에게 한 짓이지. 내가 세계를 구한 용사에서 모든 악덕을 짊어지는 마왕으로 전락했던 것처럼 너는 에르미아의 우수하고 다정한 영주님에서 마도구 연구 시설로 비합법적인 마물 실험을 실행한 범죄자로 전락하는 거다. 나 때와 다른 부분은 누명이 아니라는 정도인가? 아하하하!!"

그나저나 참 얄궂은 일이다. 첫 번째 때는 협력해서 섬멸했었던 언데드 떼를 이번에는 이렇게 도시에 불러들이게 됐으니까.

"그래도 말이야, 죄를 갚아야 하는 사람은 네가 아니야. 당연하잖아? 내가 지금 여기에서 너를 죽일 테니까. 물론 너를 공공연히 내

놓을 마음도 없어. 너는 여기에서 아무도 모르게 최후를 맞이한다. 그러면 네가 청산해야 하는 대가를 과연 누가 감당하게 될까?"

"그, 그것은……."

만약 이만한 사태가 발생하고도 에르미아에서 유미스의 소재를 알아내지 못한다면?

유미스의 실태는 그대로 가문의 실태가 된다.

그럼에도 유미스 한 명의 목을 매달면 문제는 거기에서 끝날 것이다. 원흉으로 지목되더라도 피해가 경미하고 영주의 외동딸쯤 되면 그렇게 해서 수습이 된다. 그러나 정작 유미스가 종적을 감춘다면 그때 모든 죗값을 치러야 하는 사람은 유미스의 부모였다.

일단 틀림없이 가문과 관련되어 있는 인물이 처형된다. 그 범위가 어디까지 뻗쳐 나갈까 분명하지는 않았다. 그래도 유미스가 배제가 아닌 인정받기를 바랐던 두 부모는 확실하게 처형당할 것이다.

"이 쓰레기가!!"

"크하하핫!! 전부 너희가 내게 한 짓이잖아. 첫 번째 때의 기억을 갖고 있다면 내가 가족과 친구를 학살당한 채 소환됐었다는 것도 떠올렸겠지? 그 망할 왕녀에게 들었겠지만, 내가 진실을 안 다음은 지긋지긋하게 같은 이야기를 하면서 바보 취급하고 도발한다고 아주 정신이 팔렸었지? 그래, 어떠냐? 나와 같은 걸 당한 기분은. 과거도 미래도 소중하게 여겼던 사람들도 통째로 빼앗긴 기분이 어떠냐고. 아하핫♪ 아하하하하하!!"

안 멈춘다, 안 멈춘다, 멈추지 않는다.

즐거워서, 견딜 수가 없어서 비웃음 소리가 멈출 줄을 모른다.

첫 번째 때의 세계에서 겪었던 그 처참한 도망 생활을 떠올렸다.

굴욕과 분노에 떨면서도, 그럼에도 부풀어 오르는 증오를 토해 내지도 못하고 삼켜왔었던 것은 이날을 위해서였다.

"이 악마 놈……! 절대 용서 안 합니다, 지옥에 떨어지세요!"

굴욕과 분노에 떨면서 유미스가 증오 서린 눈으로 이쪽을 쳐다본다.

"죽어, 죽어!! 슈리아, 너도!! 어째서 너희가 살아 있는 겁니까! 어서 두 사람 다 지옥 밑바닥으로 돌아가버려! 이 망자들아아아앗!!"

틀림없이 증오에 푹 젖은 눈동자.

유미스가 고통스러워하고 있음을 뒷받침하는 증거.

"꺄핫! 꺄하하하하핫!! 그게 웬 바보 같은 소리예요? 이제 와서 뭘 돌아가요, 슈리아도 카이토 님도 지금껏 줄곧 지옥 밑바닥에 있었는걸요. 안 그러면 유미스 언니를 지옥 밑바닥으로 끌어내릴 수가 없잖아요."

"맞아. 정말 맞는 말이구나, 슈리아. 아하하하!!"

그렇다, 이미 우리는 지옥 밑바닥으로 떨어졌고 지옥 밑바닥에서 살아가기를 선택했다.

상처를 입은 채 거기에서 빠져나오는 길을 찾기보다 그 장소로 너희까지 부득부득 끌어내리는 길을 선택했다.

유미스의 말대로 우리는 복수하지 않는 길을 잘라서 내버렸을 때 이미 변명의 여지도 없이 망자가 되기를 맹세했던 셈이다.

"뭐, 뭔가요. 당신들은……. 제정신이 아니야……!!"

겹쳐 울리며 공명하는 폭소.

허세의 그림자에 공포를 내비치는 유미스의 얼굴이 못 견디게 유쾌하다.

“자, 드디어! 드디어, 드디어 이때가 왔다! 분위기가 달아오르는구나, 하하! 다음이 우리의 마지막 공연이다! 만찬에 올릴 메뉴는 너의 『꿈』이다, 유미스! 슈리아, 준비는 끝났어?”

“물론이에요♪ 언니, 슈리아가 준비한 마지막 배우를 소개할게요. 『단단이』, 데려오세요.”

슈리아는 세 번째 사역마에게 그렇게 명령했다.

그리고 단단이가 몸을 움직여서 맨 처음과 마찬가지로 숲속에서 나타난 자는 이번에야말로 거짓이 없는 진짜 소리였다.

복장은 저택에서 일하던 때와 똑같이 긴소매의 메이드복. 혼자 나타난 듯 보이지만, 소리의 몸 뺏속에는 내가 【불거미의 다리 검】의 화독(火毒)으로 녹여서 액체화시켰던 순도 높은 미스릴 합금에 슈리아의 『괴뢰빙대』로 생명을 불어넣은 세 번째 사역마 『단단이』가 제 몸을 숨기고 있다.

“또 가짜를, 아니, 이번에는, 소리!!”

“유미스, 님…….”

공포에 젖어 핼쑥한 소리의 얼굴을 본 유미스는 이번에야말로 완전히 핏기가 가셔서 파란 정도가 아니라 새하얗게 얼굴이 질렸다.

슬슬 벗겨지는 허세는 유미스가 마음에 둘러 둔 갑옷의 파편이다.

알고 있기는 했지만 역시 이 여자가 유미스의 꿈이자 결정체.

“그, 그만, 이러지 마요! 제발, 제발요! 소리만큼은……!”

덜덜, 유미스의 몸이 떨린다.

“마지막 공연은 『꿈 풍선』이다. 소리의 몸에 슈리아의 사역마를 넣어 뒀거든. 오늘까지 매일 밤 매일 밤 너에게 보여줬던 대로."

"크, 역시 그 꿈은……!"

"곰돌이에게 부탁해서 꿈으로 보여줬어요. 어때요? 재미있었죠?"

조소하는 슈리아를 유미스가 창백한 얼굴로 올려다본다.

"후후, 그 얼굴을 보고 있자니 이 구더기를 괴롭혔던 보람이 느껴지네요♪"

"꺅, 꺄악!"

"소리!!"

단단이에게 명령해서 몸을 강제로 조종해 기어 오도록 시킨 슈리아가 소리의 등을 짓밟고 웃었다.

"자, 규칙은 간단하다. 네가 마음을 준 사람의 몸속에 있는 단단이는 슈리아의 신호에 맞춰 몸을 부풀릴 거다. 그렇게 되면 당연히 마지막에는……."

그때 일부러 말을 끊고 가만히 웃어줬다.

"싫어! 죽고 싶지 않아……! 흑흑, 으윽."

"……."

죽음의 공포로 눈물 흘리는 소리처럼 다음 발언을 상상했을 유미스도 울상을 짓고 얼굴이 일그러졌다.

"그래도 나는 착한 사람이거든. 딱 하나 살아날 수 있는 방법을 가르쳐주마. 그 메이드에게 마력을 들이붓는 거야. 슈리아의 사역마도 마법 생물이잖아? 허용량을 넘는 마력을 들이붓는다면 활동을 정지시킬 수 있거든."

살아날 수 있는 방법이라는 말에 일순간이나마 희망의 빛이 서렸던 유미스의 얼굴이 절망으로 물들었다.

왜냐하면 그렇게 주입할 만한 MP를 나와 치렀던 전투에서 이미 다 소모했기에.

나는 마력 봉인의 수갑을 풀어줬다. 슈리아도 걷어차 굴리는 모양새로 제 다리를 소리에게서 떼어 냈다.

"그럼 시작이다. 너의 꿈 풍선이 너무 부풀어서 터져 나가지 않도록 노력하라고?"

"안 돼, 자, 잠깐만요……?!"

"싫은데요♪ 에잇!"

슈리아는 유미스의 말을 도중에 끊고 최후의 공연 테이프를 끊었다.

"아악! 아아아아악!! 그만, 그만요!! 아파, 아파아파아파앗!!"

"소리!!"

벌써 단단이가 몸을 슬금슬금 부풀리는 듯 뼈가 안쪽에서 압박되는 통증에 소리가 울부짖었다.

그 목소리에 유미스가 다리를 비틀거리면서 소리에게 다가가 얼마 남지 않은 마력을 주입하기 시작했다.

"크, 으읍, 흐으읍!!"

"꺄, 꺄악! 살려줘요, 유미스 님! 아파, 아파요!!"

"견뎌, 주세요! 금방, 구해줄 테니까요!!"

유미스가 힘껏 마력을 주입한다. 그러나 만전의 상태였다면 모를까 지금 상황에서 슈리아가 정성 들여 만들어 낸 단단이를 활동 정지로 몰아넣을 만한 마력은 없었다.

"끄흑, 아앗, 아아아아앗!!"

금세 바닥을 친 마력을 그럼에도 억지로 쥐어짜는 탓에 언제였던가 과거의 나처럼 유미스의 몸이 툭툭 찢어졌다.

—그러나, 그럼에도 아직 뜻을 이루기에는 멀었다.

"끅, 끄흑, 아, 아악!"

벌컥벌컥 소리의 몸이 뛰쳐 오르고, 뚝뚝 흐르는 눈물에 유미스의 몸에서 맺혀 떨어지는 피가 섞인다. 한계를 넘어 억지로 주입하고 있던 마력도 점점 기세가 줄어들었다.

"안 돼! 안 돼, 안 돼, 안 돼에에에에에에엣!! 부탁이에요. 아아, 용사님! 슈리아! 내가 어리석었어요! 뭐든지 다 할 테니까! 그러니까! 그러니까 용서해줘요!! 소리를 죽이지 말아주세요!!"

눈물 흘리면서 애원하는 유미스.

깔보고 이용하고 내게 비웃음 짓고 배반했었던 유미스가 지금 이토록 꼴사나운 모습을 내보이고 있었다.

"하하하! 용서할 리 없잖냐!! 네가 우리를 망자라고 불렀을 텐데! 망자가 사람의 말을 듣겠냐."

"누굴 바보로 알아요? 유미스 언니, 슈리아는 당신에게 복수하기 위해서 악마의 길에 떨어지기를 선택했어요. 그러니까…… 실컷 괴로움을 겪어보세요. 꺄하하하!!"

"큭, 망할, 악마들아아아아아아아아!!"

투둑투둑, 유미스의 바랐던 꿈이 삐걱거리는 소리가 점점 가까워진다.

"아, 끅, 으으……."

"소리! 소리, 소리, 소리!!"

"유, 미스, 님……. 아……!"

마치 지나치게 부풀린 물 풍선을 땅에 떨어뜨린 것처럼.

철써덕, 인간의 몸 대부분은 수분임을 새삼 인식시켜주는 그런 음향을 남긴 채 소리의 몸은 살덩어리, 아니, 살점으로 바뀌었다.

"……아, 어, 아앗?"

자신에게 떨어지는 대량의 피를 맞으며 유미스는 그저 멍하니 말을 흘렸다.

현실을 인정하고 싶지 않아서인가, 인정할 수 없어서인가.

유미스의 내면, 인격은 이미 툭 건드려도 무너질 듯한 엉성한 모래의 잔해였다.

그러니까 내가 이제껏 줄곧 해주고 싶었던 말을 주저앉은 채 움직이지 못하는 유미스의 귓가에 대고 속삭여줬다.

"이봐, 유미스. 지금 막 나와 마찬가지로 네 소중한 꿈도『붕괴』됐구나? 마지막으로 한 번 더 물어볼게, 지금 기분이 어떠신가?"

"아, 아아, 아아아아아아아아앗! 싫어어어어어어어어어어어어엇!! 이런 거, 싫어, 싫어싫어, 싫어어엇!!"

"아하하하하하!! 그래, 그거야, 유미스!! 바로 그거라고!!"

"꺄핫♪ 더 울어요, 더 아우성쳐요, 더 소리 질러요!! 천국에 계신 어머니와 셀미에게도 들리도록 비명 지르란 말이에요!! 꺄하하하하!!"

한 사람의 비명과 두 사람의 환희.

그래, 이거다. 바로 이거다.

이제껏 줄곧 바랐던 게 바로 이거였다!!

나는 이 광경을 보기 위해서 지금 두 번째 세계를 살고 있다!!

"자, 이제 우리가 준비한 공연은 끝났다. 마음껏 즐겨준 것 같아서 나도 기쁘군, 유미스."

"언니가 막을 올린 연극이에요. 이제 마지막 막을 내리도록 하죠."

어리석은 자밖에 없었던 이 연극의 막을 내리자.

나와 슈리아는 서로 별다른 장식이 없는 단출한 검 두 자루를 한 자루씩 각각 둥글 주머니에서 꺼내 들었다.

"싫어, 싫어엇! 싫단 말이야!! 이런 거 다 거짓말이야!! 거짓말이라고 말해줘!!"

유미스가 머리를 박박 쥐어뜯으면서 마치 어린아이처럼 흐느끼고 고개를 가로젓는다.

전부를 부정하면서 울부짖는 유미스.

"아하핫. 잘 가라, 유미스."

"유미스 언니, 이제 작별이에요."

그렇게 우리는 복수의 검을 드높이 치켜들었다.

"싫어어어어어어엇, 꺽, 크흑."

사전에 결정했던 대로 나와 슈리아, 두 사람의 검이 유미스의 심장을 꿰뚫었다.

"아하하하하하하하하핫!! 아하핫, 아하하하핫!!"

"꺄핫! 꺄하하하하핫!!"

거듭거듭, 거듭거듭, 거듭거듭, 몇 번이고, 몇 번이고, 몇 번이고, 몇번이고몇번이고몇번이고몇번이고——.

얼음처럼 싸늘한 밤의 공기 속에서 그 한곳만 비정상적인 열기가 소용돌이치고 있었다.

자신의 입에서 터져 나오는 비명과 같은 비웃음 소리와 몇 번이고 슈리아가 내지르는 비웃음 소리는 어쩐지 원래 세계에서 들었던 피아노의 연주와 비슷했다.

얼마나 유미스의 몸을 꿰찔러 댔을까.

정신을 차리고 보니 눈앞에는 단지 검에 줄곧 꿰뚫려서 만들어진 저민 고기만 남았다.

손에 든 검에는 피만 갖고는 부족하다는 듯이 습기를 머금은 살점이 달라붙어 있었다.

주체할 수 없이 비정상적인 광경이 펼쳐져 있는 그곳에는 온몸에 튀긴 피로 흠뻑 젖어서 언뜻 보기에 흑발 흑안 이외에는 눈에 띄는 특징이 없는 소년과 갈색 피부의 엘프를 닮은 소녀가 서로의 등에 기댄 채 주저앉아 있었다.

주위에 흩어져 있는 것은 살점과 피와 뼈의 파편.

사체를 찾으려해도 『찌꺼기(쓰레기)』 수준까지 능욕당한 사체의 흔적만이 지면에 내팽개쳐져 있었다. 생전의 면모는 이미 그곳에 없었다.

"슈리아, 네 복수는 일단 끝난 셈이군. 이제 어떻게 할래? 이 도시에 남겠어?"

"질 나쁜 농담이에요. 슈리아의 복수는 아직 끝나지 않았는걸요."

소녀는 삐친 기색으로 뾰로통하게 말했다.

"슈리아가 미나리스 씨와 카이토 님에게 받은 증오는 이제 슈리아의 증오이기도 해요. 슈리아가 처음 품었던 증오만 풀어냈을 뿐 증오할 상대가 늘어났으니까요. 아직도, 아직 복수는 이제 막 시작한 참이라고요. 따돌리면 용서 안 할 거예요."

"그런가, 그렇겠지. 바보 같은 질문을 했군."

소년의 내면으로, 본래 소녀의 내면에는 없어야 했을 소년이 품었던 증오가 전해진다.

기원이 소년에게 있을지라도 전해지는 증오는 이미 소녀의 감정이다.

첫 번째 원수를 죽인 까닭에 살짝 감상적이 되었을까. 작은 목소리로 중얼거리며 소년은 하늘을 올려다봤다.

"후후, 즐거웠어. 어서 다음 녀석을 해치우고 싶군."

그렇게 말한 소년에게 대답은 돌아오지 않았다. 다만 소년의 등에 실리는 무게가 살짝 늘어났을 뿐이었다.

소년과 소녀는 꿈을 꾼다.

언젠가 이 지옥 밑바닥까지 모든 증오의 대상을 끌고 내려올 날을, 그리고 고이고이 없애버리는 날을 바라면서.

그들을 비추고 있던 달빛은 어떤 한 마디 말을 건네지도 않았고, 다만 전부를 받아들이며 단지 하얗게 밝아오는 하늘에서 천천히 모습을 감출 따름이었다.

——……복수는 아직 끝나지 않았다.

몸을 불사르는 불꽃이 태양마저 집어삼킬 기세로 검은 열기를 지닌 채 웃고 있었기에.

☆

그날 에르미아의 곳곳이 해가 떠오르기 전부터 발칵 뒤집혀서 큰 소동이 났다.

그야 어쩔 수 없는 상황이었다. 도시의 요체라고 말할 수 있는 연구 시설이 뿌리째 날아가버렸고, 기겁하여 불길을 잡았더니 불탄 땅에서 언데드 떼가 기어 나왔으니까.

마물 중에서도 완전히 생태계의 바깥에 위치하는 언데드를 목격한 경험이 있는 인물은 의외로 적다. 그 때문에 도시는 단번에 공황 상태에 빠져들었다.

그럼에도 직전의 폭발 때문에 도시의 주민 대부분이 깨어났다는 점과 언데드에게 극히 유효한 신성 마법이나 광 속성의 마법을 구사하는 교회의 술사 및 모험가와 영지군이 즉각 사태를 진정시켰기에 발생했던 재해의 규모에 비해 인적 피해는 놀랍도록 적은 선에서 수습됐다.

마도구 연구 시설이 날아가버림으로써 도시 전체의 손실은 차마 헤아릴 수가 없었지만, 거기에다가 사망자까지 대량 발생했다면 도시는 정말로 돌이킬 길이 없는 손해를 감당해야 했을 것이다.

사태가 종식된 뒤 소동이 발생했음에도 무엇 하나 활동을 보이지 않은 영주 일가의 저택으로 에르미아의 행정 담당자들이 밀어닥쳤지만, 가주 부부는 이미 도시를 떠나 왕도에서 돌아오지 않은 지 오래다.

대리로 도시를 다스리고 있었던 에르미아 가문의 외동딸, 유미스의 개인 저택에도 사람들이 밀려들었으나 본인은커녕 고용인들도 포함하여 빈껍데기만 남아 있었을 뿐.

에르미아의 행정가는 왕도에 사태를 설명하는 한편 대응을 요청하는 사절을 보냈고, 부상자 치료 및 연구소 부지의 정화 등등 바쁘게 돌아다녀야 했다.

그로부터 며칠 뒤.

폭발한 곳이 유미스가 직할로 관리하고 있는 연구소였다는 것. 그곳에서 대량의 언데드가 솟아 나왔다는 것. 영주 대리였던 유미스가 실종되어 행방을 감췄다는 것.

그러한 세 가지 사실에 기인하여 도시에 어떤 소문이 퍼졌다.

듣자 하니까『에르미아의 영주 대리였던 유미스는 마도구 개발에 지나치게 열중한 탓에 위법적 인체 실험을 비밀리에 실행했었다. 그 악행에 노한 신께서 연구소를 불사르셨고, 또한 희생된 언데드를 풀어놓음으로써 경고하셨다. 유미스가 고용인들과 함께 실종된 까닭은 고용인들도 실험의 재료로 쓴 데다가 본인은 폭발에 휘말려서 날아가버렸기 때문이다』라는 내용이었다.

그 밖에도 유미스 세뇌설, 유미스 마족설, 마도구 폭주설 등등 과장이 잔뜩 붙은 채 열기가 사그라들 줄 모르는 소문은 도시 곳곳으로 퍼져 나갔다.

여기저기에 이런저런 소문을 흘렸더니 잠시 시간이 흐르자 더욱 다양한 과장이 붙은 소문이 우리 귓가로 되돌아왔다. 인간의 상상력이란 정말 왕성할 따름이다.

참고로 나는 『유미스는 용모를 쏙 빼닮은 마족에게 바꿔치기당했고 본인은 이미 살해당했다는 설』이 재미있었다. 그리고 혼란에 빠진 도시를 쭉 둘러보면서 만족한 우리는 그대로 도시를 뒤로했다.

그로부터 나흘, 우리는 슈리아가 살았던 옛 마을을 방문했다.

그곳에 장치했던 전이진은 시간 경과 및 마력 소모에 따라 저절로 무너지도록 손썼기 때문에 모든 언데드가 도시로 전이하지는 않았다.

일단 풀어놓고 에르미아의 어느 거리가 습격당하든 될 대로 되라는 공작이었지만, 그 탓에 슈리아의 마을이 언데드의 소굴로 화하도록 둘 수는 없었다.

우리는 마을 주위의 언데드를 소탕한 뒤 지금은 마을의 빈터에 셋이 가만히 서 있었다.

"신기한 기분이에요. 전혀 모르는 장소 같아요. 고작 3년 만에 이렇게 확 바뀌다니……."

슈리아의 마을은 맨 처음에는 유미스의 병사들에게, 그 후에는 인간 아닌 자들에게 휩쓸렸기에 몇 년 전까지는 평범한 마을이었다는 말이 믿기지 않을 만큼 비참한 상태가 되어 있었다.

그 상태는 첫 번째 세계 때 몇 년은 더 지났을 무렵 방문해서 본 광경과 아무것도 다르지 않았다.

아니, 시간 경과에 따라 옅어졌어야 하는 마이너스 마력이 더욱 선명한 만큼 지금이 더 심각할 수도 있겠다.

"언데드의 마이너스 마력은 대상의 열화를 촉진시키니까."

"그러면 애써 만들어 둔 묘비도 금방 다 상해버리는 거예요?"

마을의 빈터라고 불러야 할 법한 장소의 중심, 그곳에는 우리가 준비했던 돌 묘비가 놓여 있었다. 묘비로 구색을 갖춰 놓았을 뿐 아래쪽에는 딱히 아무도 묻혀 있지 않다만, 주위에 드문드문이나마 자색 꽃이 피어 있었다.

슈리아가 이곳에서 키웠다고 하는 꽃이다.

슈리아는 묘비의 앞에 쪼그려 앉아서 이쪽을 올려다보며 물었다.

"아니, 주변 언데드는 다 토벌했잖아. 근처에 떠다니던 마력도 조금씩 흩어져서 사라질 테니까 안심해라."

"그런가요, 다행이에요."

대답 말을 건네는 슈리아는 기장이 짧은 기모노(着物) 같은 옷을 입고 있었다. 너무 화려하지 않게 절제된 꽃무늬, 짙은 자색에서 다홍색으로 서서히 색조가 변화하는 그 옷은 요염한 분위기를 발하게 된 슈리아에게 무척 잘 어울렸다. 원래 세계의 의복 용어로 말하자면 미니스커트 후리소데(振袖)라는 명칭이 딱 어울리겠다.

쭉 늘어뜨렸던 머리카락은 꽃 머리핀을 달아 사이드 포니테일로 정돈했다.

혼란한 틈을 타 유미스의 저택에서 슬쩍 챙겼던 물건으로, 마력을 주입함으로써 방어막을 만들어 내는 마법이 부여되어 있다. 그 밖에도 『자동 탈착』, 『자동 사이즈 조정』, 『체온 보존』, 『인식 왜곡(타입, 인간)』이 부여돼 있었다. 마지막 하나는 이름 그대로 착용자의 모습을 전형적인 인족의 모습으로 위장해주는 기능이었다. 미나리스가 예전에 사용했던 환술 마법과 비슷한 효과를 지니는 마도구다.

아마도 수인 및 아인(亞人) 등등의 애첩을 당당하게 데리고 살기 위해서 에르미아 가문이 개발한 물건일 것이다.

일본식 의복도 충분히 눈에 띄지만, 갈색 피부의 엘프보다는 훨씬 낫기 때문에 발견했을 때는 딱 이것이라고 느낌이 들었다. 능력의 특성 때문에 슈리아는 직접 접근전을 시킬 상황은 거의 없을 테고, 다행히 소재가 좋은 덕분에 어지간한 금속 갑옷보다 방어력 측면에서도 뛰어났다.

나와 미나리스도 장비를 싹 바꿨다. 역시 영주 가문답게 좋은 물품이 창고 안에서 먼지를 뒤집어쓴 채 놓여 있었다.

무기점 아저씨의 장비도 나쁘지는 않다만, 아무래도 소재의 격에서 차이가 많이 났다.

그렇기는 한데……. 영주 저택에 보관돼 있던 수많은 양질의 장비 가운데 미나리스가 선택한 것은 어째서인지 팔랑팔랑 **메이드복**이었다.

헤드 드레스 위로 일어선 토끼 귀, 쭉 내려뜨렸던 머리카락은 머리의 높은 위치에서 한 다발로 묶은 포니테일. 전신에 프릴을 곁들였고, 크기가 돋보이도록 가슴 계곡을 강조하는 디자인.

모종의, 뭐랄까, 메이드다운 청초함과 남자의 정욕을 자극하는 색기를 아슬아슬하게 양립시키는 제작자의 솜씨는 훌륭했다.

물론 평범한 메이드복은 아니었다. 감정을 걸어서 보면 『방어력 상승』, 『민첩력 상승』, 『마력 증강』, 『기척 은폐 보조』, 『감지계 능력 보조』, 『신축 자재』, 『착의 형태 변경』, 『체온 보존』같이 눈에 띄니까 참아달라고 말하기는 어려운 성능을 갖고 있었다. 어째서 메이드복인가 진짜 이유를 알 수가 없다.

순수 방어력만 봐도 어지간한 금속 갑옷을 훌쩍 뛰어넘는 성능이

기도 하고, 쉽사리 찾아볼 만한 장비가 아니었기 때문에 결국 인정할 수밖에 없었다.

슈리아의 장비도 미나리스의 장비도 판타지의 7대 불가사의라는 비키니 아머에 버금가는 수수께끼 성능이었지만, 실제 존재하니까 어쩔 도리가 없다. 첫 번째 때의 세계에서도 이런 종류의 물품을 몇몇 보았던 적이 있어서 이미 익숙하지만, 역시 저것이 금속 갑옷 이상으로 뛰어난 방어력을 갖고 있다는 건 이해 불가다.

한편 나는 그럭저럭 질 좋은 평범한 가죽 갑옷으로 장비를 교체했다.

달리 더 좋은 장비가 남아 있었지만, 나는 스스로 쓸 장비를 이미 염두에 두고 있었다. 장비는 그때까지 적당히 때울 수준이면 충분하다.

게다가 달리 남아 있었던 남자용 장비라는 게 장식을 잔뜩 달아서 귀족 느낌을 풀풀 풍기는 금속 갑옷뿐이었다. 중량은 어쨌든 간에 움직임을 방해하는 갑옷은 방해만 된다. 겉모양도 그렇고 사양하고 싶다.

"그래서, 이제 괜찮은가요?"

"네, 괜찮아요. 이렇게 하염없이 시간 보내도 바뀌는 건 없는걸요."

조용히 일어서고 슈리아는 미나리스의 말에 가볍게 고개를 끄덕였다.

"……."

"왜 그래? 미나리스."

"아뇨, 그게, 슈리아에게는 미안한데 이 마을을 둘러보려니까 저희 마을이 떠올라서요……. 그 구더기들의 마을은 여기보다 훨씬 더 비참한 장소로 만들 거예요. 누구든 다 눈을 돌릴 수밖에 없는 지옥으로요. 그렇게 생각하니까, 뭐랄까, 정말로 여러 가지 감정이 자꾸 솟구치는 기분이에요."

살짝 난처한 기색으로, 한편 머릿속으로 떠올리는 상상에 유열을 가득 띤 표정.

작게 입언저리를 들어 올리는 얼굴에는 색기와 비슷한 어두움이 깃들어 있다.

"후훗, 별로 신경 쓰지 않아요. 슈리아가 소중하게 여기는 곳은 여기뿐이죠. 여기에서 살아왔었던 사람들뿐이랍니다. 슈리아의 소중한 사람들을 그따위 구더기들과 겹쳐서 보는 일은 절대로 없을 거예요."

그러니까, 라면서 슈리아는 말을 이었다.

"미나리스 씨의 복수도 훨씬, 훨씬 더 굉장하게 해치우도록 해요. 당연히 슈리아도 힘을 보탤 거예요."

그렇게 말하고 웃는 슈리아는 미나리스와도 조금은 다른, 마치 농염한 첩의 유혹이 담긴 고혹적인 미소를 띠고 있었다.

아아, 이리도 아름답고 믿음직한 공범자들이 또 있을까.

"……나도, 어울릴 만한 인간이 되어야겠지."

우선 유미스를 죽였다. 애태워 가슴 졸이면서 고대했던 복수의 꿀은 그저 다디달았다.

그래도 아직껏 이제 막 시작한 참이다.

아직껏 복수 상대가 남아 있었다.

더욱더 끔찍하게.

더욱더 잔인하게.

더욱더 흉악하게.

"주인님? 무슨 일 있으세요?"

"카이토 님, 웃고 계세요."

"응, 아무것도 아니야. 자, 슬슬 가볼까?"

저절로 끌려 올라가는 입꼬리.

자, 다음에는 어떤 복수를 할까.

아직껏 허기를 돌게 만드는 복수의 불길은 쇠할 줄을 모른 채 활활 타오르고 있었다.

그래, 아직도 몇 사람이나 이 세계에 방목 중인 쓰레기 놈들이 있지 않은가.

그 녀석들은 아직 우리가 있는 지옥을 알지 못한 채 분명히 태평스럽게 웃으며 살아가고 있다.

"으음, 오늘도 날씨 참 좋구나. 아, 좋은 생각이 떠올랐어. 건조하게 달군 방에 집어넣어서 산 건어물처럼 만들어주는 건 어때? 그리고 말이야, 한계가 가까워졌을 때 빈 물병을 넣어주는 거야."

"주인님, 그렇다면 독이 들어 있다고 미리 알려줘서 인내력을 시험하는 건 어떨까요?"

"앗, 슈리아는 그것보다 한동안 가축의 분뇨를 먼저 준비해서 익숙해지게 만드는 게 어떨까 싶어요. 그걸 고맙다고 받아들이게 될 만큼……."

태양은 찬란하게 내리비친다.

오늘도 역시 복수하기에는 절호의 날씨였다.

『갸르르으으으으으으으으!!』

바로 그때였다.

멀리, 상공에서 커다란 그림자가 날아온다.

""""앗!!""""

불현듯 느껴지는 강대한 마력과 울음소리에 놀라서 퍼뜩 하늘을 올려다본 저편으로 나타난 것은 붉은 비늘과 날개에 거대한 체구를 지니고 있는 진짜 괴물의 모습.

이세계에서도 위용을 발휘하여 군림하는 종족.

—드래곤이었다.

"저, 저 녀석은……."

"주인님?" "카이토 님?"

경계하는 미나리스와 슈리아가 의문 어린 소리를 내는데도 나는 미처 반응할 수가 없었다.

"그렌……."

가까워질수록 형체가 보다 명확해졌다.

레티시아가 늘 데리고 다녔던 어린 화염룡의 이름. 평소 드래곤 퍼피의 모습으로 언제나 신나게 레티시아의 머리나 어깨에 올라타고는 했다.

"윽!!"

안절부절 어쩔 줄을 몰라 하다가 나는『천구』로 하늘을 달렸다.

『갸르으으?』

"아……!"

그렇게 드래곤의, 그렌의 앞까지 와서 뒤늦게 정신 차렸다.

나는 무엇을 하려고 했을까.

갑작스럽게 나타난 나를 그렌이 수상쩍게 바라본다.

그렌이 레티시아와 만나려면 아직 시간이 더 많이 지나야 하는 것으로 기억한다.

그 이전에 레티시아를 구하지 못하고 단지 도움받기만 했던 나를 그렌은 결코 용서해주지 않을 것이다.

『갸르르!!』

"윽!!"

그렌은 나를 단순한 방해꾼으로 판단했을까, 입에서 불티가 흩날렸다.

즉 드래곤 특유의 스킬, 브레스의 사전 동작.

그렌에게 상처를 입힐 수도 없었던 내가 즉각 방어 자세를 취하려고 하던 때였다.

『갸르윽?!』

"아니?!"

파아아아아앗, 강렬한 빛이 내 가슴께에서 번쩍거렸다.

눈이 아찔할 만큼 강렬한 빛이 시야를 온통 뒤덮는 한편 내 몸에서 무엇인가가 빠져나가는 감각이 스쳐 지나갔다.

"앗, 뭐야……."

정체를 알 수 없는 거대한 상실감.

빠져나간 무엇인가가 그렇게 빛을 발하면서 그렌의 몸에 빨려 들어가버렸다.

『갸악?! 갸르윽?!』

"뭐, 뭐야……?"

뭐가 어떻게 된지 알 수가 없어 혼란에 빠진 나보다 그렌이 훨씬 더 혼란스러워하는 것 같았다.

잠시 『그르르르르으으……』 으르렁 소리를 내던 그렌은 한 차례 나를 쏘아보더니 미스릴 검마저 튕겨 낸다는 단단한 비늘로 뒤덮여 있는 꼬리를 휘둘러 쳤다.

"큭?!"

즉각 【시초의 심검】을 만들어 방어했지만, 중량 차와 기세에 밀려서 『천구』의 발판 바깥으로 날려 가고 말았다.

지면에 격돌하기 전 자세를 바로잡았지만, 내심은 몹시 초조했다.

방금 전 일격을 받아 두 손이 마비된 탓에 회복되려면 몇 초는 걸린다.

그러나 나의 허점을 찌르는 대신 그렌은 불만스럽게 한 차례 숨을 토한 뒤 날아서 떠나갔다.

"……."

"주인님!!" "카이토 님!!"

미나리스와 슈리아가 달려온다.

그렇지만 나는 단지 날아서 떠나가는 그렌을 바라볼 뿐 고개도 돌리지 못했다.

한담 미나리스의 포위 대작전

주인님이 슈리아를 데리고 돌아오셨던 날.

저는 딱히 할 일도 없었던 터라 이제는 제집처럼 익숙한 숙소 조리장에서 저녁 식사 준비를 하며 두 사람을 기다리고 있었습니다.

"어서 오세요, 주인님. 그리고 처음 뵙겠습니다, 슈리아."

"네네, 만나서 반가워요. 미나리스 씨, 맞죠?"

그런 인사말로, 저와 슈리아는 첫 만남의 인사를 웃는 얼굴로 주고받았습니다. 이쪽의 의도가 전혀 전해지지 않은 눈치는 물론 아니었습니다만, 그럼에도 눈을 피한다거나 주춤거리지는 않습니다.

말로 들었던 인상보다 훨씬 더 야무지네요. 배반당한 경험이 이 아이를 바꿔 놓았을까요?

다만 엘프의 특질이 격세 유전됐다고 말은 들었습니다만, 피부 색깔은 어떻게 된 걸까요? 분명히 귀는 엘프와 같은 모양새입니다만, 엘프는 하나같이 투명하리만큼 하얀 피부를 자랑한다고 들었습니다. 혹시 격세 유전이라는 현상이 어떻게든 관계되어 있는 걸까요?

……아뇨, 다른 이유겠네요. 주인님을 통해 전해진 기억 속에서는 분명히 하얀 피부를 갖고 있었습니다. 그 후에 또 뭔가 사건이 일어났겠지요.

그렇게 사고를 진행하는 저와 슈리아의 사이에서 탁탁 터지는 불꽃을 주인님께서는 눈치 못 채셨는지『잘 지낼 것 같아서 다행이네』라고 미묘하게 엇나간 말씀을 꺼내셨습니다.

살짝 맥이 빠져나갈 것 같았지만, 요즘 들어서는 저렇게 둔감한 구석까지 귀엽게 보이기에 참 곤란합니다.

"그러면 우선은 저녁 식사를 먹도록 하죠. 준비는 미리 해 뒀으니까요."

저는 주인님과 슈리아에게 말을 건넸습니다.

초전은 무승부라고 보면 되겠네요.

그 후 전원 허기가 돌았기에 먼저 식사를 하고, 오늘은 일찌감치 휴식한 뒤 자세한 이야기는 다음 날에 하자고 매듭이 지어졌습니다.

주인님은 쾌적한 수면에 상당한 집착을 갖고 계신 듯 처음은 조금 분발해서 묵기로 했던 숙소에서 계속 지내고 있는 형편입니다.

슈리아까지 일행이 늘어서 마침 비어 있었던 넓은 4인용 방으로 옮겼습니다. 어차피 내일은 도시를 떠날 계획이기에 마지막 호사라고 들었습니다.

저는 같은 침대에서 잠들면 좋겠다고 의견을 말씀드렸습니다만『그러면 침대가 좁아지잖아!!』라고 격한 얼굴로 버럭 꾸짖음을 듣고 말았습니다.

미묘하게 얼굴을 붉히고 있었던 터라 저와 잠드는 게 아주 싫지는 않은 듯싶었습니다만, 그 이상으로 넓은 침대에서 느긋하게 잠들고 싶어 한다는 심정이 전해졌습니다.

확실히 1인용 침대에서 두 사람이 잠들면 마음 편히 몸을 뒤척거릴 공간도 없겠습니다.

으읏, 진심으로 화내는 것이 아닌 줄은 알겠습니다만, 처음으로 주인님께 혼났습니다.

마지막에『역시 수면에 관련된 부분은 절대 양보 못 해, 사치스럽다고 해도 양보 못 해』라는 말까지 꺼내셨습니다. 주인님의 심정을 미처 헤아리지 못했던 제 실패입니다. 깊이 반성해야겠습니다.

당찬 여성의 어필은, 반응을 봐선 지나치게 깊숙이 파고들었던 것 같습니다. 너무 어리광만 받아주면 남자가 도망친다고 가르쳐주셨던 모험가 언니, 아무쪼록 적정선을 가르쳐주세요.

그렇게 될 일은 없다고 잘 알면서도 주인님께 미움받는 관계가 되는 것만큼은 절대로 싫습니다.

그런고로 주인님은 지금 편안하게 무방비한 얼굴을 드러낸 채 잠들어 있습니다. 그래도, 그렇다고 해서 딴마음이 아주 살짝 섞인 순수한 마음을 갖고 만져보려고 한다거나 악의 및 적의를 갖고 접근하면 눈을 떠버립니다.

여러모로 기회인 듯 보이면서도 전혀 빈틈이 없어서 여러모로 번민하게 되는 나날입니다.

평소였다면 내일 지쳐서 지장이 생기지 않을 만큼 기척을 죽인 채 손대지는 않고 한가득 저 얼굴을 머릿속에 새긴 다음에 잠들었겠습니다만, 유감스럽게도 오늘은 다른 용무가 있었습니다.

"……이제 가도록 하죠."

"……네, 가요."

밤이 깊어지고 도시 전체가 정적에 감싸였을 무렵, 천천히 몸을 일으켜서 저희는 서로에게 가만히 고개를 끄덕거린 뒤 방 밖으로 나왔습니다.

슈리아의 사연은 주인님께 미리 들어서 알고 있습니다. 그리고 주인님을 통해서 제 내면으로도 슈리아의 기억과 감정이 흘러들어 왔었죠.

가슴속을 잡아 뜯는 어두운 증오.

분명히 지금 제 내면에 있는 감정과 비교해도 손색이 없을 만큼 강한 원념입니다.

그러니까 이 아이를 공범자로 맞아들이는 데 이견은 없었습니다. 이견은 없습니다만, 처음으로 직접 만나고 보니 여러모로 대화를 나눌 필요가 있다는 것은 금세 깨달았습니다.

저쪽도 같은 생각을 떠올렸겠죠.

그만한 일을 겪은 당일의 밤에 해치우는 것은 가혹하다는 의식도 있었습니다만, 저 눈을 본 순간에 이미 기우라는 것도 깨달았습니다.

왜냐하면 저 눈에 서린 감정은 결코 피로감 따위가 아니라 단지 이제부터 나눌 대화를 고민하고 있는 빛이었으니까요.

육체적인 피로는 또 별개인지라 혹시 잠들어버린다면 나중으로 미뤄야겠다는 마음이었습니다만, 다행히도 그런 낌새는 찾아볼 수 없었습니다.

바깥으로 나와서 보니까 절반쯤 이지러진 달이 떠올라 있습니다. 싸늘한 밤공기는 살짝 차갑게 느껴졌습니다.

"자, 저는 이런 대화의 경험이 없어서 무엇부터 이야기하면 좋을까 잘 모르겠습니다만…….”

“그 말씀은 슈리아도 마찬가지예요. 수라장을 몇 번씩 경험했다는 게 자랑거리는 아닌걸요.”

“저는 일단 비슷비슷한 원인으로 주인님의 곁에 다다르게 된 셈이기는 한데 말이죠.”

주인님을 떠올리니까 쿡쿡, 무심코 웃음이 새어 나옵니다.

“뭐, 그렇다고 해도 봐줄 생각 따위는 티끌만큼도 들지 않습니다만.”

“당연한 말씀이에요, 그거랑 이거는 경우가 다른걸요. 게다가 그런 건 수라장이라고 말하지 않아요. 구제 불능으로 저열한 작자들에게 다정한 마음을 짓밟혔을 뿐이잖아요. 수라장은 좀 더 순수한 마음끼리 서로 부딪치는 상황이에요. 『사랑의 무도장』에서도 『남작 일가와 화원』에서도…….”

“가, 가까워요. 가깝잖아요.”

흥흥, 소리와 함께 뭔가 미묘하게 방향이 다른 분노를 드러내며 가까이 오는 슈리아. 주인님께 들었던 말씀보다 훨씬 더 감정뿐 아니라 표정도 풍부하게 움직입니다. 역시 주인님께 들었던 악마의 마력이 영향을 주었을까요?

“게다가 이번에 저희도 수라장이라기에는 살짝 다르다는 기분이에요. 이런 감정으로 마주 대하는 수라장은 정말 말이 안 되는걸요.”

“그야 뭐, 확실히 그렇겠네요.”

지금 저희는 수라장이라기보다는 소소하게 규칙을 확인하는 자리를 마련한 셈이니까요.

왜냐하면 어느 한쪽도 물러날 수 없고, 어느 한쪽도 해를 끼칠 수 없고, 어느 한쪽도 마음을 거둘 수 없습니다.

그 무엇보다도 자신의 세계에 배반당하여 복수를 맹세하게 된 저희가 유일하게 진정 서로의 상처에 다가갈 수 있는 소중한 공범자를 상처 입힌다는 것은 애당초 말이 되지 않습니다.

그렇다면 이제 차라리 함께 손잡을 수밖에 없겠지요. 직접 만날 때까지는 『너도나도 전부가 다 주인님께 반할 리는 없잖아요』라는 희망을 갖고 있었습니다만, 뭐, 무리였나 봐요.

갈망에 채워 넣을 힘을 준 상대이고, 세상에서 처음으로 구원을 받은 상대이고, 복수를 공유해주는 상대.

그러면 이끌리지 않을 리가 없습니다.

'뭐, 설령 분명하게 이끌리지는 않더라도 동료끼리 따돌리는 짓은 절대 싫기도 하고요. 전력을 증강하는 의미에서라도 이쪽 방면으로도 억지로 공범자로 만들어버릴 작정이었지만요.'

왜냐하면 슈리아를 상대로 헛심을 쓸 틈에 훨씬 더 의식하고 경계해야 하는 상대가 저희에게 있으니까요.

"아무튼 당장 상대해야 하는 라이벌은……."

"마왕님이에요. 치사해요, 첫 번째 때부터 쌓이고 쌓인 인연이잖아요."

슈리아는 살짝 입을 삐죽거리면서 알기 쉽게 토라졌습니다.

"괜찮아요, 예전에 마을에 왔던 모험가 언니가 말씀했었죠. 『어차피 남자는 먼 곳에 있는 여자보다 가까운 곳에 있는 여자를 선택한다』라고요."

"맞아요, 맞아요! 미인계로 함락시키는 거예요. 홀딱홀딱 반하게 만들면 되는 거예요. 어떤 남자든 결국은 몸이 목적이라고 책에도 쓰여 있었어요!"

"꼭 은근살짝 시도해야 돼요. 너무 노골적이면 주인님은 반드시 거절하거든요. 그리고 일단 거절당하면 비슷한 방법으로 다시 시도하는 게 많이 힘들 거예요. 그러니까 은근살짝, 조금씩 저항감을 끌어내리도록 하죠."

"은근살짝……. 그러고 보니 책 내용에도 노골적으로 남자를 유혹하는 여자는 오히려 상대를 안 해주는 경우가 많았어요."

"일단 목표는 느닷없이 의미도 없이 안겨 들어도 뿌리치지 않는 수준을 목표로 하죠. 이러니저러니 해도 주인님 역시 남자니까요, 육체 어필도 먹혀들어요. 그리고 MP취기를 잘 이용하면 좋아요. 진심으로 싫어하는 게 아니니까 주인님이 『어쩔 수 없네』하고 받아들일 이유를 만들어드리면 성공이에요."

맞습니다, 이미 확인이 끝났습니다. MP취기의 흉내를 내서 다가들면 툴툴거리기는 해도 진심으로 밀어내지는 않습니다.

정말로 불쾌함이 전부라면 또 모르겠지만, 싫어하는 내색을 보이면서 살짝 얼굴을 붉힌다거나 하는 순진한 구석도 정말로 귀엽습니다. 그런 반응은 정말로 비겁합니다.

"구, 구체적으로는 무엇을 하는 거예요……?"

"그야 뭐, 이렇게, 해프닝을 행세하면서 가슴을 갖다 대거나 MP취기의 흉내를 내며 키스를 조른다거나……."

"와, 와앗! 가, 가슴, 게다가, 키, 키스……. 으으~ 으으으~!!"

펑, 갈색 피부를 새빨갛게 물들이면서 슈리아가 부끄러워합니다.

뭘까요, 이 아이, 귀엽네요.

그러나 이래서는 이쪽 방면의 공범자로 들이기에는 조금 못 미덥군요. 제대로 조려…… 아니요, 교육해야겠습니다.

"그 정도로 얼굴을 붉히면 안 됩니다. 주인님께서 레티시아 씨를 제대로 매듭짓고 그 아픔을 치유할 때는 훨씬 더 대담한 행위를 할 테니까요."

게다가 이렇게 가르치는 입장에 서면 은근슬쩍 정신적으로 유리한 위치에…….

"그, 그래야겠죠. 그때는 ××××에 ××××를 조른다거나 ××××를 ××××로 ××××해달라고 말할 거예요!"

"앗?!"

귓가에 들린 말을 인식했을 때 숨이 막혔습니다.

"아, 밧줄이나 채찍이나 초로 애태워주는 것도……."

"앗?! 앗?!"

"사, 사실은 슈리아가요, 오늘 주인님께 시험받을 때 발로 짓밟힌 적이 있었거든요? 그런데 그때 눈을 떠버린 것 같아요. 떠올리기만 해도 막 두근두근해요."

"앗?! 앗?! 앗?!"

부끄부끄 수줍어하면서 꺼내는 슈리아의 말에, 자아 일할 시간이랍니다~ 하고『철가면』스킬을 불렀습니다.

어, 어떡하죠. 이 아이, 저보다 훨씬 더 취향이 전문적이에요. 아, 아뇨. 사랑으로는 뒤지지 않으니까 혹시 주인님께서 바란다면야 받아들일 용기는 있습니다.

"주인님은 분명히 S의 재능이 있어요. 그런 남자는 침대 위에서 본성을 훤히 드러내 놓고 야수가 되는 법이에요."

"그, 그런 건가요?"

확실히 가끔 느끼는 성적 시선에는 오싹거리는 예리함과 야성이 묻어나는 듯하기도…….

"틀림없다고 자신해요! 처음부터 미리 계획한 연기였어도 그렇게까지 잘 어울릴 리가 없거든요!! 분명해요, 분명히 그쪽 소질을 갖고 있어요!!"

"그, 그 말을 듣고 보니까 확실히 그런 것 같기도……."

새삼스럽게 돌이켜 봅니다.

평소 주인님께서는 신사적인 분입니다만, 가끔씩 제 실수를 놀릴 때는 정말로 즐겁다는 듯이 웃고는 했습니다.

복수할 때와 또 종류가 다른, 장난을 즐거워하는 웃음에도 역시 가슴이 두근두근하는 느낌을 받은 적이 있었습니다만, 설마…….

'앗, 아, 안됩니다. 주도권을 잡을 계획이었는데…….'

"아, 아무튼, 오늘은 여기까지 하죠. 내일부터 이래저래 활동에 나서야 하니 이 이야기는 그게 끝나고 나서 하도록 해요."

"네? 네넵, 알겠어요!!"

저는 다시 숙소의 방으로 돌아갔습니다.

절대로 도망치는 게 아닙니다, 전략적 후퇴입니다.

이후 카이토의 눈을 피해 슈리아가 유미스의 저택에서 몰래 가지고 나온『교재』를 사용한 스터디가 열리게 됐다. 미나리스와 슈리아의 레벨은 척척 올라가고 있었다.

여담 멀리서 용사를 욕망하는 자

어째서, 어째서, 어째서.

마지막 최후의 순간까지 카이토 님은 악마에게 마음을 붙들린 채 헤어 나오지 못했다.

이 세계에서 내가 가장 당신을 사랑하는데도.

이 세계에서 내가 가장 당신에게 헌신할 수 있는데도.

이 세계에서 내가 가장 당신에게 어울리는 여인인데도.

그럼에도 당신 곁에는 내가 없어요.

내 곁에는 당신이 없어요.

어째서 그따위 악마를 위해 눈물을 흘리시나요.

어째서 그따위 악마를 위해 마음을 아파하시나요.

어째서 그따위 악마를 당신이 염원하나요.

당신이 바라기만 하면 나는 내 전부를 바쳐 당신의 여인이 되어드렸을 텐데.

그래요, 분명 그 악마만 사라진다면 카이토 님도 깨달아주시겠지.

그분은 악마를 멸할 숙명에 있는 존재. 그리고 나는 그분과 함께하며 헌신하기 위한 존재.

그 사실을 알았을 때의 감동을 지금도 기억한다. 그 관계가 비틀렸음을 알았을 때의 절망을 지금도 기억한다.

그러니까 비틀림의 원인, 즉 악마를 죽여버리면 전부 원래대로 돌아온다고 믿었다.

그리고 나의 소망은 최고의 형태로 완수되었다고 자신했다.

카이토 님이 몸소 검을 들어서 저주와 같은 속박의 사슬을 끊어냈으니까.

……그런데, 그렇게 되었는데도.

그때는 이미 손쓸 도리가 없었다. 그 저주와 같은 속박의 사슬은 그분의 마음속 깊이, 깊숙이 파편을 박아 넣었고 어쩔 도리가 없을 만큼 혼 자체가 더럽혀 버렸다.

그 사실을 절절하게 깨닫고 말았다.

그러니까 적어도 혼만이라도 해방해드리고 싶었다. 붙들려서 더럽혀져서 악에 타락한 혼도 위대한 신의 곁에서 정화받으면 다시 내세에서 해후를 이룰 수 있을 테니까.

당연하다, 나는 성녀이고 카이토 님은 용사이니까.

그리고 내 소원이 올발랐음을 알았다.

잘못된 결말을 맞이했던 세계는 없었던 허상이 됐다. 정신 차렸을 때 나는 어리둥절하는 심정과 함께 환희에 눈물 흘렸다.

이번에야말로 다시 시작할 수 있어. 이번에야말로 실패하지 않겠어.

이번에야말로 나는 유일무이의 존재가 되어 당신의 혼에 다가설 수 있어.

아아, 그러니까 기다려주세요.

나의 사랑스런 용사님.

오랜만에 덜컹덜컹 들썩거리며 나아가는 마차를 탄 나, 메테리아 로렐리아는 잠시 여행의 피로를 느꼈다.

'카이토 님께서 고안하셨던 흔들리지 않는 마차에 너무 익숙해져 버린 탓이네요.'

저번 세계에서는 마냥 굉장하다고 감탄만 했을 뿐 자세한 구조는 알지 못했다. 상인 그론드와 상의했다는 말은 들었지만 정작 내용을 제대로 알아 두지 않았다는 게 무척 안타깝다.

오랜 시간 딱딱한 의자에 앉은 채 지면에서 전해지는 진동에 쭉 노출되면 엉덩이가 제법 아프다.

휴식 때마다 남몰래 힐로 통증을 누그러뜨리기는 했지만, 애당초 경험이 배어 있지 않은 몸이다. 아직 카이토 님과 만나기 훨씬 전 성녀로서 새장 안에 갇혀 있었던 시절처럼 여행에 익숙하지 않은 상태 그대로였다.

카이토 님과 시련을 극복하고 단련하여 올렸던 레벨도, 『성 마도(聖魔導)』, 『수 마도(水魔導)』 등등의 스킬 레벨도 전부 없었던 일이 되고 말았다.

카이토 님과 특훈을 한 성과도 대부분이 무(無)로 돌아가버렸다는 게 무척 슬프다.

그렇지만 그런 단련은 둘이서 또 쌓아 나가면 되니까. 내가 아는 정보를 활용하면 그 사람과 단둘이어도 충분히 악마의 화신을 토벌할 수 있어. 그래, 애초에 동료 따위의 방해꾼을 데리고 여행했던 게 잘못이었던 거야.

그 사람에게는 나 하나면 족해. 내게도 그 사람 하나면 족해.

“……후유, 이 나라에 오는 것도 오랜만이네요.”

“네? 오랜만이세요?”

그런 생각을 하고 있던 와중에 마차의 창문 바깥으로 오를레아 왕국의 왕도 오를의 외벽이 보였던지라 나는 그리움에 젖어 무심코 말을 흘리고 말았다.

그 말을 듣고 수발을 드는 시녀가 이상하다는 듯이 고개를 갸웃거린다.

안 되지. 내가 이 나라에 오는 것은 처음으로 되어 있으니까 이런 발언을 하면 앞뒤가 안 맞잖아.

“아무것도 아니에요. 말이 조금 잘못 나왔을 뿐이에요.”

살짝 쌀쌀맞게 답해서 더 이상 묻지 말라는 태도를 나타낸다. 그러나 아무것도 알지 못하는 이 시녀는 심기를 거슬렀다고 여겼는지 조금 겁먹은 기색으로 움찔거렸다.

“그보다 왕도에 도착해서 인사를 마치고 정리가 끝나면 차라도 한 잔 들죠. 당신도 함께하도록 해요, 말 상대가 없으면 적적하니까요.”

미안한 짓을 해버렸기에 긴장을 풀어주고자 생긋 미소 지었다.

시녀는 살짝 얼굴을 붉히더니 「네, 넷!」 하고 살짝 상기된 목소리로 대답을 했다.

나는 다시 창밖으로 시선을 보내면서 왕도를 바라본다.

그분에게서 들었던 이야기를 떠올리면 분명 지금쯤은 아직 왕도와 가까운 곳에 위치하는 신규 던전 『고블린의 소굴』에서 여러 전투의 수단을 익히고 있을 무렵이겠지.

빨리, 빨리, 빨리——…….

조바심 낸들 소용없다고 머리로는 이해하지만서도 자꾸 조급해지고, 그 마음을 달래기 위해 꽉 거머쥔 손이 옷자락에 살짝 주름을 만들어 놓는다.

'카이토 님. 이번에야말로, 이번에야말로 제가 당신의 곁에…….'

만나고 싶어, 만나고 싶어, 만나고 싶어.

만나서 그 눈동자에 나를 비춰줘요, 그 목소리로 내 이름을 불러줘요, 내게 웃어주세요.

이번에는 용사님을 유혹하고 타락시켰던 그 비열한 여자가 용사님의 곁에 다가들도록 절대 놔두지 않아.

"레티시아 루우 헐스톤……."

이름만 떠올려도 화가 치미는 악마.

카이토 님의 선량한 마음을 이용하여 혼을 옭아매었던 여자.

본래 내가 있어야 하는 자리에 끼어들었던 여자.

이번에는 절대 가만히 지켜보지 않겠어요. 저번 세계에서 그분과 만난 시기는 그 여자에게 이미 붙들려버린 다음이었지만, 이번 세계에서는 다를 겁니다.

그분의 마음을 구원해드리고 다가서는 것은 내가 맡아야 하는 역할입니다. 반드시 그래야만 합니다.

"메, 메테리아 님. 역시 몸 상태가 어디 불편하신가요?"

아무래도 너무 상념에 빠졌던 탓에 감정이 표정에 드러나 버렸나 보다.

"그러게요, 긴 여행의 종착점이 보여서 긴장이 풀려버렸나 봐요. 조금 마차 멀미가 나는 것 같기도 하고요."

"어, 어머나, 안 되겠네요. 잠시 휴식을……."

"쿡쿡, 너무 허둥대네요. 휴식은 도시에 들어가고 나서 취해도 괜찮아요."

시녀가 당황하는 마음도 이해는 된다. 법국에서 성녀라는 지위는 다른 나라의 왕족에 가까운 대우를 받으니까. 명목뿐 아니라 법국 내부의 영향력도 확고하게 기반을 다진 지금의 나에게 노여움이라도 사면 큰일이겠지. 시녀가 허둥대는 것도 당연한 반응이다.

그렇다고 진짜 속내를 알려줄 수도 없어서 나는 스스로의 마음을 진정시키기 위해, 내 도구 주머니 안쪽에서 아끼는 인형을 꺼내 들었다.

두 손바닥에 올라갈 만한 크기의 인형은 검은빛 일색의 머리카락에 어두운 색의 로브를 걸쳐 입고 있었다.

어여쁘고 사랑스러운 그분을 본떠서 만든 인형을 마치 본인인 양 정감을 담아 살며시 어루만졌다.

'기다려주세요, 카이토 님. 이제 곧 곁으로 찾아뵙겠습니다.'

한마디 되뇐 것만으로도 내 마음은 무척 평온해졌다.

살짝 미소 짓고는 마차가 도시에 도착하기까지 남은 시간 동안 줄곧 인형을 매만졌다.

그로부터 잠시 더 흔들리는 마차에 몸을 싣다가 왕도의 문에 다다랐다.

왕도에는 사람들이 제법 많았다. 루나리아 법국의 성도(聖都)보다는 조금 어수선한 분위기의 도시에 활기가 가득 넘쳐흐른다.

이제 몇 달쯤 지나 카이토 님이 던전을 공략하면 독점 중이었던 던전도 일반 모험가들에게 개방되어 사람들이 더욱 모여들겠지.

'아뇨, 이번에는 제가 함께합니다. 몇 달씩 들이지 않아도 공략 가능해요.'

왕도의 성 아래 거리를 마차로 달리면서 창밖에 우뚝 솟아오른 왕성을 봤다.

'우선은 알레시아 왕녀와 면회. 협력 못 하겠다고 버티면 비밀리에 용사를 소환했다는 사실과 그 뒷감당을 볼모 삼아서 교섭을 벌여야겠죠. 왕성 안에서도 이리저리 바쁘게 돌아다녀야겠군요.'

카이토 님을 본뜬 인형의 뺨을 말랑말랑 어루만지면서 깊은 사고에 잠긴다.

'비밀 소환을 알고 있는 인물은 분명 기더트 단장 휘하의 왕가 직할 기사 부대와 왕족뿐이었죠. 그 썩어 빠진 왕가가 어떻게 되든 알 바 아닙니다만, 사전 교섭을 마쳐 두지 않으면 카이토 님과 제가 단둘이 여행에 나설 때 쓸데없이 참견하는 자가 나타날 가능성도 있으니까요.'

그래, 이번에야말로 온갖 고난을 물리치고 용사 카이토 님과 성녀인 내가 맺어져야 합니다.

우위는 내게 있습니다. 왕녀를 필두로 카이토 님을 배제하고 싶어 하는 인물이 있다고 한들 저번 세계의 지식을 지닌 나라면 어떻게든 처리가 가능하겠죠.

아뇨, 오히려 그렇게 함께 장해를 극복하면서 카이토 님과 나의 인연도 더욱 깊어질 테니…….

"후후훗."

"메테리아 님? 몸 상태가 많이 좋아지셨나 봐요. 안심했습니다."

"네, 이제 괜찮답니다. 괜히 걱정을 끼쳤네요."

"그래도 방심하면 여행의 피로가 한꺼번에 덮쳐들거든요, 왕가의 귀인분들에게 인사를 마치시면 오늘은 느긋하게 쉬시도록 해요. 메테리아 님의 건강에 불상사가 일어나면 정말 큰일이니까요."

시녀의 배려에 답례의 말을 건네면서도 내 가슴은 크게 고동쳤다.

이 도시에, 가까운 곳에 카이토 님이 계신다.

혼을 구원해드리기 위해서라도 목숨을 노려야 했던 나날은 정말 괴로웠다. 혼에 정착된 부정함을 정화하기 위해서라고는 하지만 그분의 몸에 칼날을 꽂아 넣었던 순간의 찢어질 것 같은 가슴 통증은 평생 잊어버리지 못할 것이다.

카이토 님이 보내오는 적의가 가슴을 저몄다. 그렇게 카이토 님의 마음을 변질시킨 채 죽어버렸던 마왕에게 분노가 격화되는 나날.

그래도 그런 나날은 이제 끝이다.

이제부터는 진정 나아가야 했었던 세계의 이야기를 만들어 나갈 테니까.

"후훗."

그때를 상상하자 나는 또 저절로 웃음이 새어 나왔다.

☆

"알레시아 님, 몸은 좀 어떠십니까?"

내 방에서 말을 건네는 자는 얼굴 곳곳에 흉터가 진 장년의 남성.

우리 왕가가 보유하고 있는 기사단에서 최강이라고 평가받는 단장, 기더트였습니다.

수많은 수라장을 헤치고 나왔다는 것을 한눈에 알 수 있는 풍격과 체구, 그리고 살짝 쉰 낮은 목소리. 왕녀가 쓰는 거처답게 잘 장식된 방에는 너무 안 어울리기도 합니다만.

물론 특별히 반감을 느낀다거나 하지는 않습니다.

"네, 문제없습니다. 기더트. 상처도 완치됐고 목걸이에도 해제함으로써 걸리게 되는 부류의 저주는 없었으니까요."

결국 목걸이에 각인된 탈착 불가의 부여 때문에 강렬한 마력을 흘려 넣음으로써 저주의 매체를 파괴할 수밖에 없는 상황에 처했었습니다.

"그보다 목걸이의 수리는 잘 진행되고 있습니까?"

"성 아래에서 제일간다고 소문 자자한 세공사에게 의뢰를 맡겼습니다. 아마도 며칠 안으로 수리가 완료되겠지요. 그러나 술식은 유감스럽게도……."

"그 부분은 어쩔 수 없겠죠. 그 술식은 건국 무렵, 고대의 발전된 마법 기술을 사용하여 부여했으니까요. 재현하려고 시도한들 성공을 바라기는 어려울 겁니다."

그래요. 이리될 줄 알았는데도 앉은 채 다리 위쪽으로 올려서 쥔 주먹에 힘이 들어갑니다.

그 목걸이는 나에게 있어 단지 제1위 왕위 계승권의 보유를 증명하기 위한 장식품이 아니었습니다.

내가 돌아가신 언니에게서 물려받은 소중한 물건입니다.

다른 수단이 없었다지만 다량의 마력을 흘려 넣었던 탓에 목걸이 자체도 파손되고 말았습니다.

외양뿐이라면 세공사에게 맡겨 수리할 수도 있습니다만, 목걸이가 원래 상태에서 망가져버렸다는 것은 변함이 없겠습니다.

"……과하게 재촉하지는 않겠어요. 그러니까 적어도 겉모습이나마 완벽하게 원래대로 돌려놓아달라고 전해주세요."

감정이 겉에 드러나지 않도록 가능한 한 침착한 말투로 말했습니다. 조금이라도 목소리를 거칠게 내면 부조리하게 화풀이를 해버릴 것 같았으니까요.

아무리 기더트가 오래도록 왕가를 섬긴 충신이고 어릴 적부터 친하게 지내왔던 사이일지언정 지나치게 어리광 부릴 수는 없었습니다.

나는 오를레아 왕국의 제1 왕위 계승자, 알레시아 오를레아니까요.

게다가 본래 언니의 기사였던 기더트에게도 그 목걸이는 소중한 물건입니다. 유품이 더럽혀져서 분노를 느끼기는 기더트도 역시 마찬가지겠죠.

"넷, 분부 받들겠습니다."

기더트는 그렇게 답한 뒤 한 차례 고개를 끄덕였습니다.

"그래서, 용건은 무엇입니까? 설마 내 상태를 보러 온 것이 전부는 아니겠지요?"

비록 친근한 사이일지언정 아무러면 왕녀의 방에 단지 상태를 보러 오지는 않았을 것입니다.

본인도 바쁜 몸이라서 그런 짬은 없을 터이고, 용무도 없이 왕녀의 방에 독신 남성이 방문한다면 평판 역시 나빠질 테죠.

그 정도로 머리가 돌아가지 않는 인물은 아니었습니다.

“네, 우선 하나는 보고 사안입니다. 예의 흑발 흑안의 소년 말씀입니다만, 역시 유감스럽게도 이 도시에는 남아 있지 않은 듯합니다. 정규 경로는 물론이고 뒷골목까지 철저하게 그물을 펼쳤습니다만, 꼬리조차 잡히지 않았습니다.”

“그리고요?”

“흑발 흑안, 거기에 특징적인 검은 옷을 입고 다닌다면 목격 정보도 제법 나오는 법입니다. 옷은 도중에 바꾼 듯싶습니다만, 며칠간의 종적은 파악했습니다. 뒷골목, 빈민가에도 출입했으나 결국 며칠 머무른 숙소에서 자취를 감춘 이후의 행적은 불분명합니다.”

“그렇지만 도시 바깥으로 나갔다는 기록은 없었던 거죠?”

“네. 아마도 문이 아니라 모종의 다른 방법을 써서 바깥에 나갔겠지요. 그때 성에 있었던 반편이 기사들은 비록 쓸데없는 놈들입니다만, 레벨이 평범한 수준은 되었습니다. 그자들을 그토록 손쉽게 상대하였다는 증언을 감안하면 제법 무위가 있음은 분명하겠습니다.”

“……성벽이 무너져서 마물이 덮쳐들었던 사건. 분명 월 이터라는 마물이 원인이었죠? 그 혼란을 틈타 도시에서 나간 걸까요?”

“기사들이 달려갔을 때는 비슷한 인물을 보지 못했다고 합니다. 벽이 무너진 장소의 앞에 애당초 폐자재가 쌓여 있었던 점이나 정보가 두절되고 나서 얼마간 뒤에 벽이 무너졌던 점을 감안하면…….”

“어쩌면 벽을 무너뜨린 신종 마물조차 그 괴물의 솜씨였을 가능성도 있다는 말인가요? 발견이 늦어질 만한 장소에서 벽을 무너뜨리고 도시 바깥으로 나갔다고요?”

도시를 둘러싼 성벽이, 게다가 일국의 왕도를 둘러싸고 있는 벽이 이토록 전조도 없이 무너지는 것은 전대미문의 사태입니다.

벽이 무너졌던 장소에 운 좋게 자리하고 있다가 바깥으로 나갔다는 추측은 더욱 신빙성이 모자랍니다. 오히려 스스로 사태를 일으켰다고 가정하는 편이 옳겠죠.

'그러나……. 아뇨, 그쪽이 훨씬 더 황당무계한걸요. 역시 용사의 힘에 견디지 못하고 폭주했겠죠. 결국은 다른 세계의 열등종, 인간의 거죽을 뒤집어썼을 뿐 괴물에 불과합니다.'

퍼뜩 떠올랐던 착상을 고개를 휘저어 부정했습니다.

"후유, 정말 가증스럽군요. 전승을 따르자면 이곳에 오는 용사는 강력한 고유 스킬을 보유했을 뿐 평범한 존재이기에 처음부터 파격적인 무력을 발휘하지는 못할 텐데요……."

"전설은 결국 남들이 하는 이야기입니다. 스스로의 눈으로 보는 것보다 더욱 신용할 만한 증거는 없는 법이죠."

"……그렇겠네요."

'다음에 대성령님의 말을 들으려면 아직은 시간이 더 많이 흘러야 하니까 분하고도 아쉽군요. 나에게 언니만 한 정령 마법의 재능이 있었다면 좀 더 자주 귀한 목소리를 들을 수 있었을까요.'

신에게 사랑받았다고 해도 과언이 아닐 만큼 빼어난 재능을 갖고 계셨던 언니를 떠올립니다.

"……여러모로 불명확한 점이 너무나 많습니다만, 계속해서 정보를 모아보세요. 의문을 사는 상황은 피하고 싶은지라 어디까지나 비밀리에 진행해야겠습니다만."

"분부 받들겠습니다. 그러면 다른 하나의 용건을 말씀드리죠. 루나리아 법국의 사절이 도착했다는 소식입니다. 따라서 자리에 걸맞은 준비를 부탁드리겠습니다."

그 말을 듣고 그러고 보니 슬슬 때가 되었다는 것을 떠올렸습니다.

"루나리아 법국의 성녀님이군요. 설마 그 사람이 직접 왕국에 발을 들이는 상황은 예상하지 못했습니다만……."

루나리아 법국은 루나리아 교를 국교로 받드는 종교 국가입니다.

루나리스를 주신으로 모시는 종교이며 교리는 마(魔)의 존재에게 철퇴를, 지상에 낙원을, 약자에게는 구제를.

세세한 계율을 제외하면 기본적으로 이렇듯 세 가지를 표방하는 종교이고 대륙에서는 최대 규모의 종교로 널리 퍼져 있습니다.

이 대륙에서는 도처에 토착 신앙이 뿌리내려 있습니다만, 그중 국가 수준으로 체계를 이뤄서 힘을 가지고 있는 곳은 루나리아 교뿐이었습니다.

그리고 국가로 성립한 이상 정치와 관계를 떼어 놓을 수 없는 법이죠. 제아무리 종교가 아름다운 개념일지라도 거기에 속한 인간들 사이에는 질척거리는 진흙탕이 고입니다.

"대립 파벌과 관계를 잘 정리했다는 소식은 들었습니다만, 사실 좀처럼 믿기지가 않네요. 성녀의 자질에 대한 평판은 들은 적이 있습니다만, 정치적인 능력이 뛰어나다는 말은 들어본 적이 없고요."

루나리아 법국의 성녀, 메테리아 로렐리아는 루나리아 교의 상징이라고도 말할 수 있는 존재.

성녀 본인이 청렴결백, 순진무구하여 법국의 백성들에게 대단히

인기가 높은 인물이라는 이야기는 들었습니다. 그러나 모든 사람이 그런 미덕을 갖추고 있지는 않기 마련이기에 당연히 그곳에서도 권력 투쟁이 만연합니다.

얼마 전 법왕이 쓰러져서 정세가 불안정해졌기 때문에 제아무리 성녀일지라도 기반을 굳히기 전까지는 법국을 비울 수 없으리라고 판단했었습니다.

"그러나 사전 연락대로 성녀 본인이 우리나라에 몸소 방문하셨습니다. 내용도 알리지 않고 회담을 요청하는 등 다소 일방적이기는 합니다만, 정규 수순을 밟아 회담을 요청한 이상 유력자들은 완전히 장악했다고 간주해도 무방하겠습니다."

"그렇겠죠. 뭐, 우선 만나고 나서 판단하도록 합시다. 어떠한 인물인가, 내 눈으로 직접 본 뒤에 재차 검토하겠습니다. 예의 남자를 수색하는 작업에 여유가 조금 있거든 성녀의 정보도 조사해줘요."

"말씀대로 따르겠습니다, 알레시아 님. 그러면 이제 슬슬 시간이 가깝사오니 알현장으로 나갈 준비를 갖춰주십시오."

"상대는 법국의 성녀, 메테리아 님인걸요. 굳이 말하지 않아도 제대로 된 차림으로 임하겠습니다. 의상 담당 메이드를 불러주세요."

"넷, 이만 실례하겠습니다."

한 차례 빈틈없이 예의를 갖춘 뒤 기더트는 방에서 떠나갔습니다.

잠시 후, 똑똑 문 두드리는 소리가 나고 조금은 나이를 먹은 여성의 「왕녀님, 방 안에 들어가도 괜찮으실까요?」라는 말이 들려왔습니다.

"들어와요."

나는 허락을 말을 전한 뒤 메이드의 도움을 받아 옷을 갈아입으면서 성녀님께서 과연 어떠한 용건이 있어 일부러 우리나라까지 찾아왔을까 머리를 썩였습니다.

"처음 뵙겠습니다. 유더라스 오를레아 폐하. 그리고 왕비님, 왕녀님께서도."

오를레아 왕국, 왕성의 알현장.

청은색에 가까운 푸른빛이 감도는 긴 머리카락을 세 갈래 땋기로 한데 묶어 오른쪽 어깨에서 몸의 앞쪽으로 늘어뜨린, 청정함을 몸소 체현한 듯한 여성이 나타났습니다.

들었던 말보다 더욱 빼어난 미녀입니다. 별달리 몸의 선을 드러내지 않는 종교의 법의를 입었는데도 전혀 매력이 손상되었다고 보이지 않았습니다. 그리고 이상하게 유방이 크군요.

법의에 저항하기라도 하는 듯, 가려졌는데도 알아볼 수 있을 만큼 강한 존재감을 뽐내고 있습니다.

그럼에도 부드러운 눈매와 너그러운 인상의 용모와 전부를 감싸 안아줄 것 같은 포용력을 느끼게 하는 분위기가 그 신체 부위를 성적 대상이 아닌 모성의 상징으로 보게 합니다.

실제로 이 자리에 배석해 있는 기사들은 시선을 빼앗겼으면서도 거기에 정욕의 빛은 거의 없었습니다.

그야말로 「절벽의 꽃」이라는 말이 딱 어울리도록 성녀다운 청초함에 모성의 화신과 같은 분위기가 배어나는 여성이었습니다.

"제 이름은 메테리아 로렐리아. 모자란 몸이나마 루나리아 법국에서 성녀의 칭호를 받았습니다. 먼저 루나리스 님의 인도하심에 감사의 뜻과 이번 만남에 축복을 표합니다."

두 손을 모아 기도하는 자세를 취한 성녀는 딱히 마법을 사용한 것도 아니건마는 은은하게 빛을 두른 것같이 느껴졌습니다.

연령은 나보다 두 살 위라고 들었습니다만, 전해지는 인상은 실제 나이보다 훨씬 더 성숙하게 보이는군요.

"으음, 메테리아 양. 이번 방문은『친목을 깊이 다지고 싶다』라는 명목이었습니다만, 어떠한 용건이 있어 방문하셨소? 교역과 관계되는 조약이라면 작년에 막 맺은 참이지만, 조항에 손볼 필요가 있는 부분이라도 발견하셨습니까?"

왕의 옆쪽에 서 있었던 재상이 한 걸음 앞쪽으로 나와서 성녀에게 물었습니다.

아마도 아버님과 재상은 이번 방문이 1년 전 체결했던 곡물 무역과 관련된 조항의 수정을 요구하기 위해 왔다고 판단했는가 봅니다.

"아니요, 제가 이번에 방문한 이유는 그런 사소한 연유 때문이 아닙니다."

그렇게 말한 성녀가 느릿느릿 고개를 흔들었습니다.

재상 및 중신들은 자신들의 예상했던 내용과 달라 잠시간 당황하다가 국가 간의 조약을 사소하다고 말한 발언에 대해 질린 표정을 지었습니다.

물론 표정은 단속하고 있습니다. 그러나 어릴 적부터 알고 지내왔던 나는 국가의 역학 관계마저 좌우하는 무역 관련의 조약을 사소하다고 단정 짓는 발언에 그들이 『성녀가 고작 이 정도인가』라는 감정을 느꼈다고 수월하게 알아볼 수 있었습니다.

그러나 선불리 경시부터 하는 마음을 비집고 들어오는 타이밍으로 그 말이 던져졌습니다.

"저는 『루나리아 법국의 중요 인물』로 방문한 것이 아닙니다. 『루나리아 교의 성녀』로서 이곳에 왔을 따름이지요."

그 말에 알현장이 얼어붙습니다.

이 자리에 있는 인원은 왕가의 구성원과 호위 기사, 재상, 그리고 외교를 담당하는 문관과 시녀입니다.

사정을 알고 의미를 이해한 자들은 『설마』 하는 감정을 품었고, 그 밖의 다른 인물들도 성녀가 한 말의 의미를 고찰하고 있습니다.

"그 말씀은, 어떤 의미이신가?"

재상이 아닌 아버님께서 스스로 물으셨습니다. 안색은 좋지 않았고 식은땀도 배어났습니다.

"어머나, 여기에서 곧장 말씀드려도 되는 건가요?"

생긋 미소를 짓고 대답하는 성녀의 태도에서 사정을 아는 인물은 모두 깨달았습니다.

——……성녀는 『용사를 소환했다는 사실을 파악했다』라고요.

마를 물리친다는 절대적인 교리를 갖고 있는 루나리아 교의 성녀로서 우리나라를 방문했다는 선언은 정치적인 이유가 아닌 종교적인 이유에서 방문했다는 의사 표시겠지요, 적어도 명목상으로는.

거기에서 떠올릴 수 있는 것은 포교와 관련되는 원조의 요청, 혹은 『용사 소환의 의식』이 실행되었다는 사실이 알려졌다는 정도밖에 짐작이 되지 않습니다. 그리고 포교와 관련되는 원조를 요청하기 위해서라면 『여기에서 이야기해도 되겠나?』라는 말이 나올 리 없었습니다.

이 자리에서 이야기가 나와 곤란할 만한 내용은 비밀리에 『용사 소환의 의식』을 실행했고 그 사실을 은폐했다는 것.

불온한 움직임을 보이고 있는 마족을 토벌하기 위해 『용사 소환의 의식』을 실행했지만, 루나리아 교의 교리에서는 용사도 역시 특별한 지위를 부여받습니다. 비밀리에 용사를 숨긴 채 독점할 셈이냐고 비난한다고 한들 이상할 것이 없습니다.

실제로 정말 그렇게 할 의도였고, 처음의 힘을 지니지 못한 무렵에 용사에게 은혜를 입힘으로써 입맛대로 조종하고자 『용사 소환의 의식』은 비밀리에 실행했습니다.

나중에 어떤 말을 듣든지 간에 『힘이 없는 시기에 마족에게 노려진다면 곤란하기 때문에 존재 자체가 널리 알려지지 않도록 보호했었다』라고 적당히 둘러대면 더 이상은 추궁을 받을 이유도 없었으니까요.

그러나 지금 상황은 그 이상으로 안 좋습니다. 소환한 용사는 완전히 왕가를 적으로 보고 있었습니다. 그만한 일을 저질렀는데도 애써 적의를 갖고 있지 않았다고 가정하려는 낙관론은 농담도 되지 않습니다.

어떤 대책과 협의도 마련되지 않은 상태에서 이 사실이 공공연하게 알려지면 왕가에게 있어 무시하지 못할 흠집이 나버리겠지요. 그러면 용사를 독점하려고 했던 계획보다 더더욱 안 좋은 방향으로 약점이 되어 주변 나라들이 파고들 틈을 내주게 되어버립니다.

"……재상과 기사단장을 남기고 왕족이 아닌 자들은 모두 퇴장하라."

"폐, 폐하?" "어째서 저희를……."

"군소리 말고 물러나라, 두 번 말하지 않겠다."

사정을 알지 못하는 자들은 몹시 당황하면서 떠나갔습니다.

"당신도 물러나도록 해요."

"그, 그러나, 메테리아 님."

"걱정하지 않아도 괜찮습니다. 불상사가 발생할 일은 없을 테니까요."

"……그러신가요, 메테리아 님께서 그리 말씀하시니 따르겠습니다."

성녀의 말에 곧이곧대로 고개를 끄덕이고 수행 시녀는 한 차례 예를 갖춘 뒤 물러났습니다.

그렇게 마지막 한 사람이 떠나자 알현장의 문이 닫힙니다.

이제 이 자리에 남은 인원은 아버님과 어머님, 저, 재상 바라스에 기사단장 기더트, 그리고 눈앞에 있는 성녀뿐.

그렇지만 아버님도 성녀가 어디까지 알고 있는지 불분명한 까닭일까요, 난처한 표정을 지은 채 말을 꺼내지 못하고 쩔쩔매는 모습입니다.

노출된 것이 용사 소환을 실행했다는 사실인가, 혹은 그 용사의 행적 대해서도 이미 파악했는가.

그러나 먼저 말을 꺼내 놓은 사람은 성녀였습니다.

"자, 대화를 나눠볼까요? 여러분의 행동에 대해서는 파악을 마쳤습니다. 먼저 『흑발 흑안』을 지니신 그분, 용사님에 대해서 말이죠."

""""헉!!""""

이 자리에 있던 성녀를 제외한 모든 사람이 숨을 멈췄습니다.

나의 뇌리에 생각만 해도 분노가 끓어오르는 괴물의 모습이 불쑥 떠오릅니다.

그러나 아버님은 반대로 몸에서 힘이 빠져나간 듯했습니다. 아니요, 포기했다는 표현이 더 옳겠군요.

용사가 『흑발 흑안』을 지니고 있다는 사실을 이미 파악했다는 것은 용사의 행동을, 적어도 우리나라에 적대적인 행동을 취하고 나왔다는 사실쯤은 함께 파악이 끝났다는 의미일 테니까 즉 뭐라 얼버무린들 소용없다는 뜻입니다.

"……그래, 메테리아 공. 요구는 무엇인가?"

저는 곧바로 백기를 든 아버님 때문에 내심 혀를 찼습니다.

체념이 너무 빠릅니다. 아버님에게 그쪽 방면의 재능이 없다는 사실은 알고 있었습니다만, 패배가 결정 난 교섭이기에 더욱더 강한 자세로 임하지 않으면 얼마나 큰 패배로 치닫게 될지 모르는 법이니까요.

"그분과 방해자 없이 비밀리에 만날 자리를 원합니다. 저는 성녀입니다. 용사와 함께하기 위한 존재이지요."

그러나 아버님의 말에 그렇게 답한 성녀는 마치 활짝 핀 꽃처럼 미소 지었습니다.

무리한 요구를 받지 않아서 안도하는 동시에 성녀에 대해 섬뜩한 기분을 느꼈습니다.

용사의 과격한 행적을 이미 파악했을 텐데도 불구하고 저러한 미소를 지을 수 있는 눈앞의 소녀가 제게는 이해되지 않았습니다.

루나리아 교에서 성녀란 용사와 함께하면서 뒷받침이 되어 세계에 자비의 마음을 가져다주는 존재여야 할 것입니다. 그러나 제아무리 용사라는 존재의 뒷받침 역할을 영광으로 여겨야 한다는 가르침이 몸에 배어 있다고는 하나 진심으로 저리 단정할 수 있는 성녀의 맹신적인 사고방식에는 티끌만큼도 공감할 수가 없었습니다.

다만 발언으로 짐작하자면 아마 성녀도 용사의 위치를 파악하지는 못한 듯합니다.

"미안하네만 왕국에서도 그자의 행적은 미처 쫓지 못하는 상황이네. 왕도 안에서 며칠간의 행적은 파악했지만, 이후는 정보가 뚝 끊겨버렸지."

'윽, 입이 너무 가벼우세요. 아버님…….'

순순히 모든 정보를 건네 버렸다는 답답함에 살짝 아랫입술을 깨물었습니다. 그렇지만 이 자리에서 가장 예상 밖의 반응을 나타내는 사람은 바로 성녀였습니다.

"……네?"

너무나도 뜻밖의 말을 들었다는 기색으로 성녀는 표정을 단속도 하지 못하고 경악의 목소리를 흘렸습니다.

그러나 아버님은 뻔한 사실도 알아차리지 못한 듯 계속 말을 이었습니다.

요즘은 왕가의 반발 세력도 준동하고 있는 관계로 거기에 법국마저 적으로 돌리는 사태는 결코 피하고 싶을 테지요. 용사를 수중에 넣음으로써 왕가에의 반발 세력을 압박할 계획이었습니다만, 결국 실패로 끝난 시도고요.

아무래도 용사와 관련된 사안을 모조리 털어놓음으로써 더 이상 법국의 노여움을 사는 상황은 피하겠다는 의도 같았습니다.

"소환 직후에 나의 딸을 포함하여 다수의 기사에게 입혔던 중상을 보아 무력만 지녔을 뿐 머리가 돌아가지 않는 인물로 판단했지만, 이토록 완벽하게 몸을 숨기는 수완을 감안하면 그렇지도 않은 듯하군. 놈이 남겼던 말을 떠올리면 언젠가 또 어딘가에서 행동을 일으킬 터이니 그때를 기다리는 게 가장 빠를 수도 있겠소. 물론 왕국으로서도 비밀리에 수색은 계속하겠으나 흑발 흑안을 제외하면 이렇다 할 특징을 찾아볼 수 없는 이상 역시 어려운 점이 많군."

"남긴 말이라면, 무엇입니까?"

"『나는 너희에게 복종하지 않는다. 너희에게 넘겨준 쓰레기들은 본보기다. 기필코 더욱 처참한 꼴을 만들어주마. 전부를 다 빼앗고 망가뜨려줄 테니 각오하도록. 두 번째 복수자로부터』라고 했다네."

아버님의 말에 지금은 흔적도 없이 사라진 등의 상처가 쿡쿡 쑤셨습니다.

그와 함께 분노의 감정도 끓어올랐습니다. 물론 이 자리에서 속내를 노출시키는 어리석은 짓은 저지르지 않습니다만.

"귀하가 어디까지 상세한 사정을 파악했는가 알지 못하나 적어도 그것이 끝이 아님은 분명한 듯싶군. 언젠가 행동을 일으킨다면 그때는 틀림없이 포박할 수 있겠지."

아버님은 그렇게 말하고 한숨 쉬었습니다.

"……번째? ……리가, ……마, ……인데 ……지만."

"메테리아 공? 왜 그러시오?"

그러나 그 말에 어째서인지 나 이상으로 성녀가 더욱 강렬한 반응을 보였습니다. 아버님께서 말을 건네는데도 들리지 않는 기색이고, 안색이 확 창백해져서 살짝 머리 숙인 채 중얼중얼 작은 목소리로 우물거립니다.

용사의 종적을 놓쳤다는 말이 그렇게까지 충격이었을까요?

"……해도, ……마, ……레티시아 루우 헐스톤!"

"앗."

내가 선 위치에서는 성녀가 아드득 이를 악무는 모습이 보였습니다.

다소나마 엿볼 수 있었던 그 분노의 표정에 등줄기에 오싹한 무엇인가가 치달았습니다.

"메테리아 공, 메테리아 공! 몸 상태라도 나빠지셨소?"

"……아니요, 무례를 사죄드립니다. 아무래도 제가 스스로 느꼈던 이상으로 여행의 피로가 쌓여 있었나 봅니다. 다음 이야기는 또 훗날에 나누어도 괜찮겠습니까?"

완전히 얼굴을 아래쪽으로 숙였던 성녀는 곧 또다시 얼굴을 들어 올리더니 애써 미소 띤 표정을 만들면서 대답했습니다.

그러나 안색이 몹시 창백함은 누구의 눈으로 봐도 명백했고, 똑같이 미소 짓고 있는데도 방금 전의 꽃피는 듯한 청초함은 찾아볼 수가 없었습니다.

"그, 그러신가. 메테리아 공에게 만에 하나의 일이 있어서는 우리나라도 곤란하지. 다음 이야기는 훗날에 다시 나누도록 하세."

성녀는 마지막으로 한 번 더 기도의 자세를 취한 뒤 아름답게 예를 갖추고 알현장에서 떠나갔습니다.

'레티시아 루우 헐스톤?'

거의 어떠한 말을 하는가 알아듣지 못했습니다만, 가장 마지막에 성녀가 중얼거렸던 이름 하나는 분명하게 듣고 기억할 수 있었습니다.

들은 적 없는 낯선 이름에서 저는 까닭 모를 불길한 느낌을 받아야 했습니다.

☆

"아아아아아아악!! 아앗! 끄으으으윽! 아아아아아악!!"

그곳은 왕성의 어느 방.

국빈 신분으로 체류를 허락받은 방 안에서 성녀님은 제정신을 잃은 사람처럼 내부에 마련되어 있던 침구에다가 감정을 토해 냈다.

"어째서! 어째서! 대체 어째서!! 얼마나 더, 카이토 님과, 나를, 방해해야, 만족하겠다는 거죠!! 악마 년, 악마 년, 악마 년!!"

마구 날뛰는 감정을 쏟아 내려는 듯이 손에 든 베개를 침대 위에 내동댕이친다.

내가 성녀님의 수행 시녀가 된 시기는 이 나라에 오기 직전이고, 성녀님에 대해 잘 알고 있다고 말할 만한 시간을 함께 보내지는 못했다.

그렇지만 이토록 감정을 훤히 드러내고, 그리고 명백하게 『노여움』, 아니, 『분노』라고 표현할 만한 표정과 행동을 취한 장면을 본

적은 없었다.

"도대체 어째서인가요! 어째서 이 세계에서도 그분의 혼은 붙들려 있는 건가요!! 아직은 괜찮아야 했을 텐데! 이번에야말로 제가 구원해드려야 했을 텐데!!"

"메, 메테리아 님? 무슨 일 있으십니까?"

본 적이 없는 성녀님의 태도에 내심 흠칫흠칫하면서도 행동의 이유를 여쭈었다.

애당초 성녀님께서 무엇에 분노를 느끼시는지 나는 영문을 알지 못한다. 역시 억지를 부려서라도 그 자리에 성녀님을 홀로 남겨서는 안됐다.

"그 여자! 마녀! 더럽히지 마! 그분은 나의, 나의……!! 으윽, 으으으으으으윽!!"

그러나 성녀님께는 내 목소리도 들리지 않는 듯했다.

"메테리아 님……."

성녀님께서 마음을 주체하지 못하셔도 나는 아무것도 하지 못한 채 가만히 지켜볼 수밖에 없었다.

제4장 대미궁에 어서 오세요!!

"……."

에르미아를 뒤로하고 슈리아의 고향에도 들렀다 떠난 우리는 다음 목적지를 향하여 여행을 계속했다. 지금은 마침 해가 슬슬 저물고 있는 시간대여서 야영 준비를 하는 참이었다.

에르미아에서는 유미스의 저택을 뒤져 장비품 말고도 이것저것 도구를 슬쩍 챙겼다.

마물 막이 및 생물 감지 기능이 딸린 결계 도구도 챙겨 놓았기에 지금은 더 이상 밤마다 불침번을 선다고 벌칙 게임 비슷한 파지 풀을 마실 필요도 없었다.

"저기요……. 주인님."

"응? 뭐야?"

"앗, 아뇨, 아무것도 아니에요."

"그래."

무엇인가 말하려다가 말고 미나리스가 입을 다문다.

요즘 들어서 이런 대화가 늘어났다. 이유는 알고 있었다. 나와 그렌의 관계, 아니, 정확하게는 레티시아와 있었던 일을 아무것도 이야기하지 않았기 때문이다.

내 기억을 전부는 아닐지언정 일부나마 갖고 있는 미나리스와 슈리아도 그렌의, 그렇다기보다는 레티시아에 대해서는 단편적인 것은 알고 있겠지만, 공유되는 기억은 어디까지나 복수와 관계되는 분노의 기억뿐.

그 녀석과 겪었던 일도 얼마간 있기는 하니까 어느 정도의 정보는 전달됐겠지만, 레티시아와 연관된 기억 대부분은 이 세계에서도 진심으로 웃음 지을 수 있었던 기억들이다.

즉 그러한 기억에 대해서는 거의 전달되지 않았을 것이다.

특별히 숨기지는 않았던 터라 두 사람 모두 내가 레티시아를 소중하게 여긴다는 사실도 알고 있을 테고, 두 사람 모두 복수의 공범자이기는 하나 한창때의 여자아이였다. 이른바 다른 사람의 연애담 같은 이야기에 흥미를 갖는 태도는 내 여동생님도 비슷했기에 잘 알고 있었다.

미나리스도 슈리아도 기본적으로 순수하고 착한 아이이니까 이렇듯 두 번째 세계에서 결코 맺어질 수 없는 레티시아와의 기억에 대해서 캐물어도 될까 망설이고 있겠지. 그럼에도 추후의 복수를 위해서는 알아야할 정보가 있다는 것도 확실하기에 미나리스와 이런 식의 대화가 많아지게 됐다.

다만 그런 줄 알면서도 이야기하지 않은 까닭은 막상 입을 열려니까 자꾸 부끄러움이 앞서는 바람에 먼저 말하기가 겸연쩍었기 때문이다. 얼간이라고 놀리지 말길. 누구라도 얼굴을 마주 대한 채 좋아했었던, 아니, 여전히 좋아하는 사람과 만났던 이야기를 한다는 게 얼마나 부끄럽겠어. 게다가 연인이라든가 부부라든가 그런 명확한 관계가 됐던 사이도 아니었고.

더욱이 말하자면 직접 묻지도 않았는데 혼자 느닷없이 말을 꺼내는 것도 좀 뭣하잖아? 게다가 서로 좋아했던 사이는 맞겠지만, 기껏해야 키스밖에 진도를 못 빼기도 했고…….

그리고 역시 부끄럽고.

"오늘은 따뜻한 스튜라든가 국물 요리를 먹고 싶어요. 고기를 듬뿍 넣어주면 기쁠 거예요."

내가 가슴속으로 누구인지 모를 상대에게 열렬한 자기변호를 거듭하던 차에 슈리아가 분위기를 바꾸려는 듯이 말했다. ……그래도 뭐, 이제는 슬슬 시기도 괜찮겠군.

"그럴까? 좋아, 기분이다. 방금 사냥한 『그레이트풀 보어』 고기를 써서 스튜를 만들어줄게. 오늘 저녁밥 내가 맡겠어."

"네, 주, 주인님께서요? 메뉴만 말씀해주시면 제가 만들어드릴게요. 아, 아니면, 저기."

"아니, 미나리스한테 요리 당번 역할을 아예 빼앗지는 않을 테니까 그렇게 눈물 글썽거리지 마. 그냥 이 요리는 내가 만들고 싶어서 그래."

살짝 울상을 짓는 미나리스의 머리를 톡톡 쓰다듬었다.

아무래도 미나리스는 본인이 요리를 만드는 것에서 정체성을 느끼는 것 같다. 미나리스의 요리는 맛있으니까 딱히 문제는 없다만.

나는 냄비와 휴대용 화덕을 꺼낸 다음에 몇 가지 야채와 물을 준비했다.

그리고 나서 해체했다가 둥글 주머니에 보관해 뒀던 『그레이트풀 보어』의 고기를 심검으로 뻐째 절단해서 넣는다.

이 녀석은 맛없는 고기밖에 나오지 않는 보어 품종의 고기 가운데서도, 달리 경쟁 상대가 없을 만큼 더욱더 압도적으로 맛없는 고기였다. 게다가 열을 가하면 점점 힘줄이 불거지고 딱딱해질 뿐 아니라 감칠맛까지 사라진다.

그 사실을 알아서인지 미나리스는 살짝 안절부절못했다. 그런데 이 고기에는 사실 비밀이 있다. 뼈째 절단해서 일찍 수확한 리코르 과실주와 함께 푹 끓이면 전혀 다른 맛의 고기로 탈바꿈한다.

이 비결 이야기는 미묘하게 곤란해하는 미나리스의 얼굴이 재미있으니까 나중에 말해줘야지.

그리고 마지막으로 몇 가지 조미료와 앞서 언급한 과실주를 넣었다.

"이제 푹 끓이기만 하면 돼. 뭐, 미나리스의 요리와 비교할 만한 맛은 아닐 테니까 미안하지만……. 자, 나 익을 때까지 잠깐 내 이야기를 들어주겠어? 레티시아의 이야기야."

"그, 그 말씀은……. 네." "슈리아도 듣고 싶어요."

두 사람 모두 조금 망설이면서도 분명하게 고개를 끄덕였다.

언제까지고 우물쭈물 시간만 보낼 수도 없는 노릇이다. 더는 손닿을 수 없는 잃어버린 나날을 떠올리면 지금도 아직 가슴이 살짝 욱신거리지만, 이런 꼴이어서는 또 그 녀석이 『한심한 녀석이로고』 라든가 놀리면서 웃을 것 같다.

"그래 봤자, 뭐, 그렇게 할 만한 이야기가 많지는 않거든. 그 새끼 화염룡, 그렌은 말이야, 레티시아의 애완동물 같은 녀석이었어. 나와 만나기보다 조금 일찍 레티시아가 주웠다고 말을 들었는데, 아까 상황을 보니 아직은 둘이 만나지 못한 것 같더라."

솔직히 그렌과 관련되는 이야기는 이것밖에 할 게 없었다. 구체적인 능력이라면 기억 속에서 이미 보았을 테고.

그러니까 두 사람이 알고 싶어 하는 내용은 나의 내면에서, 이 세계에서 얼마 되지 않은 평온했던 기억.

새로운 기억에 가까워지면 가까워질수록 레티시아와의 기억에는 쓸데없는 무언가가 섞여 든다. 그러니까 레티시아의 이야기를 하려면 처음 만났을 때의 이야기를 하도록 하자.

그리고 이야기를 꺼내 놓기에는 분명 이런 날이 좋겠지.

"내가 레티시아와 만난 것도 이렇게 활짝 갠 하루의 끝 무렵이었어. 이 세계에 오고 대략 1년이 지나려고 하던 무렵, 제국 북부와 수인국의 국경 경계선 부근의 벽지를 여행 중이었지. 그 무렵에는 아직 이 세계에서 말하는 평균적인 A랭크의 모험가 끄트머리에 걸칠 정도의 힘밖에 갖고 있지 않았어. 그야 비장의 수단 한둘은 숨겨 두었지만, 솔직히 아무에게도 뒤지지 않을 강력한 힘을 갖지는 못했으니까 외부에 알려지지 않도록 힘을 길렀었지."

왕도 가까운 곳의 던전을 클리어하고 에르미아에서 대량의 언데드를 격퇴했던 후.

제왕의 협력을 얻어 제국에 설치되어 있는 전설급 아티팩트 『전이문』을 이용하여 여로를 대폭 생략하면서 이런저런 던전을 돌아다녔다.

그리고 그 무렵의 나는 마냥 쌓아 두었던 옛 고향에 대한 그리움 및 이런저런 불안을 발산하지도 못했고, 그렇다고 마음속 감정을 애써 외면하는 데도 한계가 온 처지였다. 그런 향수를 지워 없애고 싶었기에 주체하지 못할 지경으로 조바심이 가득했고 무모한 레벨

링을 반복했었다.

나는 그 무렵을 떠올리고 빙글빙글 냄비를 뒤섞으면서 말을 꺼냈다.

"그 무렵의 나는 이 세계에서 지내는 생활 자체가 못 견디게 고통스러웠어. 어째서 내가, 라고 셀 수도 없이 한탄했지. 물론 용사라는 역할에 흥분했던 것도, 아직 소중한 동료이고 친구라고 여겼던 놈들이나 이 세계에서 알게 된 사람들을 지키고 싶었던 마음도 거짓말은 아니야."

그렇지만, 하고 나는 그 무렵에 느꼈었던 감정을 떠올리며 말을 이어 나갔다.

"분명히 전부 다 거짓말은 아니었지. 다만 그것만으로는 나 자신의 마음을 외면하는 데 한계가 가까웠던 거야. 소환되고 나서 1년이야. 마치 게임을 즐기듯, 근거도 없는 희망을 갖고 불안을 눌러 죽이는 게 불가능해졌어."

게임이나 만화나 소설에서 이세계에 건너가 모험을 하는 주인공은 몇 명이나 접했었다.

그러니까 그런 상황을 친숙하게 받아들일 수 있었기에 이곳은 게임 속 세계라고, 그렇게 느낄 수밖에 달리 도리가 없었다. 아니, 정확하게 말하자면 애써 의식해서라도 게임 속 세계라고 받아들이려 했었다.

왜냐하면 게임 속 세계에는 제대로 된 클리어 방법이 마련돼 있는 법이니까.

용사니 뭐니 치켜세워주지만, 언제 원래 세계에 돌아갈 수 있을지 알 도리가 없는 처지였다. 평범하게 돌아보면 짐작할 만한 하지 않은가. 마족이니 마왕이니 운운한들 국가의 대응을 보면 그 실태는 하나의 나라라는 것쯤은 알 수 있었다.

고작 몇 사람이서 하나의 나라를, 그곳의 임금님을 쓰러뜨린다?

원래 세계에서는 절대로 불가능하다는 것을 어린아이도 알고 있었다.

내게는 마치 단 한 마리 우리에 갇히게 된 매미와 같은 심정이었다.

시간이 지나면 지날수록 나는 이곳에 갇힌 채 인생을 송두리째 빨아 먹히다가 살해당할 것 같았기에, 그래서 그 무렵에는 그저 오로지 우리 바깥으로 도망칠 힘을 바라면서 조바심 냈다.

아무것도 생각하지 않도록, 아무것도 알아차리지 않도록, 절망하지 않아도 괜찮도록.

언젠가 돌아갈 수 있는 날까지 마음이 꺾이지 않고 버티기 위해.

무의식 밑바닥에서 나는 이 세계가 부디 게임이기를 바랐었다. 그것이 내가 할 수 있는 최대한의 저항이었다. 그래도 1년이나 지나고 나면 이곳이 게임 속 세계가 아니라는 것쯤은 싫어도 절감하게 된다.

나 또한 죽고 죽이는 싸움이 당연하게 벌어지는 세상 속에서 기술을 갈고닦았으니까 언제까지나 게임 감각으로 지낼 수는 없었다.

"무작정 강해지고 싶었지. 조금이라도 더 빨리 강해져서 마왕을 쓰러뜨리고 원래 세계로 돌아가고 싶었어. 그러니까 그날도 나는 밤에 혼자서 파티를 빠져나와 마물을 사냥하고 있었던 거야."

도시에 도착하면 단련, 여행을 하는 동안은 마물과 마주치기를 바랐고, 던전에 도착하면 그저 오로지 전투를 수행하다가 파티원이 모두 잠들면 홀로 사냥에 나선다.

휴식 시간을 줄여서.

식사 시간을 줄여서.

수면 시간을 줄여서.

굳건하게 변화한 몸을 잘 활용하여 인간다운 행동을 극한까지 줄여 없애면서 그저 오로지 전투를 반복하는 하루하루. 곤경에 처한 사람을 보면 외면할 수가 없는 주제에 도움에 들인 시간은 나중이 되어서야 조바심을 불러일으켰다.

자신의 내면이 여기저기 모순투성이가 되어 가던 나날들.

용사로서 사람들을 돕고 오직 강해지겠다는 목표를 위해 자신을 깎아 먹는 나날들.

“그러던 때에 말이야, 아무 맥락도 없이 지면에 불쑥 구멍이 뚫리면서 땅속으로 곤두박질친 거야. 장소는 미발견 던전. 뭐, 사람을 대놓고 약 올리는 성질 고약한 던전이었지. 내가 레티시아와 만난 게 그때였어.”

분명 그때가 나에게 있어 이 세계가 진정으로 시작된 날이었다.

이 세계에 서서히 살해당하는 게 아니라 이 세계에서 살아가고 있다는 생각을 가질 수 있게 되었던 분기점.

“지금 슈리아가 입고 있는 옷은 『기모노』라고 하거든? 사실은 내가 원래 살았던 세계, 내가 태어난 나라의 민족의상이야.”

“이 옷이 말씀이에요?”

슈리아가 옷의 팔소매를 팔랑팔랑 흔들었다.

“맞아. 처음 만났을 때 레티시아도 세세한 부분은 많이 다르지만, 비슷한 옷을 입고 있어서 말이야. 나는 그 차림새를 보고 놀라서 눈이 휘둥그레졌었지. 그 무렵은 이 세계에도 기모노가 널리 보급됐다는 사실을 전혀 몰랐으니까."

나는 그 녀석과, 레티시아와 처음 만났던 날을 떠올리고 마음속으로 따스한 온기와 선망의 아픔이 스치는 것을 느끼면서 애써 침착하게 이야기를 이어 나갔다.

☆

해치운다, 해치운다, 해치운다.

『갸르으으?!』『꺼걱?!』『꾸웨에엑?!』

"큭. 깃들어라, 취록.『치유의 녹빛』."

마물 떼 한가운데에 치고 들어가 심검으로 베어 넘기면서 방치하기에는 많은 상처를 허리에 달아 둔【취록의 정검】으로 회복했다.

'이래서는 늦어. 아직, 더 빨리…….'

"헉, 헉. 허억."

거듭거듭 마물의 몸을 쪼개고, 꿰뚫고, 베어 날렸다.

이런 것은 단순한 게임과 마찬가지다, 그저 적을 해치워서 경험치를 벌어들이는 단순 작업. 방과 후에 친구들과 즐겼던 게임과 아무것도 다를 것 없다.

용사의 몸은 레벨만 올린다면 어이가 없을 만큼 괴물로 탈바꿈되니까.

그러니까 한 놈이라도 많은 경험치를 손에 넣고 싶었다.

검 휘두르는 기세가 부족하니까, 팔의 힘이 약하니까, 몸 놀리는 속도가 느리니까, 나는 아직껏 원래 세계에……──.

“가르으윽!!”

“크앗?! 끅, 에랏!!”

……쓸데없는 사고가 너무 섞여 들었다.

왼쪽 어깻죽지를 깨물린 통증으로 자신을 꾸짖으면서 다시 전투에 임하는 집중력을 끌어올린다.

뒤쪽으로 돌아들어서 몸을 물고 늘어지는 베이오 가름을 베어 가른 뒤 헐거워지는 주둥이를 어깨에서 떼어 낸 다음 다리로 가름의 몸을 걷어차 날려버렸다.

『가르으으으읏!!』『갸르악!』『가각!!』

“후유, 아직 부족하군. 더욱 강해져야지. 그래야 돌아갈 수 있어. 깃들어라, 숲을 수호하는 취록의 광막. 『치유의 녹빛』.”

이쪽을 포위하고 노려보는 마물 떼.

긴 영창으로 소비 마력을 억제하면서 【취록의 정검】으로 방금 깨물렸던 상처를 얼마간이나마 치료했다.

“아버지, 어머니, 마이. 기필코 돌아갈 테니까 기다려줘.”

둥글 주머니에서 꺼낸 MP포션을 다 마셔버리고 자잘한 상처 부위에 HP포션을 뿌려 체력과 함께 회복시킨다.

빈병을 내던지고 나는 눈앞의 마물 떼에 다시금 돌격을 개시했다.

베이오 가름 떼를 섬멸한 나는 로브에 부여되어 있는 『클린』 마법으로 전투 중 묻은 피를 깔끔하게 지운 뒤 자신의 스테이터스를 확인했다.

"아직 레벨은 125인가."

레벨을 제법 올린 이후부터는 어중간한 공격에 맞아도 다치지 않게 되었다.

그에 더하여 최대 HP와 휴식에 따른 회복 속도가 제법 올라간 덕분에 이렇듯 밤이면 밤마다 마물 사냥을 반복해도 체력이 버텨준다.

HP란 생각보다 더 복잡한 수치인 듯싶었다. 부상이나 독 때문에 깎이는 경우 말고 체력을 지나치게 소모하거나 병에 걸려도 줄어든다.

아마도 『이만큼 얻어맞아도 괜찮다』라는 수치가 아니라 생명력 비슷하게 살아가는 힘을 종합적으로 나타내는 수치 같았다.

"휴식 시간에 따른 회복량이 또 늘었군. 조금 더 사냥 페이스를 올려볼까."

파지 풀 달인 차를 마시면서 스테이터스를 확인하던 중 회복량이 약간 늘어났다는 것을 알았다.

포션을 마셔 이루어지는 회복은 속도가 느린 편이고, 대량으로 마셔봐야 효과가 좋아지는 것도 아니다. 그러니까 때때로 평범하게 휴식을 취해 자연스럽게 회복되는 것을 기다릴 필요가 있었다. 하지만 이러면 휴식을 줄이고 조금 더 회전율을 올려도 괜찮겠다. 전투 중에도 포션의 효과로 회복은 이어지니까.

'조금 지쳤군.'

내 레벨은 이 세계에서도 일류라고 불릴 만했다. 그러나 그럼에도 나만 한 무력을 보유하고 있는 인간은 달리 또 많았고, 그 정도 레벨로는 마왕을 쓰러뜨릴 수 없기 때문에 내가 소환되었다.

몸을 일으킨 나는 한 차례 한숨을 쉬고 언제까지 이런 하루가 이어질까 하는 상념을 떨쳐 냈다.

고민한들 뭐가 어떻게 해결되는 것도 아니니까 내게는 고민할 시간이 없다. 다만 강해지자는 목표만이 지금의 내가 우선적으로 시간을 소비해야 하는 사안이었으니까.

"빨리 다음 마물을 찾아서……. 윽, 뭐야?!"

그리고 그 순간, 갑작스럽게 지면이 입을 벌렸다.

그야말로 딱 어울리는 표현이었다. 불현듯 지면에 큰 큼지막하게 구멍이 벌어졌다.

휙, 손을 뻗어도 구멍이 너무 커서 가장자리에 손가락도 하나 걸리지 않았다.

"윽, 앗, 아아아아아아아아아아아앗!!"

일순간 시간이 멈추는 듯한, 그렇게 시간이 쭉 늘어지는 감각을 맛본 뒤 위장이 밀려 올라가는 부유감에 저항할 도리도 없이 어두운 땅바닥 속으로 빨려 들어갔다.

'크, 큰일, 큰일 났다!!'

귓가에 공기 가르는 소리가 들린다.

혼란에 빠진 머릿속으로 어떻게든 다리부터 떨어져야 한다는 위기감에 공중에서 자세를 가다듬었다.

떨어져 가는 저편에 멀리 지면이 보인다. 그러나 빙글빙글 도는 사고가 그 이상으로 이득이 되는 사고를 산출하지 못했기에 나는 터무니없는 기세를 어쩌지도 못하고 지면에 발을 부딪치게 됐다.

"끄아아아아아아앗!"

콰쾅! 불쑥 효과음이 떠오를 것 같은 충격에 온몸이 저릿거렸다.

반사적으로 내가 떨어졌던 구멍을 올려다봤더니 아득한 저 멀리에서 구멍의 입구가 보였다.

내가 살았던 세계에서는 흔한 고층 빌딩을 떠올리게 할 만큼 거리가 있는 높이였다.

게다가 구멍이 마치 살아 있는 것처럼 천천히 작아져 간다.

그리고 결국에는 맨 처음부터 아무것도 없었던 양 흔적 하나 남기지 않고 사라져버렸다.

"으앗. 뭐야, 어쩌라는 거야."

예상 밖의 사태에 망연자실하여 움직일 수가 없었다.

잠시 지나서 마음을 진정시키고 주위를 둘러보니 그곳은 명백하게 자연물이 아닌 사방형의 하얀색 방. 출구는 정면과 좌우의 세 곳뿐.

광원이 보이지도 않건만 어둡지는 않았고, 피부에 느껴지는 분위기가 위화감을 알렸다.

"여기, 던전인가?"

툭 중얼거렸다.

축축하게 피부에 달라붙는 마력의 느낌은 틀림없이 던전 특유의 감각이었다. 하지만 이 주변에 던전은 없다고 알고 있었으니 미발견 던전인가? 운도 없구나.

"그나저나 본격적으로 괴물 같아졌군, 이 몸뚱이."

손목을 돌리는 등등 몸이 이상은 없나 확인하고 주위를 경계하면서 걸어 나아간다.

줄 없는 번지 점프를 현실에서 실행한 셈이다. 원래 세계의 상식을 따르자면 즉각 그로테스크 영상이 만들어졌을 게 확실한 낙하거리. 그러나 골절은커녕 어디 삔 곳도 없었다.

"원래 세계에 돌아갈 무렵에는 더 심한 괴물이 되어 있을 텐데……. 조심해야겠네."

만약 여전히 이 힘을 지닌 채 돌아가서 어쩌다 깜빡 편린이라도 힘을 노출시킨다면 틀림없이 큰 소동이 벌어지겠지. 그런 상황은 사절하고 싶다.

"어? 으앗?!"

덜컹, 소리가 울리고 좌우 여닫이식으로 바닥에 한쪽 끝에서 다른 쪽 끝까지 구멍이 벌어졌다. 그러나 방금 전과 달리 이곳이 던전임을 인지하며 경계했기 때문에 뒤쪽으로 뛰어 물러나서 피할 수 있었다.

"이쪽이 아니었나."

뛰어서 물러나자 곧장 닫히는 함정을 보고 나는 원래 왔던 길을 되돌아가 처음 방에서 다른 길을 나아갔다.

"쳇, 이쪽도 꽝이었군."

그러나 다시 선택한 길도 함정이 설치되어 있었다. 이번에도 직전에 뒤쪽으로 뛰어 물러났기에 실제 피해는 받지 않았지만, 내가 물러서자 함정은 다시 닫혀버렸다. 하는 수 없이 다시 길을 되돌아가서 마지막으로 남아 있었던 통로를 나아갔다. 불길한 예감을 품은 채 길을 걸어갔지만…….

"젠장, 도대체 어쩌자는 거야."

예감은 적중했다.

경계하면서 걸음을 내디뎠던 그때, 덜컹하고 큰 구멍이 또다시 벌어졌다.

느닷없이 초대장을 보낸 데다가 어느 통로를 나아가도 거대 함정이라니. 망겜 결정이다.

"뭐, 지금의 나라면 도움닫기를 해서 뛰어넘을 수 있겠지."

함정이 벌어져 있는 거리는 대략 10미터에 달했다.

정말 뛰어넘으면 세계 기록 운운할 수준의 이야기가 아니지만 지금의 나라면 딱히 문제없었다.

"누가 함정 따위에 빠져주겠냐. 하나, 둘!!"

타앗!! 기세 좋게 함정 앞에서 점프를 뛰었다만, 이제 곧 함정을 뛰어넘을 수 있겠다 싶은 지점에서 불쑥 공중과 격돌했다.

"컥?!"

'벽?! 이거 설마 그림이었나?!'

예상 밖의 사태에 거듭 여유를 빼앗겼다.

'아무튼 벽을 걷어차서 거리를……!'

"이런?!"

그러나 그보다 빨리 마치 이쪽의 행동을 읽은 것처럼 내 머리 위쪽에 파리채 같은 물건이 나타나서 내리 휘둘러졌다.

"쳇!"

어떻게 생각해도 피할 만한 타이밍이 아니었기에 나는 오기에 차서 어찌할 수 없는 분노로 소리 지를 수밖에 없었다.

"리얼 공명이냐아아앗?!"

유명한 게임에 설치되어 있다고 하는 전설의 트랩, 『공명의 함정』

에 빠졌다는 데 살짝 기묘한 감동을 느끼면서 나는 또다시 함정 밑바닥으로 떨어졌다.

"제, 젠장!! 에라!!"

아주 멋들어지게 플래그를 회수해버렸기에 악담을 퍼붓고 나서 심검을 만들어 벽에 박아 넣음으로써 감속을 시도한다.

"멈춰라, 좀!!"

끼긱, 끼기긱, 돌벽의 표면을 깎아 내면서 어찌어찌 조금씩이나마 낙하 속도를 줄일 수 있었다.

멈추기 위해 더욱더 기합을 넣어 검을 찔러 넣었다.

어느 정도까지 감속만 이루어지면 이 몸은 상처는커녕 아예 통증도 느끼지 않는다는 것은 첫 번째 함정으로 확인했다.

그런 의미에서는 정지 상태까지 만들 필요는 없있다만, 이제 차라리 고집이었다. 지고 싶지 않아서.

"쳇, 아슬아슬하게 멈췄군."

그리고 처음보다는 짧은 함정이 끝나기 직전 속도를 제로로 만드는 데 성공했다.

칼끝 십수 센티미터까지 박아 넣은 검을 한 손으로 붙잡고 축 늘어져서 바로 아래쪽을 봤을 때였다.

"응? 뭐냐. 게 누구냐?"

"……."

들려오는 목소리에 대답을 돌려줄 수가 없었다.

그곳에 있던 녀석은 붉은색이라기보다는 심홍빛을 담아낸 머리카락과 흑진주보다 강한 광채를 발하는 까만 눈동자, 자그마한 체구와 흰 비단과 같은 피부를 지닌 한 명의 소녀.

아름다움과 앳됨 양쪽을 느끼게 하는 소녀에게서 아이 이상 어른 미만의 인상을 받았다.

분명하게 말해서 몹시 예쁜 미소녀였다. 만약 평화로운 세계였다면 첫눈에 홀딱 반했을 수도 있겠다.

알레시아나 유미스도 미소녀이고 미인이었지만, 이 녀석이 가장 내 타입이었다.

그런 소녀가 지면에 주저앉아서 무엇인가 수프 비슷한 음식을 만들려는지 냄비를 빙글빙글 휘젓고 있다. 그러나 지금의 내게는 용모의 미추 따위야 아무래도 상관없었다.

소녀가 몸에 걸치고 있는 복장은 이 세계에서 내가 한 번도 목격한 적이 없는 부류의 것이었다.

내가 살았던 세계, 내가 살았던 나라의 전통적인 민족 의상이라고 말할 수 있는『기모노』.

붉은 머리카락과 대비되는 흑색을 기조로 하는 그 일본식 복장에는 몇 마리 하얀 새 무늬가 수놓아졌다.

순수한 기모노는 또 아닌지 하체 쪽 기장이 짧아 기껏해야 무릎 위까지 다리를 덮는 길이였다. 기모노라기보다는 기모노 드레스라는 표현이 더 옳은 형태겠다.

그럼에도 이 세계에서 처음으로 본『일본』의 정취.

못내 그리워하던 원래 세계의 자취를 목격한 탓에 머리를 얻어맞은 기분이었다.

"응? 누구인가 모르겠다만, 설마, 이 냄비를 노리는 게냐?! 정녕

그러하다면 용서하지 않겠다!! 이 냄비는 나의 냄비이니라! 냉큼 물러나거라.”

“윽?! 으아앗?!”

한 차례 의아쩍은 표정을 지었다가 소녀는 휘젓고 있던 냄비의 국자를 내려놓고 일순간에 마력을 구축하여 이쪽을 향해 손바닥에서 화염구를 쏘아 보냈다.

너무나도 매끄러웠고 또한 신속한 마법 발동이었기에 나는 급하게 엉거주춤 대응할 수밖에 없었다.

화륵, 귓가를 스치면서 엄청난 속도로 스쳐 지나갔던 화염구가 뒤쪽의 함정 벽면에 부딪쳐 폭발한다.

단순히 위협하려는 의도였던 듯 큰 부상을 당할 위력은 아니었지만, 뒤쪽에서 발생한 폭풍에 등 떠밀렸던 탓에 박아 넣었던【시초의 심검】이 벽면에서 빠져나오고 말았다.

“떨어진다……!”

“앗, 바보 녀석아. 이리로 떨어지지 마라!!”

소녀가 다시 이쪽으로 손을 뻗치는 광경이 보였다.

“젠장, 그렇게 자꾸 당해주겠냐!!”

또 화염구인가, 아니면 이번에는 물인가, 바람인가, 흙인가.

무엇이든 상관없다, 전력으로 베어주마!!

“엑?!”

그러나 사용된 마법은 공격이 아니라 예상 밖의 성질을 띠고 있었다.

아마도 성질은 바람이겠지. 내가 떨어지는 위치에 있는 소녀의 주변을 감싸면서 돔 형태의 방호벽 같은 장막이 나타났다.

거기에서 공격의 의사는 느껴지지 않았다. 아마도 정말로 단지 본인의 위치로 떨어지는 대상을 막기 위해서 쓴 마법.

게다가 아무것도 하지 않고 가만히 떨어졌다면 땅바닥에 톡, 고이 내려설 수 있었겠지.

즉각 쓴 마법이라고 여겨지지 않을 만큼 치밀한 제어에 눈이 휘둥그레졌으나 유감스럽게도 내가 휘둘러 내리치려고 움직이던 팔을 이미 멈출 수 없다는 사실도 스스로 이해할 수 있었다.

“뭣이, 베었……?!”

‘이런, 음, 진짜 미안합니다.’

소녀의 입장에서도 바람의 막이 베인 게 뜻밖이었을까. 놀란 목소리와 함께 경련을 일으키는 얼굴이 보였다.

그 얼굴을 보면서 나는 중력이 명령하는 대로 지면에 떨어졌다. 부글부글 끓어오르는 냄비의 위로.

“앗, 뜨거어어어어어어어어!!”

뗵떼굴!! 소리를 내며 냄비가 굴러가고 내 오른팔에 무엇인가 끈적거리는 액체가 쏟아졌다.

나는 서둘러 둥글 주머니에서 물이 든 가죽 부대를 꺼내 끼얹고, 그다음은 HP포션을 뿌려서 화상을 치료했다.

“아, 아아앗!! 애써, 애써서 겨우겨우 제대로 된 먹거리가 완성되는 중이었거늘…….”

나동그라졌던 냄비 앞에서 소녀가 두 손과 무릎을 짚고 『orz』 자세로 고개 숙이고 있다.

"음, 아니, 그게……."

소녀가 발하는 비장감에 나는 차마 말을 건네지 못했다.

주위를 둘러보니 방금 전 떨어지기 이전의 공간과 같은 구조의 방이었다. 다른 부분은 방 한쪽 구석에서 흐르는 샘터 비슷한 공간이 마련되어 있다는 것, 미묘하게 이상한 냄새가 풍겨 나오는 요리 비슷한 물체 X들의 잔해가 방치된 수수께끼의 코너가 있다는 것.

뭐랄까, 대충 쓱 훑어봐도 이제는 여러모로 상황이 이해되고 말았다. 소녀의 명예를 위해 완성 중이었다는 제대로 된 요리의 상태는 언급을 피하도록 하겠다.

아무튼 지금 상황에서는 사죄를 우선하는 게 옳았다.

"미아……."

"대체 뭐하는 짓이더냐, 이 천치 녀석아!!"

"꺼헉!!"

머리 숙이려고 하는 나에게 내리꽂히는 라이트 훅이 날아 들었다.

거기에 자비라는 두 글자는 명백하게 존재하지 않았다.

뭐, 아무튼 이제는 이 여자아이의 분도 풀렸을 테지. 그렇게 생각했지만.

"아파랏, 티끌만큼도 망설임이 없군. 뭐, 아무튼 이제 비겼다고 치고, 으앗?!"

"누구 마음대로 비겼다는 게냐!! 이 두리넓적 낯짝아!!"

방심하던 찰나에 이번에는 반대쪽에서 손바닥이 날아왔다.

"이, 이 녀석. 기껏 저자세로 나와주니까 아주 기가 살아 가지고……. 그러니까."

"거 시끄럽다, 대머리!!"

퍽, 이번에는 아래에서 올려치는 어퍼컷과 함께 사실무근의 매도를 들어야 했다.

뭐랄까, 머릿속 한쪽 구석에서 부풀어 오르고 있던 응어리를 묶어 놓았던 끈 비슷한 것이 뚜뚝 끊어지는 소리가 들렸다.

지금 이 상황이라든가, 여러 피로감이라든가, 기모노를 보고 원래 세계를 떠올렸다든가, 애당초 이세계에 불려 왔었던 이유라든가, 서둘러야 하는데도 뻔한 이벤트처럼 덮쳐드는 트러블, 집에 돌아가지 못하는 나 자신, 약한 나 자신.

얻어맞은 것은 단순히 계기에 지나지 않았겠지만, 이제껏 앙금과 같이 겹쳐 쌓이던 답답함이 마치 불을 붙여 놓은 듯 튀어 날아가면서 한계를 넘어섰다.

"대머리 아니라고, 이 바보 여자야!!"

마지막까지 남아 있었던 티끌과 같은 이성에서 작동한 것은「여자를 직접 때려서는 안 된다」라는 자제심뿐, 즉각 구성한【하리센의 묵중한 날개 검】으로 온 힘을 다하여 눈앞에 있는 여자의 머리를 내갈겼다.

"아, 아팟, 뭐하는 게냐?!"

퍼어어억!! 요란한 소리가 울렸지만, 이 녀석은 마력을 주입하지 않으면 그냥 종이 하리센과 다르지 않은 심검이기에 특별히 상처를 입힐 일도 없었다.

【하리센의 묵중한 날개 검】은 마력을 흘려 넣으면 마력으로 만들어지는 비생물을 직접 튕겨 내거나 흩어버릴 수 있는 심검인데도

직접적인 공격력은 거의 전무하다.

다시 말해서 양심의 가책 없이 전력으로 휘둘러 칠 수 있다는 것.

"겨우 밥이잖냐!! 아니, 도대체 어디를 봐서 제대로 된 요리를 만드는 중이었냐!! 어차피 저쪽에 있는 음식물 쓰레기와 같은 수준이다, 빨간 머리야!!"

"아얏, 아프닷?! 이, 이놈~!! 어디 할 말이 없어서 음식물 쓰레기라고 했느냐?! 게다가 어머님에게서 물려받은 내 머리카락을 모욕하다니!!"

"사실밖에 말하지 않았잖냐, 이 꼬맹아!! 뭔 요리인가 모르겠지만, 뭘 어떻게 해야 저따위 요리가 만들어지는데!! 뭔가 끈적거리고 부글부글하고 색깔도 영 찝찝한 대리석 같고 사람이 먹을 만한 게 아니잖아!! 게다가 네 머리카락 색도 틀림없이 빨간데, 뭐!!"

"방금 전 발언에서 악의가 느껴졌단 말이다!! 게다가 나는 꼬맹이가 아니닷!! 품에 쏙 안기는 큐트한 키를 갖고 있을 뿐이니라! 네 눈은 옹이구멍이더냐! 나의 아름다움은 이미 완성되었단 말이다, 멍텅구리야!!"

"헹, 본인 입으로 『나의 아름다움』을 운운하는 꼴이 진짜로 끝내주시는군요. 자기도취에도 한도가 있지 않냐? 푸풉."

"뭐, 뭣, 뭣이라~?! 더는 용서 못 한다, 절대로 용서 못 한다. 울고불고 빌어도 절대 용서 안 할 테닷!!"

"응?!"

마력을 끌어올리는 것을 느끼고 한 발짝 뒤로 뛰어서 대비했다. 방금 전 솜씨를 감안하면 일순간에 마법이 날아올 테지. 그러나 방금 전보다 마법 발동에 시간이 걸렸다. 그래 봤자 콤마 몇 초에 발동했던 게 2초 정도로 연장되는 정도였다.

그러나 그렇게 발동된 마법은 상상했던 공격과 꽤 다른 부류였다.

슉, 눈앞에서 모습을 감춘 소녀, 아니, 빨간 머리가 조금 떨어진 위치로 이동한다.

"단거리 전이?!"

놀라는 나를 아랑곳 않고 손바닥을 머리 위로 올려서 다섯 개의 구체 계열 마법을 대기시키고 있다. 대단한 마법 제어 능력이었다.

'물에 흙, 그 밖에 저것은 어둠, 야자열매 같은 건 식물인가!! 마지막으로 저 붉은색과 회색이 섞인 대리석 무늬는 또 뭔데?!'

"잠깐, 기다려!!"

"안 기다린다, 용서 못 한다고 말했을 텐데!!"

그렇게 외친 소녀가 손을 내리 휘둘렀다.

다섯 개의 구체가 사방으로 흩어져서 구체 계열이라기에는 말도 안 되는 속도로, 게다가 복잡하게 곡선을 그리면서 들이닥쳤다.

방금 전처럼 일순간에 이루어졌던 발동, 게다가 복수의 속성, 그뿐 아니라 기본 여섯 종류에 포함되지 않는 특수한 속성까지 뒤섞어서. 내가 아는 사람 중 최고의 기술을 갖고 있는 유미스도 이런 재주는 못 부린다.

"쳇!!"

유감스럽게도 전부를 완벽하게 피하기는 버겁겠다고 판단한 나는 그러면 하다못해 한 발은 얻어맞을 각오로 본때를 보여주겠다고 마음먹었다.

시야에는 제어된 마법과 이쪽을 향해 히죽 웃는 빨간 머리의 얼굴이 보였다.

'가장 피해가 적을 마법은 아마도 저 야자열매 비슷한 놈. 물과 흙과 어둠은 피하고, 나머지 정체를 알 수 없는 속성은.'

"쳐 날려서 되돌려주마!! 으랏차아아아앗!!"

마력을 흘려 넣은 하리센이 금속질의 엷은 먹색으로 바뀌었고, 곧장 좌에서 우로 횡 베기처럼 휘둘러 최후의 정체불명 마법을 맞받아쳤다.

"흐아앗?! 받아치다니……! 이, 이런 엉터리가……!! 끄앙?!"

"컥?! 푸웩. 뭐야, 이게?!"

네가 세 가지 마법을 피하고 수수께끼의 속성 마법을 맞받아치는 거의 동시에 다른 방향에서 날아들었던 야자열매 비슷한 마법이 내게 직격했다.

쩍 벌어지는 야자열매의 안쪽에 들어 있었던 수수께끼 액체가 내 몸에 쏟아진다.

내가 맞받아쳐서 돌려보낸 강속 타구도 어긋남 없이 빨간 머리에게 직격하는 광경이 보였다. 아무래도 마법의 정체는 연기 마법이었던 듯 적중되자 제자리에서 확산된 엷은 붉은색으로 물든 연기가 붉은 머리를 뒤덮었다.

그러나 그 결과를 확인할 만한 여유를 나는 곧바로 빼앗겼다.

"가, 가려워어어어어어어엇!! 온몸이 가려워어엇!!"

"따, 따갑다아아아아아아앗!! 눈이, 눈이이이이이잇!! 코가, 점막이 얼얼하다앗!!"

가려워, 가려워, 가려워, 가려워!!

온몸을 모기에 쏘인 듯한 가려움이 치닫는다.

한편 연기에서 기어 나왔던 빨간 머리는 눈으로 뚝뚝 눈물을 흘리고 있었다.

"너, 너어어어어, 너, 너 말이야!! 이게 뭔 짓을 한 거야!!"

"흐, 흥! 기겁했겠지. 그건 우시르의 수액인데, 피부에 닿으면 한 시간은 가려움증이이잇! 따갑다아아앗, 피부가 따끔따끔하다아아앗!!"

뻔뻔스러운 얼굴로 웃으면서 승리 선언 비슷한 말을 늘어놓다가 도중에 눈물을 뚝뚝 흘리면서 코끝을 새빨갛게 물들여서야 박력 따위는 티끌만큼도 없고 결국에는 또다시 쭈그려 앉는 꼬락서니.

"하, 한 시간, 한 시간이나 이렇다고?!"

절망적인 이야기였기에 살짝 졸도할 뻔했다. 그냥 정신을 잃어버렸다면 차라리 좋았을 텐데, 가려움증 때문에 그것도 불가능했다.

"가려워어어어어엇!!"

"따갑다아아아아앗!!"

우리는 꼼짝없이 바닥을 데굴데굴 굴러다니면서 지옥 같은 시간을 보내야 하는 처지가 되고 말았다.

"크, 크흑, 으아앗. 아직도 몸 여기저기가 가려운 것 같아."

"헉, 허헉, 으으읏. 눈이, 코가, 톡톡 쏘는구나. 아직도 눈물이 멈추지를 않는 게야……."

그로부터 잠시 지나서 빨간 머리가 방 한쪽 구석에 마련돼 있던 샘터 같은 물속으로 뛰어드는 것을 보고 나도 뒤따라 뛰어들었다.

한동안 철버덕철버덕 안간힘을 다해 온몸을 씻고 기다시피 하여 바깥으로 나왔을 때 나는 팔꿈치까지 지면에 찰싹 붙인 채 납죽 엎드리고 말았다.

내 옆쪽에서 빨간 머리도 비슷비슷한 꼴이 되어 있었다.

"이, 이 자식. 야, 빨간 머리. 도대체 뭘 날렸던 거야."

"흐, 흥! 꼴좋구나아아아앗."

"울상을 짓고 뭔 소리를 지껄이는 거냐! 아직도 코맹맹이잖냐. 으윽, 젠장! 근질근질하네!"

피부를 봐도 발진 따위의 기색은 없다만, 자꾸 따끔거리는 미묘한 위화감이 미처 가시지 않는다.

마법의 위력 및 효과는 항마의 수치만큼 감쇠율이 오른다. 즉 이 녀석도 최소한 나와 비슷한 괴물급이라는 소리였다.

기본 이외의 속성 마법을 보유한 것만 봐도 죽도록 희귀하건마는 그것을 복수, 현시점에서 판명된 속성만으로도 화 · 풍 · 수 · 토 · 암 · 식물 · 연기까지 일곱이나 다루고 있다.

속성 마법과 별개의 분류로 간주되는 전이 마법을 더한다면 여덟 속성.

빨간 머리를 돌아보니 저쪽도 아직 효과가 남아 있어서 주저앉은 채 미묘하게 붉은 기운을 띤 눈을 빽빽 문질러 댄다. 물방울이 맺혀 떨어지던 의복은 마법으로 이미 말려 놓았다.

한편 나는 책상다리를 하고 앉아서 셔츠가 조금이나마 빨리 마르도록 가슴께를 펄럭펄럭 흔들었다. 장비 자체에『건조』마법이 부여되어 있기 때문에 가만히 둬도 조금 지나면 마를 것이다. 그때까지는 기분이 조금 찝찝하겠지만, 뭐, 못 견딜 정도는 아니었다.

'그나저나 이렇게 초등학생처럼 유치한 소리를 주고받은 게 대체 얼마 만이람.'

배 속 밑바닥에 쭉 쌓아 두었던 답답함을 토해 낸다는 말이 올바른 표현임을 절감했다. 여러모로 털어 낸 덕분에 지금은 조금이나마 후련해진 자신을 느낄 수 있었다.

돌이켜보면 이제껏 혼자 있을 때는 단지 무작정 힘을 추구하는 나날이었다.

불안 따위의 감정은 앙금처럼 쌓여 가는데도 불평 삼아서 내뱉을 시간도 여유도 없었다.

뭐랄까, 오랜만에 숨을 들이마셨다는 기분이 든다.

"뭐냐. 나를 말똥말똥 쳐다보지 말거라, 변태 놈!!"

"누가 변태냐! 음험한 빨간 머리야!!"

"으, 음험하다고?!"

"그럼 음험하지 뭐라 하겠냐!! 하나는 네게 되받아쳤으니까 그나마 다행이지, 나한테 저항 불가능한 가려움증에다가 추가로 최루가스탄까지 먹일 셈이었잖냐!! 너는 진짜 악마다!!"

"게 시끄럽구나, 대머리!! 대머리~ 대머리~ 대머리~!!"

"그러니까 대머리 아니라니까!! 풍성풍성하잖아, 네 눈알은 장식이냐?!"

"그럼 벗겨져라!!"

“야, 말이 심하네?! 역시 음험한 녀석이었어!!”

뭐, 분통 터지는 데 변함은 없으니까 티끌만큼도 고맙다 말할 이유는 못 느낀다만.

다만 지금은 먼저 묻고 싶었던 말이 있었다.

“……이봐, 하나만 좀 묻자.”

“싫다.”

홱, 퉁명스럽게 얼굴을 돌리는 빨간 머리.

“꼬맹이냐!!”

“누구더러 꼬맹이라고!!”

“으앗?! 뻉뻉 마법 날리지 마라, 위험하잖냐!!”

허둥지둥 상체를 젖혀 날아드는 화염구를 피했다. 여전히 빠른 속공 마법에 놀라긴 했지만 나를 지나쳐 갔던 화염구는 진지하게 맞힐 의도가 없는 듯 속도도 위력도 모자랐기에 반대쪽 벽에 부딪쳐서 푸시시, 소리를 내며 사라졌다.

“휴우, 어쩔 수 없군.”

꼬맹이가 말을 들어 먹도록 만드는 수단은 몇 가지나 있다.

말로 전해서 안 들어 먹겠다면 몸으로 내 뜻을 받아들이도록 만들 수밖에. 물리적으로 위장에다가.

어차피 나도 배고팠던 참이고 적어도 이 녀석보다는 제대로 된 음식을 만들 자신이 있다.

“에잇, 뭐냐?”

나는 제자리에 한쪽 무릎만 대고 앉은 뒤 둥글 주머니에서 제도의 시장을 뒤져 발견한 휴대용 화덕과 연료 암석을 꺼내다 놓고 불을 붙인 다음은 위쪽에다가 냄비를 올렸다.

꺼내다 놓은 몇몇 야채를 나이프로 손질해서 물을 넣어다가 일단 푹 끓인다.

“고기는, 음, 그 녀석으로 할까.”

마침 『그레이트풀 보어』의 고기가 있다. 평범하게 조리하면 빌어먹게 맛없는 고기의 대명사밖에 못 되지만, 끓일 때 뼈째 절단해서 일찍 수확한 리코르 열매 과실주를 함께 투입하면 부드러운 육질에 감칠맛 나는 고기로 탈바꿈한다.

왕도에 있을 때 드워프의 피를 이었다는 무기점 아저씨에게 들었던 비밀 레시피다.

고기는 가죽을 벗겨 큰 덩어리로 잘라서 던져 넣었다. 뼈에서 감칠맛이 잔뜩 배어나기에 더 잘 나올 수 있도록 마력을 살짝 흘려 넣어서 강화한 나이프로 뼈째 절단했다.

필요한 재료를 대강 냄비에다가 휙 집어넣고 재빨리 불에 달군다.

빨간 머리는 요리를 시작하는 내가 신경 쓰이는 모양이다. 하지만 식자재라든가 냄비 속이라든가 고기를 자른 뒤 곧바로 없앴던 심검이라든가, 흥미는 느낄지언정 스스로 먼저 말을 꺼내기에는 켕기는 게 있었는지 아니면 고집을 부리는지 힐끔힐끔 보기만 하고 막상 이야기를 붙이지는 않았다.

그 모습이 경계심을 불러일으키는 자그마한 동물 같아서 웃음이 나오려고 했기에 냄비를 휘젓는 동안 티 나지 않게 관찰했다. 그렇게 20분쯤 푹 삶아서 주위에 좋은 냄새가 가득 들어차게 되자 빨간 머리의 힐끔힐끔 빈도가 높아지면서 거리도 차츰차츰 좁아졌다.

얼굴에는 호기심과 식욕을 훤히 드러내는 주제에 고집인지 자존심인지 무릎 끌어안고 앉아서 외면하는 자세는 끝까지 무너뜨리지 않는다.

그때 꼬르륵~ 괜히 귀여운 소리가 주위에 울려 퍼졌다.

“끄엥?! 아, 아니닷, 아니란다!! 아니란 말이닷!!”

“큽!! 쿡쿡쿡.”

배를 주리고 있는 몸이 본인의 자존심 따위 거들떠보지도 않고 먼저 백기를 흔들었다.

울상을 짓고 새빨갛게 얼굴을 붉히면서 자기 배를 부여잡고 허둥거리는 꼴이 너무나 재미있다.

“뭘 웃는 게냐! 아니라고 말했잖느냐!! 별로 배고프다든가 그런 게 아니란 말이닷!!”

“그래그래.”

나는 목제 식기를 꺼내서 수프를 따라 빨간 머리의 앞에 내밀었다.

“뭐, 뭐냐. 내가 고작 식사에 넘어갈 줄 아는 게냐?”

“아니, 나는 딱히 아무런 말도 안 했는데.”

“그, 그러나, 네가 그러니까, 제발 좀 먹어달라고 부탁하면 어쩔 수 없이 먹어줄 마음도 있기는 한데 말인데…….”

“이봐~ 눈은 옹이구멍이고 귀는 장식이냐? 남한테 뭘 부탁할 때는『부탁드리겠습니다』라는 말부터 해야겠지?”

꿀꺽 군침을 삼키면서 손을 뻗길래 식기를 휙 높이 들어 올렸다.

“뭣이?! 끙, 으윽, 네 녀석이 훨씬 더 음험하잖느냐!!”

“그러면 교환 조건을 제시하지. 딱 하나면 되니까 내 질문에 대답해라."

나는 그렇게 말하고 히죽 웃었다.

"끄, 끄응."

아무래도 자신의 내면에서 자존심과 식욕이 격렬하게 싸우는 듯했다만, 패배 선언을 대신하여 배가 꼬르륵꼬르륵 울렸기에 결국 체념하는 기색이었다.

뻔한 반응이라서 마음에 든다. 한창 건방진 시기의 친척 아이 상대로 아이스크림을 준다, 안 준다 하는 기분이었다.

"알겠다, 알겠느니라. 뭐든 다 물어보거라. 그 대신 이 던전 안에서 지내는 동안 네 녀석은 나의 식사 당번이다. 거부는 접수하지 않겠다."

"……뭐, 괜찮겠지. 저런 선 아무래도 불쌍하니까."

힐끔 쳐다본 곳에는 그간 쌓아 올려왔던 역사라고 불러야 할 만한 요리 비슷한 모종의 잔해가 남아 있었다.

설마 평소부터 저런 걸 먹고 생활하지는 않았겠지. 나와 마찬가지로 어떠한 트러블을 겪어 혼자서 이곳에 온 뒤 제대로 된 식사를 만들지 못한 채 지냈을 텐데, 식생활에 저것 이외의 선택지가 없었다면 너무나 불쌍하다.

"도, 동정하지 말거라!! 나, 나 역시 죽을힘을 다하여 노력했단 말이닷! 아주 노력했단 말이닷!!"

"워워, 그래그래. 소리치지 마라. 자, 먹어라. 나도 먹어야지."

식사 당번을 맡기겠다는 말은 던전 안에서 있는 동안은 함께 행동하려는 의도 같았다만, 방금 전 전투 비슷하게 옥신각신하면서 실력도 이미 증명됐다.

게다가 이 녀석 본인은 도와달라는 말을 하지 않았고 힘도 넘치도록 충분한 듯싶다만, 현대인의 가치관으로 자신보다 나이 어려보이는 소녀를 가만 내팽개친다는 것은 정신 건강에 나빴다.

초대면이 좀 뭣했고 게다가 용사라고 밝힐 마음은 없기에 평소처럼 신경을 쓰지 않아도 된다는 입장 또한 썩 괜찮았다. 어차피 평소의 온갖 말썽거리와 다를 바 없었다. 문제를 굳이 꼽자면 낯선 상대에게 진짜 실력을 노출시킬 의향은 없기 때문에 전투에 사용 가능한 수단이 이미 내보여버린 【하리센의 묵중한 날개 검】뿐이라는 정도일까.

뭐, 무기처럼 생기질 않아 도리어 눈에 띄는지라 별로 쓴 적이 없다는 게 걱정거리지만, 평소에는 단순한 하리센이어도 능력적으로 범용성이 높은 심검이니까 전투에 관해서는 딱히 걱정할 필요가 없겠다.

"끄응, 어째서냐. 어째서 나 같은 초절 미소녀가 정성 들여서 만든 요리는 맛없고 이토록 얼굴도 변변찮은 까만 머리가 만든 요리는 이토록 맛있다는 말이냐! 부조리하구나……."

"은근슬쩍 나를 디스하지 마라, 요 빨간 머리야. 누구 얼굴이 변변찮다는 거냐!"

그러고 나서 스스로도 맛없다고 자각했던 거 아니냐는 타박은 그럭저럭 먹을 만한 요리에 눈물을 뚝뚝 흘리고 있는 빨간 머리가 그간 보내왔을 처참한 식생활에 경의를 표하며 불문에 부치기로 했다.

"한 그릇 더 다오!"

“벌써?!”

빨간 머리는 순식간에 그릇의 내용물을 비운 뒤 내게 허락을 받지도 않고 냉큼 냄비에서 두 번째 그릇을 퍼 담았다. 안 되겠다, 이러다가는 내가 또 덜어서 먹을 몫이 먼저 없어져버리겠어.

“이 녀석! 조금은 사양하는 모습을 보일 염치도 없는 거냐!!”

“바보 같은, 소리는 하지 말거라!! 우물우물, 이 식사는 교환 조건을 치러 내 몫이 되지 않았더냐!!”

“전부 준다고 말을 도대체 누가 했나 모르겠네!!”

“그러니까, 우물, 한 그릇은 양보해주었잖느냐? 음, 역시 이 고기는 맛있구나.”

“뭐 이런 억지 생떼가 다 있담?! 그나저나 먹으면서 말하지 마라!”

어안이 벙벙하는 나를 바보 취급하듯이 빨간 머리가 당당하게 웃었다.

“게 무슨 잠꼬대냐. 우물, 말했을 텐데. 식사는 모든 것의 기본이잖느냐? 꿀꺽, 푸핫. 식사를 우선하는 게 생명의 본능. 그리고 어디에서든 적용되는 게 약육강식이니라. 긴장을 푸는 생물부터 차례차례 식량을 빼앗기는 법이지.”

“어느 나라의 전쟁터 이야기냐, 그게.”

“식탁의 전쟁을 두고 하는 말이니라. 요컨대 손 빠른 자가 많이 먹는다는 게지. 네 녀석이 이야기에 몰두하는 동안에 또 한 그릇은 먹을 수 있다는 뜻이다.”

“앗, 이봐!! 잠깐만, 이 녀석아. 그 고기는 내 몫이라고!!”

“뜨앗?! 치사하구나!! 다 먹기도 전에 퍼 담는 짓은 반칙일 텐데!!”

"식탁은 전쟁터라며? 전쟁터에서 뭔 반칙을 따지고 앉아 있어!!"

식사를 하며 기모노에 대해 이야기를 들으려던 마음이었다만, 그런 틈은 없을 듯싶었기에 나는 서둘러 내 몫을 확보하기 위해서라도 이 녀석을 따라 단박에 식사를 먹어 치웠다.

"후유, 오랜만에 좀 살 것 같구나. 제법 솜씨가 괜찮구나. 특히 이 고기 말이다, 고기 주제에 입속에서 녹아내리더구나. 이런 고기는 먹은 경험이 없군. 식감으로 짐작하건대 마물의 고기렷다?"

푸후~ 감탄을 토할 기세로 빨간 머리는 만족스럽게 배 주변을 문질렀다.

넉넉하게 만든 수프가 순식간에 텅 비어버렸고 냄비 속까지 깔끔하게 다 긁어 먹었다.

"맞아, 『그레이트풀 보어』의 고기야."

"끙, 네 녀석, 아직도 나를 놀리려는 게냐? 그레이트풀 보어라면 힘줄투성이에 맛도 밋밋한 최저급의 고기가 아니더냐. 내가 고기의 정체를 모른다고 하여 가당찮은 소리나 늘어놓지 말거라."

"예예, 내가 다 잘못했습니다요."

적당히 껄렁껄렁 어깨를 으쓱거리자 에잇, 하고 불만스럽게 얼굴을 찡그리는데 굳이 고기의 비밀을 이야기해주고 싶진 않았다. 애당초 거짓말도 안 했고.

그레이트풀 보어의 고기를 일찍 수확한 리코르 열매 과실주와 함께 삶은 요리는 왕도의 아저씨가 드워프에게 전해지는 레시피를 호의로 가르쳐준 것이다.

딱히 감출 이유도 없기는 한데 한 차례 대접받아서 먹은 이후에 거듭거듭 신신부탁하여 간신히 배운 이 비밀을 선뜻 가르쳐주기는 살짝 분해서 입을 다물기로 했다.

“그보다 슬슬 질문을 해도 될까?”

“맞아, 그랬었지. 무엇을 묻고 싶으냐?”

“내가 묻고 싶은 건 네가 입은 옷의 출처야.”

짧게 말하고 나는 빨간 머리를 가리켰다.

그러자 빨간 머리는 휙휙 손을 흔들어 소매를 팔랑거렸다.

“뭐냐, 이 옷 말이더냐? 틀림없이 『초절 미소녀인 그대는 누구십니까?』라든가 『이 던전의 정보』를 물을 줄 예상했더니만 의외로구나.”

“그쪽은 그쪽대로 신경 쓰이지만 지금은 됐어. 그리고 네 입으로 초절 미소녀가 어쩌고저쩌고 진짜 웃다가 배 아플 것 같으니까 관둬라.”

제아무리 미소녀라도 그 말을 자기 입으로 꺼내는 녀석은 머리에 『유감스러운』이라는 표시를 붙여줄 수밖에 없다.

“뭐냐, 고작 이만한 농지거리에 일일이 면박을 놓는 좀스러운 사내였더냐? 뭐, 되었다. 이 옷은 『기모노』라고 한단다. 귀엽지 않느냐? 효과는 『자동 장착』, 『자동 사이즈 조정』, 『체온 보존』에다가…….”

“아니, 별로 능력이 궁금했던 건 아니야. 그 옷의 출처라든가 누가 만들었는가 묻고 싶은데.”

이 세계에서 기모노를 만든 인간이 있다고 가정하자. 그러면 혹시 나와 마찬가지로 원래 세계에서 이쪽으로 온 일본인인지도 모른다.

소설 따위에서 익숙하게 접했던 『전이자』라든가 『전생자』처럼 소환 이외의 방법으로 넘어왔다는 가능성도 있겠다.

그러나 내 사정을 전혀 알지 못하는 눈앞의 빨간 머리는 기막히도록 헛다리 짚는 상상을 떠올린 듯싶었다.

"예끼, 이것은 여인네의 의복이니라!! 앗, 그렇고 그런 취미를 갖고 있었던 게냐? 대머리도 모자라서 특수 성벽이라니, 난해한 업(業)을 짊어지고 있구나."

"왜 자꾸 대머리, 대머리 타령이냐, 이 녀석아. 그리고 내게 여장벽은 없다고!!"

정말 깬다는 눈빛으로 쳐다보는 빨간 머리에게 당황해서 부정의 말을 외쳤다.

"나는 그 옷을 만든 인간에게 관심이 있을 뿐이야. 별로 빼앗을 마음도 없고 갖고 싶지도 않으니까 그렇게 위험한 놈을 보는 눈빛은 치워라!"

"벼, 별로, 숨길 필요는 없다는 것이 내 생각이란다? 인간은 무리를 하지 않는 게 제일이잖느냐, 그렇겠지?"

"이봐, 헛다리를 짚어도 아주 제대로 짚는 위로는 아무 의미도 없으니까 관둬라. 적당히 안 하면 이제 밥도 안 만들어줄 테다."

이마에 핏대를 세우면서 으름장을 놓자 「장난질이 지나쳤구나, 그나저나 인내심 없는 사내로고」라면서 쯧쯧, 머리를 흔드는 빨간 머리. 응, 콱 때려주고 싶다.

하리센을 불러낼까 망설이던 차에 빨간 머리가 지금껏 놀리던 말은 다 잊어버린 것처럼 이야기를 꺼냈다.

"자, 이 기모노의 출처를 물었던가. 유감스럽게도 누가 만들었는지는 알지 못한다. 집의 창고에 있던 물건을 제멋대로 꺼내다가 입고 나왔을 뿐이니까 말이다."

"……그런가."

"다만 비슷한 옷은 판매하는 곳을 본 적이 있구나. 분명 수인국의 어디인가에 있는 촌락에서 손재주 좋은 수인들이 만들었지. 그자들이 어떠한 수인이었더라."

수인, 그렇다면 전이자라는 가능성은 없겠군.

아, 그래도 나보다 2백 년 가까이 먼저 소환됐었다는 용사가 남겨두었을 가능성도 고려해야겠다. 나처럼 흑발 흑안의 남성이었다니까. 아니, 그렇다면 수인국이 아니라 왕국에서 퍼져 나갔어야 하지 않은가?

그렇게 궁리하다가 나는 이 세계의 상식을 전혀 모른다는 데 생각이 미쳤다. 그러고 보니 이 세계에 오고 나서 쭉 강해지는 것과 용사로서 누군가를 돕는 것만 신경 쓴다고 여기저기 둘러본 적이 없었다.

이 세계에 오고 1년이 지나려는 참인데도 자신이 갖고 있는 정보가 전투 분야 및 마물의 특성을 제외하면 거의 없다는 데 살짝 놀랐다.

아무튼 여기에서 나가면 유미스라든가 붙잡고 물어보도록 하자. 아니, 세계 각지를 돌아다녔다는 기사단장 기더트가 이쪽 분야에는 더 해박할 수도 있겠군.

"그만큼 알았으면 충분하겠네. 그래, 수인국이라고."

수인국 기름스에서는 왕국과 반대로 수인 지상주의가 대세를 점하고 있다 들었다. 내가 소환된 오를레아 왕국과 기름스 수인국은 서로 표방하는 주의가 다름으로써 험악한 관계에 놓여 있다는 것이 알레시아의 설명이었다. 두 나라 사이에서 제국이 만들어지기 전까지는 국지전이 끊이는 날이 없었다던가.

그러한 경위도 있어 아무리 내가 용사이기는 하지만 인족인 이상 여러모로 문제가 일어날 것은 예상하기 어렵지 않았다. 알레시아도 왕녀로서 현재 상황을 어떻게든 수습하고 싶어 했지만, 귀족들이라든가 국내의 반발이 적지 않기 때문에 제법 애먹고 있는 모양이었다.

이번 던전 순회도 역시 아무리 제국의 영역 안쪽이어도 던전이 밀집해 있는 수인국과의 국경 부근에 오려니까 이런저런 곳에서 반발이 일어났다고 했다.

결국 알레시아는 후방에 남을 수밖에 없었다. 애당초 알레시아가 여행에 따라오는 까닭도 왕도의 내부에서 반왕권파라고 불리는 사람들의 활동이 활발해졌던 탓이었다.

역전의 숙련자라고 할 만한 오를레아의 군인들 중에서도 특히 빼어난 실력자라고 평가받는 기사단장 및 용사, 즉 내가 곁에서 함께하는 파티의 여행에 동행시키는 편이 더 안전하리라는 판단이었다던가. 왕녀라는 입장도 참 고생이 많다.

다행히 알레시아 본인도 힐러로서 우수한 능력을 가진 덕분에 여행을 통하여 해를 당하지 않을 만한 성장을 기대할 수 있다는 측면도 감안한 결정이었다는 것이 임금님 말씀이다.

다만 인족을 무작정 미워하는 수인이 모여 산다는 수인국에 왕녀를 데리고 가기는 아무래도 위험하다는 판단했다.

"뭐, 됐어. 일단은 이 던전에서 빨리 빠져나갈까."

함정을 밟아서 떨어졌으니까 일단 위쪽을 목표로 이동하면 바깥으로 나갈 수 있겠지. 불안 요소는 이 던전의 정보가 일절 없다는 것. 나라에서 파악한 곳이 아닌 이상은 공식적으로 이 던전을 클리어한 자가 없다는 뜻이었다.

"빨리 빠져나가겠다니, 자신감 한번 굉장하구나."

"자신감의 유무는 관계없어. 나는 이런 곳에서 딴짓할 틈이 없다고."

이대로 파티에 복귀하지 못하면 그만큼 수행이 늦어진다. 즉 원래 세계로 돌아가는 날이 더욱더 늦어짐을 의미했다.

나는 일어서서 다시금 방 안을 둘러봤다.

방의 넓이는 원래 세계의 말로 비유하자면 교실 두 개쯤 되어 보였다.

샘터가 위치하는 쪽 벽을 정면으로 봤을 때 오른쪽에 통로, 뒤쪽에는 계단.

탈출을 목표한다면 계단을 올라가야겠지. 이 던전을 제대로 공략하더라도 일단 바깥에서 파티와 합류하는 편이 좋겠다.

"흠, 뭐, 되었다. 그쪽 통로를 따라서 가면 식량으로 쓸 만한 마물이 나타나는 방에 들어갈 수 있다. 시간이 더 흘러가거든 다시 식사를 부탁하마. 나는 배가 차면 졸음이 오는지라 잠시 자야겠다. 이 안에서 지내다 보면 시간 감각이 어긋나거든. 네 녀석도 적절하게 휴식을 취하기를 권하마."

흐앙~ 한 차례 커다랗게 하품을 한 빨간 머리는 도구 주머니 안쪽에서 모포 비슷한 물건과 베개를 꺼내 들더니 바닥에 벌렁 드러누웠다.

나는 당황하게 만드는 행동이었다.

"엉? 야, 잠깐만. 왜 잠자는 거야? 나는 당장에라도 일단 이 던전에서 나가고 싶다고. 미안하지만 느긋하게 여기에서 네가 깨어날 때까지 기다리고 있을 시간은 없고, 불침번을 맡고 싶지도 않고……."

식사 당번을 운운하기에 멋대로 따라오겠다는 뜻이라고 생각했지만, 예상과 달리 빨간 머리는 움직일 낌새가 없었다. 등에 업어서 이동하는 방법은 논외다.

"불침번은 굳이 필요 없느니라. 이곳은 안전지대잖느냐. 설령 공격당한들 살기나 적의가 쏟아지면 바로 일어날 수 있기도 하고 말이다."

빨리 가버리라고 빨간 머리가 쉭쉭, 모포에서 손을 꺼내서 흔들어 댔다.

그 말을 듣고 주위를 다시 한 번 둘러봤더니 『안전 횃불』이라고 불리는 던전 특유의 설치물이 방 안에 있었다. 원인이나 까닭은 알 수 없지만, 던전 안에서 이 횃불이 설치되어 있는 방 안에는 마물이 나타나지 않고 다른 방의 마물이 쫓아오지도 않는다.

친절하게 샘터도 마련해 뒀겠다, 이 방은 이른바 세이프티 에어리어이겠지.

"세나가 어차피 이 방으로 곧 돌아올 테지. 통로의 끝은 막다른 길이니까 이곳을 빠져나가려거든 그쪽 계단으로 갈 수밖에 없느니라. 그럼 내키는 대로 해보거라."

"크, 뭐야. 마물에게 쫓겨 도망쳐 올 거라고 깔보는 거냐?"

어지간한 마물에게는 쉽사리 당하지 않을 자신이 있다. 이 세계에 와서 보냈던 1년은 허송세월이 아니다. 최근 들어서는 웬만한 마물을 사냥해 봤자 경험치 효율이 나빠졌을 지경이었다. 바로 그 때문에 이렇듯 밤낮을 가리지 않고 경험치를 얻기 위해서 절치부심하고 있는 셈이니까.

뭐, 덕분에 이런 사태에 휘말려버렸다만.

지난 1년의 노력을 얕보인 기분이 들어 조금은 발끈했던 내 마음을 아는지 모르는지 대답은 돌아오지 않았다.

“꽥꽥 소리치지 말거라. 곧 알게 될 게다.”

“쳇, 이제 모른다! 나는 먼저 갈 테니까. 이제 여기에 다시 돌아오지도 않을 테니까 식사 당번은 이번이 마지막이야.”

“오~ 가는 게냐? 어서 가거라. 돌아오면 다음 식사는 아까 전보다 더욱 기합을 넣어서 만들도록 하고.”

“거참, 안 돌아온다니까! 말 좀 들어라!!”

레벨 및 스테이터스를 듣지는 못했지만, 이 소녀쯤 되는 무력이라면 쉽사리 신변에 위협을 겪지는 않을 것이다.

나는 왜 바보 취급을 당해야 하는지 분통을 내면서도 계단에 다리를 얹어 올라갔다.

도중부터 나선형으로 만들어져 있는 계단은 상당히 길었다. 한 계단씩 건너뛰면서 이미 이백 계단 가깝게 올라온 듯 느껴지는데도 전혀 출구가 보이지 않는다.

그러나 덕분에 점점 머리가 차분해졌다.

“……실수했군. 내가 꼬맹이도 아니고.”

혼자가 되어 침착해지자 어느 시대의 다혈질 애송이냐고 반성하는 마음이 솟아났다.

아무리 강하다고 한들 던전 안에다가 명백히 연하의 소녀 하나를 가만 내팽개치고 오는 녀석이 어디에 있나. 게다가 이유가 바보 취급당하여 발끈했기 때문이라니. 이리도 성질이 급할 수가 있을까.

조금은 후회하면서도 이제 와서 돌아가면 어떻게 될까, 그런 상상을 떠올리며 계단을 밟은 순간이었다.

“응?! 뭐야?!”

철컥 소리와 함께 걸음을 디뎌 밟았던 계단이 잇따라 기울어지더니 각도가 급한 슬로프로 바뀌었다.

허둥지둥 다리에 힘줘 버틴들 애당초 표면이 매끈매끈한 소재로 제작된 데다가 기름 같은 미끌미끌 액체가 새어 나와서 바닥을 적시기까지 했다.

당연히 그런 극소한 마찰 계수의 바닥을 딛고 버티기는 어림없었기에 아주 멋들어지게 나동그라졌다.

“어어? 뜨아아아아아아아아아앗!!”

대처를 시도해 봤자 붙잡을 만한 틈도 없었던 터라 나이프를 꺼내서 박아 넣으려고 했건만, 기름에 젖어 미끈거려서 꽂히지 않았고 결국 올라왔던 계단을 무시무시한 속도로 미끄러져 내려갔다.

기름 비슷한 수수께끼 점액에 흠뻑 젖어서 불과 5분 전 버럭버럭 화내고 뛰쳐나왔던 방으로 귀환해야 했다.

“으앗?!”

쓰르륵 미끄러져서 곳에는 올라섰을 때는 없었던 돌출부가 만들어져 있었고, 거기에 등을 세차게 부딪치고 말았다.

빙글빙글 눈이 돌아가는 와중에 전방의 공중에서 이번에도 역시 처음에는 분명히 없었던 축하 박이 쩍 벌어졌다.

팔랑팔랑 각양각색의 꽃잎이 흩날린다.

활짝 드리워지는 현수막에는『토와코쿠로이의 대미궁에 어서 오세요!!』라고 나를 약 올리는 글자가 쓰여 있었다.

“아, 뭐, 어.”

“으응, 처음치고 의외로 오래 올라갔군. 운이 좋은 녀석이로다.”

그렇게 멍하니 있는 나에게 말을 건넨다.

“어이구, 뭔 일이더냐? 더는 이리로 돌아오지도 않는다면서? 응응?”

“~~~~──!!”

말소리가 되지 못하는 고함을 터뜨리는 나를 누워 뒹굴거리며 어깨너머로 쓱 보고는 히죽히죽 웃는 빨간 머리.

“푸풉, 그토록 버럭버럭 화를 터뜨리고 나갔던 녀석이 즉각 귀환이라니 꽤나 거물이로구나. 아니, 나로서는 도저히 흉내 낼 수가 없어. 푸흐흡.”

마지막에는 더는 못 견디겠다는 듯이 호들갑스럽게 입가에 손을 가져간다.

뭐야, 이 고약한 성질머리는. 진짜 악마세요?

아니, 초대면부터 충분하리만큼 악마였지만 말이야!!

“너! 이거, 알고 있었냐?”

“그러니까 말했잖느냐. 아무튼 다음에 깨어났을 때는 밥을 차려놓아라. 약속대로 기합을 넣은 식사로 부탁하마. **식사 당번**.”

살짝 어깨를 으쓱거리고 빨간 머리는 이제 용무는 없다는 듯이 도로 드러누웠다.

"뭐라고, 너, 큭, 이 녀석~~~~!!"

나는 단지 얼굴을 새빨갛게 붉힌 채 입을 다물 수밖에 없었다. 이 상황에서 꽥꽥 소리치는 것만큼 꼴나사운 짓이 또 어디 있을까.

그리고 풀어놓을 곳 없는 분노는 가슴에 담은 채 혼자 마음속으로 다짐했다.

'이 녀석! 언젠가 기필코 복수해주겠어.'

꼬맹이 같다고 후회했던 얼마 전 반성은 철회하기로 했다. 이따위 성격 고약한 녀석에게 미안함을 느낄 필요는 없다!!

기회를 찾는 대로 철저하게 약 올리고 비웃어주마!!

제5장 성격 고약한 던전 공략

샘터에서 몸을 씻고 잠시 후.

옷이 마른 다음은 빨간 머리에게 들었던 대로 계단이 아닌 통로 쪽으로 나아갔다.

"흠, 정말로 있군."

막다른 길의 방, 체육관 몇 개 크기는 되겠다 싶을 넓이의 방 안에는 식량으로 쓸 만한 갖가지 마물이 돌아다니고 있었다.

그렇다 해도 전부 다 먹을 수 있는 마물인지는 알지 못한다. 유명한 녀석들은 어쨌든 간에 본 적도 없는 벌레 비슷한 마물이나 파충류 같은 마물까지 식용으로 보기는 좀 버거웠다.

게다가 방 바깥으로 마물이 튀어나올 우려도 없는 듯 이쪽의 존재를 감지한 기색이면서도 마물은 당장 덮쳐들려고 하지 않았다.

통로에 안전 횃불이 설치되어 있으니까 이곳도 일단 안전하다고 볼 수 있겠지.

던전 안에서는 이런 현상도 곧잘 벌어지는지라 놀랄 필요가 없었지만, 덮쳐들려는 낌새는 없을지라도 마물에게 주시당하는 상황은 별로 좋은 기분이 아니었다.

경계하면서 방 안으로 들어가봐도 마물들은 덮쳐들지 않았다. 아마도 적대 행동을 취하든가 마물에게 너무 가까이 가면 덮쳐들지 않을까.

"저 녀석으로 할까."

마침 입구 부근에서『그레이트풀 보어』를 발견했기에 쓱싹 해치워서 놈의 거구를 둥글 주머니 속에 수납한 뒤 곧장 세이프티 에어리어라고 짐작되는 통로로 철수했다.

어느 한 마리와 전투가 벌어졌을 때 그 밖의 다른 마물들도 일제히 덮쳐드는 게 아닌가 경계했다만, 그건 아닌가 보다.

아무튼 이제 만에 하나의 사태에도 굶주릴 일은 없겠군.

멀리 보이는 곳에는『기간트 자이언트』나『멀티 히드라』,『패럴라이즈 모스킹글러』에『다크 블러드 타란툴라』등등 다른 던전이었다면 보스 행세를 해도 놀랍지 않은 수준의 마물이 떼 지어 있었다. 일대일로 맞붙어도 빈사의 중상을 각오해야 간신히 쓰러뜨릴 수 있는 마물을 한 번에 저토록 많이 상대한다는 것은 자살행위였다.

거리가 제법 떨어졌는데도 그레이트풀 보어를 사냥하는 짧은 순간에 쏟아졌던 살기, 아니, 아마도 마물들의 입장에서는『조금 시끄럽군』정도의 적의에도 식은땀을 흘릴 뻔했다.

분하지만 레벨 업이라든가 경험치라든가 건방진 소리를 하는 동안에 순살(瞬殺)당한다. 그만큼 아직 힘의 차이가 있었다.

『마물에게 쫓겨서 방에 돌아올 거라고 깔보는 거냐!』라면서 버럭 화를 냈지만, 혹여나 정말 이따위 방에 뛰어들었다면 어떻게 되었을지 상상하니까 진짜 웃음도 나오지 않았다.

적어도 둥글 주머니에 해체 완료한 마물 고기가 남아 있는 동안에는 이 방에 진입할 일은 없겠다고 혀를 내두르면서 나는 조금 전 왔었던 길을 되돌아갔다.

이래저래 사람을 약 올리는 곳이지만, 저 광경을 보니 틀림없이 초특 S급 던전이었다.

나는 나쁜 상황에 혀를 차면서 원래 방으로 돌아왔다.

"멍텅구리야!! 어디에 갔다 온 게냐!!"

"숨 쉬는 것처럼 마법 날리지 마라!!"

빨간 머리가 대뜸 마법부터 날리기에 【하리센의 묵중한 날개 검】으로 세차게 맞받아쳤다.

아무래도 흙 계통의 마법 중 샌드 볼이라는 모래 덩어리였는지 천장으로 날아간 마법은 곧 격돌하여 산산이 모래가 되어 우리의 머리 위쪽에 내리쏟아졌다.

"퉤, 퉤퉤!! 뭐하는 게냐, 까만 머리!!"

"너 때문이잖냐, 빨간 머리!!"

"시끄럽다, 어서 또 밥이나 짓지 못할까!!"

"엥?! 진짜?! 위장이 열일하네?! 벌써 배가 꺼졌어?!"

……깨어나면 5할쯤 기합을 더 넣어서 밥을 만들라는 소리를 늘어놓았다지만, 그때부터 아직껏 대략 세 시간밖에 지나지 않았는데요.

배 속에 블랙홀이라도 기르고 있으신가?

"끄, 끄응. 설마 진실로 그 덩치 큰 돼지가 이렇게나, 게다가 더욱 맛있어지다니……. 무엇이냐, 전에 먹었던 그것은 무엇이었더냐."

"당연히 더 맛있어야지, 아까보다 요리에 공을 더 들였으니까."

같은 요리에다가 5할쯤 더 기합을 넣으라는 투정에 나는 별수 없이 제법 공들여서 고기를 손질했다.

그렇다 해도 고기의 힘줄을 하나하나 제거하거나 먼저 야채만 살짝 삶아서 거품을 걷어 내었던 게 전부다. 특별히 요리 공부를 한 이력도 없는 나에게 더 이상은 어떻게 손볼 솜씨도 없었다.

"그런 뜻으로 한 말이 아니니라. 이곳의 바깥에서 먹은 그레이트 풀 보어의 고기는 못 견디게 맛없었단 말이다."

"그랬냐?"

"어째서냐, 삶아서인가? 화력의 차이인가? 아니면 써는 방식? 향신료인가? 그러고 보니 술 종류를 무엇인가 넣었더랬지. 아니, 이 야채에 비밀이 숨겨져 있는 게냐?"

미묘하게 요점은 맞췄다.

고기를 부드럽고 맛있게 가공하는 요령은 뼈와 함께 삶는 것, 거기에 일찍 수확한 리코르 열매 과실주를 더하는 것이다.

빨간 머리는 냉큼 두 번째 그릇을 퍼 담더니 입에 가져가는 스푼의 기세를 수그러뜨리지 않은 채 이쪽을 힐끔힐끔 곁눈질했다.

"으, 으음. 제법 마음에 드는 고기 요리구나. 그나저나 요리법이라고 해야 하느냐? 무얼 어찌해야 그 빌어먹게 맛없는 고기가 이리도 확 바뀌는 게냐?"

간신히 결심한 듯이 비장하게 묻는다. 아주 뜸을 들이다가 묻는 꼴을 보니까 아무래도 이 요리가 상당히 마음에 들었나 보다.

빨간 머리를 돌아보니까 마침 두 번째 그릇을 비운 참이었고, 내 대답을 기다리면서 약간 몸을 앞쪽으로 내밀고 있는 모습이었다.

나는 아직도 첫 번째 그릇을 먹고 있건마는 도대체 얼마나 빨리 먹어 치우는 거냐, 이 녀석은.

그건 그렇다 치고 빨간 머리의 눈이 반짝반짝 기대에 차서 빛난다.

나는 식사를 멈춘 뒤 빨간 머리를 쳐다봤다.

"요리 방법, 아니지, 이 고기의 올바른 조리법이 궁금하구나?"

"그, 그러하다!!"

"그건 말이야."

당연히 요리의 핵심이 되는 부분의 정보는…….

"노코멘트, 기업 비밀, 대외비다. 가르쳐줄 리 없잖냐, 바~보야!! 핫핫핫하!!"

"……."

껄껄, 눈앞에서 웃어줬더니 빨간 머리는 멍한 얼굴로 말을 잃었다.

아주 유쾌하다. 생각보다 더 빨리 복수의 때가 왔다.

"이, 이 녀석!! 식사 당번 주제에 말버릇 한번 고약하구나!!"

"엉? 어느 세계에 손님에게 레시피까지 가르쳐주는 요리사가 있으실까요~?"

그렇지 않아도 이 레시피랄까, 조리법은 내가 직접 고생해서 배운 비법이었다.

이런 계집애한테 가르쳐줄 리가 있나.

"불타서 벗겨져라!!"

"뜨앗?! 너야말로 대체 뭔 재주를 부리는 거냐, 마법이 빨라도 너무 빠르잖아!!"

부우웅, 화염구가 날아들기에 몸을 젖혀서 피했다.

"뻔하지! 엄청 빨리 마력을 구축해서 엄청 빨리 술식을 만들고 엄청 빨리 방출할 뿐……. 네 녀석이 조리법을 가르쳐준다면 대답해주마."

"벌써 거의 다 말해버렸잖냐!! 그나저나 설명이 여러모로 사기스럽구나, 빨간 머리!!"

"에잇, 요 녀석. 빨간 머리라고 부르지 말래도!!"

"이름도 모르는데 어쩔 수 없잖아!!"

그런데 그렇게 말하자 방금 전 내가 대놓고 놀렸을 때와는 또 다르게 허를 찔린 표정을 짓는다.

"나, 나의 이름을 네 녀석처럼 예의도 모르는 얼뜨기에게 알려줄 수는 없느니라."

"엥? 또 무슨 소리래?"

빨간 머리는 이제까지의 기세가 거짓말이었던 것처럼 서먹서먹하게 시선을 외면했다.

"에랏, 소녀의 비밀을 파헤치려고 들지 말거랏!!"

"으앗!! 그거참, 마법 펑펑 날리지 말라니까!!"

결국 빨간 머리는 이름은 가르쳐주지 않고 중얼중얼 불평을 늘어놓으면서 다시 식사에 착수했다. 이름을 말해주면 다 듣고 일부러 또 빨간 머리라고 불러줄 작정이었는데.

"도대체가, 대머리 주제에, 식사 당번 주제에, 낯짝도 변변찮은 주제에."

"싸우자는 거냐!"

"흥이다!"

“뭐래? 「흥이다」? 꼬맹이냐?”

정작 스스로 한 발언은 외면한 채 시치미 떼고 어이없다는 말투로 받아친 뒤 나도 다시 식사에 착수했다.

“그래, 알겠군. 응, 바보 취급하는 거네.”

식사가 끝난 뒤 빨간 머리에게 던전에 대해 물어봤다.

빨간 머리 본인도 이 던전에 갇히게 된 날은 사흘 전이었다는데, 방금 전 같은 함정 때문에 몇 번이나 이 방으로 다시 되돌아왔다고 한다.

게다가 이 던전, 아마도 여기가 정식 스타트 지점이고 전진하면 전진할수록 공략이 딱히 간단해지는 것도 아니라던가.

더욱이 말하자면 마물도 일절 튀어나오지 않는다.

어째서 이런 정보를 알고 있느냐면 전부 설명서에 쓰여 있었기 때문이었다.

내가 미끄럼틀 계단 함정에 빠져서 돌아왔을 때 대놓고 약 올리면서 떨어졌던 현수막 뒤쪽에 설명서가 적혀 있었다.

가라사대, 이 앞은 미로일지니. 꼼수 금지.

가라사대, 미로 안에서는 마물이 나오지 않는다.

가라사대, 기브 업이라고 외치면 이곳 스타트 방으로 연결된 직통 함정이 발아래에 나타난다.

가라사대, 던전을 클리어하면 지상에 나갈 수 있다.

가라사대, 반년 이상 이곳을 못 빠져나간다면 강제로 지상에 돌려

보낸다.

가라사대, 통로 끝에 위치하는 마물 방 내부의 마물은 내부에 장시간 머무르거나 안쪽으로 깊이 파고들지 않는 한 적대 행동을 취하지 않는다. 입구 부근의 마물을 사냥해서 식량을 확보하는 정도는 안전하다.

가라사대, 설령 마물 방에서 식량을 확보하지 못한다 해도 이곳 스타트 지점에 설치되어 있는 샘터의 물을 마시는 한 굶어 죽지도 않는다.

가라사대, 날이 바뀔 때마다 샘터의 물 색깔이 바뀐다.

가라사대, 던전을 클리어하는 자에게는 포상이 주어진다.

친절하게 적어 놓은 아홉 가지의 항목.

"던전이라는 건 분명할 텐데 아무래도 성질이 많이 다르군."

마물이 북적거리는 내부 지형을 헤치고 전진한 끝에 보스를 토벌함으로써 힘과 보물을 얻을 수 있다는 장소.

그러나 이 던전에는 명백하게 사람의 의사가 반영되어 있다. 이 설명서라든가 사람 약 올리는 함정이라든가 여기저기에 자연물이 아닌 자아가 있는 존재의 자취가 엿보인다.

이런 던전은 전대미문이었다. 적어도 내가 공략했었던 던전 중 이런 곳은 없었다.

'뭐, 내가 고민한다고 뭐가 달라지나. 나는 던전의 전문가도 뭣도 아니잖아. 지금은 여기를 클리어하는 것만 생각하자.'

조사 및 분석 따위는 해당 방면의 전문가에게 맡기면 된다. 이곳을 탈출하고 나서 제국의 높은 사람에게 소식을 알려주면 내 역할은 끝이었다.

"아무튼 먼저 공략해야 하는 난관은 이 계단이군?"

쓱 보니 계단은 슬로프에서 보통의 상태로 돌아왔다. 가장 아래쪽 계단을 만져봤지만, 기름 비슷한 액체도 사라져서 반들반들하고 건조한 암석 표면만 느껴진다.

아마도 중간의 어느 하나에 이 길을 슬로프 형상으로 만드는 스위치 계단이 있겠지. 문제는 어떻게 그 하나의 계단을 밟지 않고 끝까지 다 올라가느냐이고.

"흠, 나라면 네 녀석을 데리고 이 계단 끝까지 다 올라갈 수도 있다만?"

"그게 뭔 소리야? 함정이 설치된 계단이 어디에 있나 알아냈다는 거야?"

계단 끝까지 다 올라가는 방법을 궁리하던 차에 옆쪽에서 목소리가 들렸다.

"그따위 쩨쩨한 방법이 아니니라. 그러니까 그 조리법을."

"안 돼, 절대로 안 돼. 싫어, 안 가르쳐줄 거야."

별것도 아닌 도움을 받자고 누가 미련하게 어드밴티지를 포기하겠냐.

"끙, 이런 구두쇠를 보았나!!"

"이미 돌파할 만한 방법은 떠올랐으니까 도움을 받을 필요도 없어."

그렇게 말한 뒤 일어선 나는 도움닫기를 더해서 달려 나아갔다. 그리고 계단의 앞쪽에서 살짝 각도를 돌려 있는 힘껏 지면을 박찼다.

"으랏차!"

그리고 계단의 벽을 걷어차서 삼각 뛰기의 요령으로 반대쪽 벽에 몸을 날린다.

"이얏! 흡, 핫!"

그렇다, 다단 점프였다.

지그재그로 뛰는 동작을 되풀이하면서 나는 위쪽을 목표로 전진했다.

"핫핫핫~! 미끄럼틀 따위를 누가 두려워하랴!!"

설령 계단이 미끄럼틀로 바뀐다 해도 애당초 계단을 발판으로 밟지 않는다면 함정의 의미가 사라지는 셈이다.

어릴 적 장래 희망에 『닌자』라고 쓴 경험이 있던 나는 이미지 트레이닝을 어린 시절에 이미 충분히 쌓아 두었다.

이 세계에서 갖추게 된 신체 능력을 활용하면 이 정도 곡예는 손쉽게 부릴 수 있었다.

"바보구나, 여기 바보가 있구나……."

닌자의 순간 이동처럼 스슥, 스슥, 그런 이동의 흉내를 진짜 내고 있다는 실감에 살짝 흥분했던 나에게 어이없어하면서 뭐라 중얼거리는 빨간 머리의 목소리는 들리지 않았다.

"으응, 마이. 자꾸 내 침대를 점령하지 말라니까……."

"웬 잠꼬대를 늘어놓느냐, 멍텅구리야!"

"끙, 아프잖아. 다짜고짜 주먹 날리지 마라."

갑자기 정수리를 꿰뚫는 충격으로 잠에 취해서 멍멍했던 사고가 명료해졌다. 나 스스로도 옛날 텔레비전 방송 같아서 싫었다. 벌떡 몸을 일으켰을 때는 꿈에서 보던 추억이 안개처럼 건너편으로 희미하게 사라져 갔다.

다만 한 가지, 그럼에도 잊을 수 없었던 것은 어떠한 장면인가 모를지언정 분명 가족과 쌓은 별것 아닌 추억의 일부였다는 감회뿐.

"마법은 쓰지 말라고 하지 않았더냐."

"평범하게 흔들어서 깨워라, 이 폭력 여자야!!"

"뭣이라!!"

감상적으로 젖어 들 뻔했던 기분을 싹 날려버리는 난폭한 말을 쏟아 내면서 매번 버릇처럼 습관이 된 실랑이질로 머릿속을 리셋했다.

"어서 밥을 지어라, 밥!"

"거 알았다니까, 가만히 좀 있어."

모포를 푹 뒤집어쓰고 잠들어 있던 나를 두드려 깨운 장본인은 벌써 탁자 앞쪽에 앉아 요리가 완성되기를 기다리는 자세였다.

『바닥에 직접 앉아서 먹는 것보다 이렇게 해야 맛있게 먹을 수 있는 법이니라』라고 말씀하셨던 빨간 머리가 마법으로 매번 만들어 내는 탁자와 의자였다.

마력으로 만들어 내는 물건은 던전 안에다가 방치하면 자연 소멸하기에 보통 이렇게 마력 낭비를 하는 녀석은 없는 법이지만, 보유 MP에 꽤나 자신이 있는지 빨간 머리는 그런 부분을 일절 신경도 쓰지 않았다.

"오늘도 또『그레이트풀 보어』의 고기를 먹고 싶구나."

"또? 뭐, 고기는 아직 잔뜩 남았으니까 괜찮긴 한데, 안 질리냐?"

빨간 머리의 소녀는 정말 블랙홀 같은 위장을 갖고 있는 녀석이었다. 하루에 다섯 끼니를 먹는 데다가 식사 한 번에 먹는 양도 남자인 나보다 많다.

완전히 질량 보존의 법칙을 무시하고 있군, 이 녀석.

“『블랙 오크』의 고기도 나쁘지는 않다만, 그 정도 맛이야 다른 고기를 먹어도 되잖느냐. 역시 원점 회귀의 시기가 왔느니라.”

날름, 빨간 머리가 자기 입술을 핥았다.

“아, 수프는 토마토 맛이 나는 종류로 만들거라, 빨리 움직이거라.”

“예예, 알겠습니다. 그런데 빨리 움직인다고 빨리 만들어지는 게 아니잖냐.”

아무래도 이 세계에서도 상대를 재촉할 때는 손바닥으로 탁자를 탁탁 두드리는가 보다.

잠시 후 식사가 완성되자 빨간 머리는 걸신들린 듯 먹어 치웠다.

용모도 성격도 분위기도 전부가 다 다르건마는 그 모습이 어쩐지 여동생과 겹쳐 보였다.

“그건 그렇고 너도 숲속에서 떨어졌다고 했었지? 그럼 여행 중이었겠네. 네 요리 실력으로 어떻게 혼자 여행을 한 거야? 맨날 비상식량만 먹었어?”

“끙, 여러모로 하고 싶은 말은 있다만, 나는 혼자서 여행 중이었던 게 아니니라. 지금쯤 바깥에서 걱정하고 있을 터인데. 나는 사랑받는 소녀니까 말이다.”

“아, 그러세요. 듣고 보니까 그야 여행 동료가 함께였겠구나.”

바보 같은 자화자찬은 흘려들으며 대꾸했다.

“음, 언니와 둘이서 여행 중이지.”

‘언니라. 그렇군. 이 녀석도 어떤 의미에서는 여동생이었던 건가.’

빨간 머리의 대답에 나는 내심 고개를 끄덕거렸다.

“자매끼리 둘이서 여행 중이었어? 요즘 세상에 별일이네.”

“그야, 으음. 뭐, 이유야 살짝 알려줘도 상관없기는 하다만…….”

이름 때처럼 거절하려면 당장 거절하겠거니 예상했지만, 생각도 안하고 손부터 휘두르고 보는 빨간 머리치고는 웬일로 태도가 애매했다.

“뭐야, 거 되게 뜸 들이네. 장대한 이유라도 있는 거야? 아, 마왕을 쓰러뜨리러 간다든가.”

“마왕 퇴치라고? 픕, 아하핫!! 멋진 농담이구나. 이제껏 들은 것 중엔 가장 센스가 좋았다. 쿡, 쿡쿡쿡.”

무엇이 정곡을 찔렀을까, 빨간 머리는 깔깔 웃었다.

“우리가 여행에 나선 이유는 비밀이니라. 미소녀에게는 미스터리한 부분이 꼭 필요하니까 말이다.”

“그게 뭔 소리야? 괜히 궁금하네. 알려줘도 상관없다면서?”

“그렇기는 한데 그럼에도 비밀이니라.”

기분 좋게 웃더니 빨간 마리가 텅 빈 식기를 내민다.

“한 그릇 더 다오.”

“이봐, 미스터리어스는 어디에 갔냐. 대체 위장이 어떻게 되어 먹은 거야, 이 녀석아. 살찐다?”

“죽엇.”

“끄앗?! 잠깐! 너! 지금 진심이었지!!”

평소의 곱절 가까운 위력으로 날아온 『풍신구[윈드 볼](風迅球)』를 아슬아슬하게 피했다.

평소에 쓰는 『화염구[파이어 볼](火炎球)』 및 『수류구[워터 볼](水流球)』와 달리 마법의 범위를 파악하기 힘든 『풍신구[윈드 볼](風迅球)』로 공격했다는 것부터 진심의 정도가 느껴진다.

“뭐라? 웬 뚱딴지같은 소리더냐. 미소녀에게 살이 어쩌고 즉각 사형이 당연할 터인데! 이 바보, 얼간이, 멍텅구리야!!”

“으응? 미소녀? 그게 어디에 있으십니까? 내 눈앞에는 머리에 『유감스러운』이 붙는 땅딸보밖에 안 보인다만.”

“뭣이 어째?! 이러니까 눈이 옹이구멍인 녀석은!!”

꽥꽥 떠들어 대면서도 식사를 먹고 먹는다.

……이렇게 시끌벅적한 식사가 얼마 만이더라.

언제부터 식사가 작업으로 바뀌어버렸더라.

‘……맞아, 그렇군. 이쪽 세계에 온 다음부터였어.’

이토록 떠들썩한 식사 자리의 기억은 원래 세계가 마지막이었다.

“드, 드디어, 여기까지 왔군.”

“정말이지, 뭐냔 말이다. 이놈의 던전. 성격이 너무나도 고약하구나.”

맨 처음 함정과 비슷비슷하게 사람을 바보 취급하는 장치 때문에 진흙 범벅이 되거나 기름 범벅이 되거나 수수께끼의 하얀 분말(아마 밀가루?) 범벅이 되거나 하면서도 도전&삐끗을 반복하면서 우리는 드디어 심부까지 다다랐다.

트랩 존과 트랩 존의 사이에 위치하는 휴게 포인트라고 부를 수 있는 에어리어.

이곳에 올 때까지도 몇 번인가 마주쳤던 바닥이 노란색으로 칠되어 있는 장소인데, 아마도 이곳에는 함정을 설치해 두지 않은 듯싶었다.

이곳에서 뻗어 나아가는 통로는 쭉 외길이었고 끝까지 다다르는 곳에는『축하!! 여기가 출구란다?』라고 놀리는 듯한 간판이 매달려 있는 문, 그리고 이곳과 똑같이 노란색으로 칠된 세이프티 존이 보였다.

비록 외길이어도 거리가 제법 떨어진 터라 상당히 큼직큼직하게 써 놓은 간판 글자도 강화된 지금 몸이 아니었다면 기껏해야 점으로 보였을 것이다.

정확한 거리는 모르겠지만, 대략 8백 미터는 되지 않을까.

"이봐, 먼저 가도 되는데? 나는 신사거든, 레이디 퍼스트로 양보해주지."

"아니, 아니다. 나와 네 사이에 굳이 양보할 필요가 어디 있겠느냐? 가끔은 센스있게 체면을 세울 기회를 주는 것도 괜찮겠지."

이때 나와 빨간 머리의 속셈이 확실하게 일치했다.

"나를 버리는 말로 써먹을 작정이로군!!"

"나를 버리는 말로 내세울 작정이더냐!!"

와락 드잡이질을 벌이면서 우리는 부득부득 이를 악문 채 서로 간에 한 걸음도 물러나지 않았다.

봐라, 아주 여봐란듯이 만들어 놓은 마지막 외길을. 어떻게 생각해도 함정이 가득 들어찬 것이 뻔하다.

"연약한 소녀를 버리는 말로 내세우려고 하다니 세상 말세로다. 보통 이런 경우는 남자가 몸 바쳐 위험을 무릅쓰고 뛰어드는 법이 잖느냐!!"

"나는 성별로 사람을 차별하지 않습니다~!! 그나저나 네 녀석의 어디가『연약한 소녀』라는 거냐!!"

"보거라, 나는 가녀리고 귀엽잖느냐?"

"짜증 난다아아아앗! 엄청 짜증난 다아아아아아앗!! 현실에서 데헷, 혀 날름거려 봤자 위화감밖에 안 솟는다고!! 뭐냐, 신종 정신 공격이냐? 그럼 무조건 칭찬해주마!"

"나의 귀여움을 몰라볼 줄이야! 이리도 가엾은 녀석이 있나! 이 애교 한 번이면 아버님도 한 방에 함락이거늘."

"아버님~!! 따님 교육을 잘못하셨어요~!! 이렇게 유감스러운 아이로 자라버렸답니다~!!"

'으음, 내가 뭘 하는 거람?!'

바보 같은 도발전을 벌이다가 퍼뜩 정신이 들었다.

아무래도 이 던전에 갇히고 말싸움을 거듭하는 동안에 정신 연령이 내려가버린 것 같다.

아니, 이 정도 시끌벅적 바보짓이라면 원래 세계에서 학교를 다닐 무렵에는 일상이었다.

다만 이곳은 이세계이고, 나는 용사이고, 마왕이 있고, 마물이나 도적 따위가 덮쳐들고, 그들을 죽일 수밖에 없고.

……여유 따위가 없었을 뿐이다.

"끄응, 이렇게 실랑이질을 벌인들 시간 낭비이니라. 괜히 체력을 소비하기 전에 서로 잠시 휴식하지 않겠나?"

"조, 좋아. 멋진 생각이네. 3초를 세자, 3초를 다 세면 동시에 서로의 손을 놓는 거다."

"아, 알겠다. 3초렷다?"

"센다? 하나, 두울……."

"잠깐만 기다려랏, 3초는 『세엣』의 『엣』과 동시에 놓는 게냐? 아니면 『엣』의 다음이더냐?"

"엉? 그러면 『엣』과 동시에."

"나는 『엣』의 다음이 좋겠구나."

"그러면 처음부터 말을 하라고!! 아니, 어느 쪽이든 뭔 상관이야!! 진지하게 이해 안 되네!!"

으으, 이리도 쓸모없는 말다툼이 또 있을까.

잠깐 냉정한 사고가 돌아왔었던 지금은 더욱 허망한 기분이다.

뭐랄까, 그거다. 친구 놈들끼리 열 올리며 바보짓 왕창 하다가 나중에 뒷수습을 할 때의 감정이다.

저지를 때는 흥분이 차올랐던 까닭도 있어 어떤 바보스러운 발상도 대사도 최고의 명안처럼 여겨지지만, 나중에 돌이켜보면 「뭐냐, 너희들. 술 취했냐? 아니면 바보야?」라는 말이 쏟아지는 허망함이다.

"어휴, 다 됐다. 「엣」이라고 말한 다음이다. 센다? 하나, 두울, 세……."

바로 그때였다.

"뭣?!" "햐?!"

기우뚱, 지면이 흔들렸다. 아니, 지면이 살짝 가라앉았다.

마치 딱 노린 타이밍처럼 함정이 발동됐다.

그 순간 아차, 놀라면서도 불길한 예감과 함께 어느 사실이 뇌리를 온통 헤집고 돌아다녔다.

'노란색으로 칠된 장소가 안전하다는 건 단순한 경험이고 설명서에는 쓰여 있지 않았어.'

노란색으로 물들어 있는 바닥이 일단 가라앉음으로써 축적한 힘을 단박에 해방시켜서 나와 빨간 머리를 전방 통로에 내팽개쳤다.

"또 이러기냐! 젠자아아아아아아아아아아앙!!"

예상외의 사태를 맞아 헛돌던 사고 속에서 나는 자포자기가 되어 소리 질렀다.

스프링 장치가 숨겨져 있던 바닥에 튕겨 날아가면서 강제적으로 (아마도 함정 가득한) 외길에 몸을 날려야 했기에.

이리된 이상 어쩔 수 없겠다, 되돌아가도 의미는 없다.

주사위는 (억지로) 던져졌으니까.

"끄아앗! 에잇, 좋다. 될 대로 되어보거랏!!"

탁, 지면에 다리가 닿는 시점에서 우리는 달려 나갔다.

이제는 이미 조건 반사였다. 멈춰 서는 순간에 당할 테니까. 함정은 안 움직이니 가만 서 있으면 괜찮지 않겠냐고 잠시 환상에 잠겼던 때도 있기는 했죠.

"큭, 에잇, 으랏차!!"

"얍, 하앗!!"

눈앞에서 갑자기 진로를 방해하려는 듯이 평평했었던 바닥에 갖가지 높이의 돌계단이 만들어져서 앞길을 가로막는다. 그러나 이 정도 장해는 이미 장해라고 부르지도 않을 만큼 익숙했다.

달린다, 달린다, 달린다.

인간을 벗어난 신체 능력으로 함정을 피하면서 외길을 전력으로 달리고 또 달렸다.

"어이쿠!!"

상하좌우의 갖가지 방향에서 나무 말뚝이 튀어나오기에 자세를 낮춰 피했다.

나머지 7백 미터.

"방해되느니라!!"

전방에 느닷없이 생겨난 소형 대포에서 날아오는 끈끈이 탄을 빨간 머리가 고출력 수류를 만들어 내어 흘러 넘겼다.

나머지 6백 미터.

전방에서 강렬한 바람이 단속적으로 불어닥친다.

"으랏차!!"

떠밀릴 뻔한 다리를 억지로 움직일 때에 사그라든 기세를 노려 함정이 덮쳐드는 터라 체육에서 배웠던 앞구르기의 요령으로 바람에 닿는 면적을 최소화함으로써 기세를 죽이지 않고 버텨 냈다.

나머지 5백 미터.

머리 위에서 끈끈이를 붙인 낙하형 천장이 떨어졌다.

동시에 좌우에서 끝에 끈끈이를 붙인 수많은 창대가 찔러 들어온다.

"하나 빛으로 달아 두거라!!"

그렇게 말한 빨간 머리는 터널 형상으로 두꺼운 빙벽을 만들어 냈다.

이 던전 내부의 함정은 끈끈이 종류까지도 포함하여 뭐든 다 견고하게 만들어졌다.

그 탓에 특급이라고 말할 수 있는 수준의 마력이 주입된 마법일지라도 불과 몇 초를 버티지 못하고 산산조각이 나서 흩어진다.

그러나 불과 몇 초만 확보되면 충분히 함정의 범위를 빠져나갈 수 있었다.

나머지 4백 미터.

"으엑! 그 짜증스러운 녀석이구나!!"

"투명 벽돌!!"

뭉글, 시야의 일부가 어지럽게 일렁거린다.

이 던전 내부에 다수 존재하는 악질 함정 중 하나.

마력을 고형 · 고정화시킨 투명한 그것은 마력으로 만들어졌음에도 불구하고 마력의 기척마저 완벽히 차단한 벽돌이 복수 섞여 있는 함정이었다.

마력 감지에 뛰어난 빨간 머리에게 있어 이것은 오히려 귀문(鬼門)이었다. 쓸데없이 평범한 투명 벽돌의 위치를 감지하는 탓에 마력을 감지하기 어려운 투명 벽돌의 위치를 파악하기가 버겁다고 들었다.

마력의 기척도 없는 투명 벽돌은 빛이 굴절함으로써 시야가 미세하게 일렁거리는 위화감을 발견하고 피할 수밖에 없었다.

"이제 방금 전 빚은 청산한 거다!!"

마력을 흘려 넣은 【하리센의 묵중한 날개 검】의 칼날이 묵직하게 빛나는 은색으로 물든다.

내 의사에 따라 하리센의 칼날이 커다랗게 펼쳐졌다.

"휩쓸어 날려버릴지어다, 마력을 흩뜨리는 바람. 『마괴풍(魔壞風)』!!"

커다란 부채처럼 변한 심검을 있는 힘껏 휘둘러 대자 마력을 띤 바람이 투명 벽돌의 마력을 안개처럼 흩어버렸다.

"도움받지 않아도 내가 알아서 처리할 수 있었느니라!!"

"야, 그러면 나라고 혼자 알아서 처리 못 했겠냐!!"

나머지 3백 미터.

"끄앙!! 에잇."

내장을 덥석 거머쥐어 곧장 흔들어 대는 감각 속에서 중력이 반전한다.

그때를 노려 저격하고자 거대 파리채가 나타나 우리를 쳐올렸다.

위쪽으로 떨어져 가는 그곳에는 끈끈이가 설치돼 있고, 함정에 된통 빠지면 눌린 벌레의 표본처럼 된다.

당연히 봉변을 회피하기 위해서 거대 파리채를 오히려 발판 삼아 앞으로 나아갔다.

나머지 2백 미터.

겨우 긁어모아 둔 여유를 빼앗으려는 것처럼 말도 안 되는 밀도로 함정을 써 가며 방해에 나선다.

물기둥이 마구 치솟고, 상하좌우에서 바람이 불어닥치고, 발아래가 푹 꺼지는 모래로 바뀌고, 마력으로 만들어 놓은 석제 벽돌이 공중에서 진로를 가로막는 위치에 설치된다.

"큭!! 윽!! 흡!!"

물보라를 뒤집어쓰고, 바람에 청각이 마비되고, 모래가 여분의 다

릿심을 빼앗아 가고, 어깨에 부딪치는 벽돌 모서리가 집중력을 깎아 먹는다.

그리고 마지막, 나머지 10미터.

이 트랩 존에 발을 들여놓는 동시에 위아래에서 압축하듯이 통로의 벽이 좁아지면서 길을 봉쇄하려고 들었다.

"비, 비." "켜라아아아아아아앗!!"

모든 함정을 피해 전진하는 동안 기묘하게도 마지막 발을 들여놓는 위치에서 나와 빨간 머리는 나란히 옆에 서 있었다.

내딛는 발에 힘을 넣어서 나머지 거리를 전부 건너뛰었다.

근육이 찢어질세라 힘을 실어서 우리는 날았다.

조금 더, 조금만 더 가면 트랩 존을 빠져나갈 수 있었다.

'빨리, 빨리! 더 빨리!!'

그러나 조바심에 찬 사고가 냉철하게 예측을 산출했다.

이대로 가면 다리를 한껏 뻗어도 무릎 아래 하나만큼 거리가 부족하다.

다른 장소에서 이 함정에 걸렸을 때는 솟구쳐 올라오는 바닥에 다리를 치여서 그대로 스타트 지점까지 되돌아갔었다.

"젠장!! 으앗?!"

다 틀렸다고 생각한 다음 순간, 뒤쪽에서 등을 밀어주며 바람이 불었다.

"흐흥! 이것으로 또 빚 하나 진 게다!!"

둥실, 공중을 날아가는 빨간 머리가 옆쪽에서 의기양양한 표정을 짓고 있었다.

“쳇, 혼자 멋있는 척은 다 하는군.”

툴툴 중얼거리면서 나도 웃음을 머금었다.

어쨌든 간에 드디어 이 던전에서 빠져나갈 수 있겠다.

그렇게 안도했던 때였다.

조금 전에 막 절감했던 참이었는데도 우리는 벌써 그 사실을 잊어버리고 말았다.

트랩 존을 빠져나간 곳, 골의 문 앞에 있는 노란색으로 칠된 바닥. 안전하다고 여겼었던 장소는 우리가 제멋대로 한 착각에 불과했음을.

방심한 우리를 함정에 빠뜨려서 비웃기에는 절호의 포인트였다.

““헉?!””

중력을 따라 자유 낙하하는 가운데 커다랗게 입을 벌리면서 노란색 바닥이 소실된다.

그 순간 아래에서 불어닥치는 열풍이 피부를 데웠다.

그곳에는 이제껏 겪은 함정과 전혀 종류가 다른 함정이 설치되어 있었다.

구멍 바닥에 뱀이 몸을 사리듯 제 몸을 비틀고 있는 것은 푸른 불꽃.

이글이글 소리와 함께 불타오르는그 불길은 마치 커다란 화로의 입구를 벌려 놓은 듯 보였다.

‘위, 위험하다! 죽는다?!’

이제까지는 설령 무방비 상태에서 빠지더라도 어지간히 불운하지 않는 한 직접 상처를 입을 함정은 단 하나도 없었다. 기껏해야 타박상을 입거나 끈끈이에 파묻혀 꼴불견이 되거나 하는 정도.

그러나 이번에는 다르다. 아무리 인간을 훌쩍 벗어난 신체 능력을 지녔을지라도 이토록 짙은 밀도의 마력이 담겨 있는 불꽃에 몸을 노출시키면 멀쩡할 수가 없었다.

이제껏 이 던전의 함정에 걸려 중상을 입지 않았던 까닭은 그러한 의사가 없었기 때문이다. 애당초 우리의 신체 능력으로 여기까지 다친 데 없이 올 수 있었다면 모든 함정을 물리적으로 분쇄하며 전진하는 게 차라리 지름길이었으니까.

그렇게 하지 않았던 이유는 요컨대 불가능했기 때문이었다.

그리고 지금 그토록 강한 내구성을 지닌 던전의 함정이 악의를 갖고 우리에게 이빨을 드러내고 있다.

그리고 그 불꽃은 우리는 먹어 치워버리겠다는 듯이 뿜어져 올라오고 있었다.

'뭔가! 방법이 없나?!'

노랗게 칠되어 있는 바닥의 범위는 멀리서 보아 확인했을 때보다 의외로 더 넓었고, 여기를 뛰어넘어서 문 안으로 뛰어들기에는 방금 전처럼 순풍을 받아도 거리며 속도며 전부가 부족했다.

당연히 뒤로 돌아가려고 한들 통로는 이미 닫혀버리고 말았다.

닥쳐드는 생명의 위기에 세계가 빛을 잃어버렸다. 콜타르 속을 헤엄치는 것처럼 속도가 둔화된다.

'아!! 그걸 재현하면!!'

빙글빙글 헛도는 사고 속에서 떠올랐던 순간적인 발상을 무턱대고 실행했다.

내게 마력을 마법으로 변환하는 힘은 없었다. 다만 마력을 운용하는 기술 자체까지 아예 없지는 않았다.

순간적인 발상을 실행하는 데 신기하게도 망설임은 느껴지지 않았다.

그리고 딱히 고민하지도 않았건만 스킬의 이름이 저절로 입에서 흘러나왔다.

"『천구』!!"

"응? 저 불꽃은, 끄앙?!"

공중에서 마력으로 만들어 낸 발판을 이용하여 가까이에 있던 빨간 머리를 옆구리에 껴들고 공중을 박찼다.

마력을 그대로 굳힌 발판은 완성도는 비교할 만한 수준이 되지 않을지언정 번번이 우리를 애먹였던 투명 벽돌과 거의 같은 성질을 갖고 있었다.

그것을 걷어차서 가속한 우리를 놓치지 않겠다고 푸른 불꽃이 기염을 토하며 마치 입을 커다랗게 벌린 한 마리 용처럼 뿜어져 올라온다.

"더 빨리이이잇!!"

거기에서 기세를 죽일 수는 없는 노릇이었기에 우리는 문 건너편으로 굴러 들어갔다.

멈출 때의 대비도 없이 기세를 수습하지 못하고 뛰어든 탓에 문 건너편을 데굴데굴 굴러서 안쪽 벽까지 부딪쳐서야 겨우 몸이 멈췄다.

"끄아아아아앗!"

그러나 그 대가로 쿵, 둔탁한 소리를 울린 것은 빨간 머리의 정수리였다.

뭐, 죽는 신세보다는 낫다고 넘겨주기를 바랄 수밖에.

"이제 아까 전 빚은 갚아준 거다."

"갚기는 뭘 갚았다는 게냐, 멍텅구리야!! 네 녀석 때문에 머리를 된통 부딪쳤지 않느냐!!"

벌떡 일어서서 빨간 머리가 이쪽을 보고 큰 목소리로 고함질렀다.

"뭐가 잘났다고 우쭐거리는 낯짝이더냐, 이 천치야!! 바보냐! 바보였더냐?!"

"머리 좀 부딪쳐도 어쩔 수 없잖냐! 그대로 가만있다간 불타 죽을 뻔했으니까."

"앙? 뭐야, 눈치 못 챘던 게냐?"

빨간 머리를 자기 머리를 매만지면서 이쪽을 쏘아봤다.

"응? 뭐가?"

"미련하기는, 이것 말이니라."

빨간 머리가 걸음을 떼어 우리가 날아 들어왔던 문 앞에서 멈춰서더니 지금도 아직 이글이글 불타오르는 푸른 불꽃에 자기 손을 쑥 밀어 넣었다.

"헉?! 뭐하는 거야, 바보야!!"

너무나도 놀란 나머지 살짝 삐끗거리는 목소리로 외쳤다. 손을 집어넣는 순간에 무엇인가 조치를 취한 낌새도 없었고, 저토록 가득 마력이 담긴 마법에 무방비하게 몸을 노출시키면 절대 무사할 수는 없다는 생각이었다.

예상 밖의 행동에 벌떡 일어서는 나를 바보 취급하면서 빨간 머리가 웃는다.

"푸풉. 아주 허둥거리는구나, 멍텅구리 녀석. 보거라, 나의 몸은 딱히 아무렇지도 않잖느냐."

"어라, 응?"

불꽃에서 빼낸 빨간 머리의 손은 확실히 화상은커녕 상처 하나도 입지 않았다. 물론 입고 있는 기모노조차 타기는커녕 한 군데 눌어붙은 자국도 존재하지 않았다.

"으음, 그러니까……. 뭐야, 어떻게 된 거야?"

"그러니까 이 불꽃은 터무니없는 마력을 담아 겉모습만 정교하게 재연했을 뿐 단순한 환상이니라. 닿든 휩쓸리든 상처 하나 안 입는 게지."

그렇게 말하고 빨간 머리는 심술궂게 웃었다.

"뭐, 홀딱 속는 얼간이는 당황하면서 죽을힘을 다해 도망치려고 할지도 모르겠구나?"

"아, 큭, 으윽."

"『이제 아까 전 빚은 갚아준 거다』, 키킥!"

"이, 이 녀석……!"

"후훗, 내 평생 그리 우쭐거리는 낯짝은 처음 보았다. 적어도 내가 이제껏 보았던 낯짝 중 확실하게 다섯 손가락에 꼽힐 수준이었지. 차라리 모험가 따위 은퇴하고 광대나 하는 게 어떻겠느냐?"

"으윽, 으으으으!!"

뭐냐, 이 녀석. 역시 악마잖아!!

그렇다 해도 이 상황에서 한 대 쥐어박는다든가 분을 못 이겨서 마구 소리친다든가, 그런 짓은 아무리 보는 사람이 없다지만 여러모로 인간으로서 좀 아닌 것 같았기 때문에 어떻게든 이성을 총동원하여 꾹꾹 눌러 참았다.

좋은 구실을 발견했다고 이쪽을 놀려 대는 빨간 머리에게 실컷 얼간이 취급을 당하면서도 분노를 어디에 쏟아 내야 하는가 찾을 수가 없었던 탓에 일단 분노를 저금해 둘 수밖에 없었다.

"쿡쿡쿡, 뭐, 이쯤 하고 넘어가주마. 그 심술궂은 함정 길도 돌파했으니까 말이다."

적반하장으로 덤벼도 괜찮은 게 아니냐고 속삭거리는 목소리에 이성이 백기를 내걸려고 하던 무렵에 빨간 머리가 말했다.

얼마나 하리센을 마구 후려갈겨줄까 갈등했던가.

간신히 차분하게 마음을 가라앉히고 주위를 확인하자 그곳은 최초의 스타트 방을 방불케 하는 구조의 공간이었다.

넓이는 4분의 1쯤 되었지만, 한쪽 구석에는 스타트 방과 마찬가지로 샘터 비슷하게 물이 흐르고 있고 네모진 방이며 투박하고 무기질적인 외형 주제에 어째서인지 온기가 느껴지는 바닥과 벽도 그대로였다.

다른 부분을 꼽자면 마물 방으로 이어지는 통로가 없다는 점과 그 대신 거대한 금속제 문이 하나 설치되어 있다는 점이다.

아마도 저 문을 지나면 바깥으로 나갈 수 있겠지.

"아주 신나서 웃어 젖히는군. 두고 보자. ……뭐, 아무튼 『여기가 출구란다?』라고 쓰여 있으니까 써 놓은 대로 미로는 돌파했다고 봐도 되겠지."

기분 좋게 실실거리는 빨간 머리에게 오기를 부려 투덜거리다가 힘을 뺐을 때, 이제야 트랩 존을 빠져나왔다는 실감이 솟았다.

“그렇군, 이제 바깥으로 나갈 수 있겠어. 이제 너와 얼굴을 맞대고 지낼 일도 없어지겠군.”

“뭐냐, 쓸쓸하더냐? 흠흠? 어쩔 수 없는 녀석이로다~. 식사 당번으로 고분고분 섬기겠다면 고용해줄 수도 있다만?”

“응응, 자기도취 수고요~.”

헹, 가볍게 놀려주면서 웃어넘겨줘도 평소와 달리 특별히 분통을 터뜨리는 기색은 안 보였다.

역시 빨간 머리도 드디어 함정의 산을 돌파했다는 게 꽤나 기쁜가 보다.

“열흘 만에 바깥인가. 이미 낮인가 밤인가 모르겠지만, 아무튼 바깥 공기를 마실 수 있다면 아무래도 좋겠지.”

나는 일어서서 문 쪽으로 걸어 나아갔다. 빨간 머리도 역시 내 옆을 따라 걸어서 문으로 이동한다.

“지금은 딱 하늘이 붉게 물들고 있는 무렵이니라.”

“어떻게 알아?”

“내 배꼽시계가 알려주기 때문이니라. 그런고로 여기를 나가면 당장 밥 차려다오.”

빨간 머리는 입가를 날름 핥으면서 그렇게 말했다.

“……이 안에서 지내는 동안 행동 시간의 절반 정도는 네 밥이나 지어줬던 것 같아.”

처음에는 가벼운 마음으로 수락했었지만, 설마 이토록 요리를 잔뜩 하게 될 줄은 예상 못 했다.

애당초 이토록 긴 시간 동안 던전 안에서 시간을 보낼 의향도 없었다만.

“역시 세계는 수수께끼로 가득 찼구나. 어째서 이리 변변찮은 낯짝의 사내가 요리를 만들 수 있고, 나 같은 최강 미소녀는 요리의 재능이 없단 말이더냐. 이상하다, 정말로 이상하구나. 혹시 이상한 약이라도 넣어서 먹인 건 아니렷다?”

“몇 번 같은 소리를 해야 직성이 풀리는 거냐. 그나저나 이상한 약은 뭔 소리래? 무례한 녀석일세.”

우리는 좌우 여닫이식 문 앞에 서서 각자가 문 한쪽마다 부착돼 있는 손잡이를 쥐었다.

“뭐, 됐어. 이제 마지막이니까. 너무 퍼먹어서 쓰러질 만큼 맛있는 밥을 만들어주마.”

“오오, 반가운 말이구나! 이제껏 다소 자제하면서 먹었거늘.”

“진짜?! 그게 자제했던 거야?!”

“당연하잖느냐, 식사는 이 세상의 진리이니라. 내가 진지하게 먹으면 평소의 곱절은 넣을 수 있지. 마지막 식사만큼은 양껏 먹어줄 테니까 힘 좀 써보거라. 무엇을 만들어달라 할까~.”

“뭐야, 이 녀석. 온몸이 위장으로 만들어졌나? 아니면 위액이 뭔 마물의 용해액처럼 독한 거야?”

나는 어이가 없어 중얼거리면서 『어쩔 수 없군, 기합을 넣어 만들어줄까』라고 입에 담지는 않고 생각만 하며 손에 힘을 넣었다.

끼이이이이이익, 금속이 삐걱거리는 특유의 소리를 울리며 문을 밀어 열었다.

『버석버석버석.』『철벅철벅.』『캬사삿, 캬사사사샷.』『끄기기긱!』『쓰싸사사샷.』

““…….””

그리고 우리는 말없이 문을 닫았다.

““후유……. 아니, 아니지, 아니야, 아닐 거야.””

딱히 누구에게 하는 말도 아니고 우리는 자기 앞에서 손을 흔들었다.

“어, 뭐지. 방금 막, 너무 지쳤나?”

“저것은 좀 아니니라, 아무래도 저것은 정말 아니니라.”

우리는 피로가 떨어지기를 기원하며 눈자위를 손으로 꾹꾹 눌렀다.

그리고 서로 얼굴을 마주 봤다가 한 차례 깊숙이 고개를 끄덕거린 뒤 결의를 굳히고 다시 문을 밀어 열었다.

그러나 아무리 눈에 힘을 줘도 그곳에서 보이는 광경은 바뀌지 않았다. 문 건너편에 있는 것은 맑고 깨끗한 공기도 넓은 하늘도 아니었고.

『철써덕, 철썩.』『캬샤삭.』『바삭바삭!』『측, 츠측.』『키지직, 키지지지지.』『쿠르럭.』

……바퀴ㅇ레에 돈벌ㅇ에 민ㅇ팽이에 ㅇ렁이에 ㅇ미에 지ㅇ, 모기 및 나방 등등이 중형 견만큼 몸집을 불린 채 사각형 방 안에서 제 몸을 꿈실대는 광경이었다.

““아냐아냐아냐아냐아냐!!””

한 마리 한 마리의 징그러움은 물론이거니와 방 안쪽에서 열, 스물을 훌쩍 넘는 엄청난 숫자가 꿈실거리는 광경에 본능이 거부 반응을 나타낸다.

너무나 끔찍했던 광경을 우리는 차마 똑바로 쳐다보지 못하고 다시 문을 닫은 뒤 손을 휘저었다.

응? 뭐야, 저거. 뭐야, 저거. 뭐냐고, 저거.

이상하지 않아? 응, 그렇지. 이상하지 않아?

"뭐냔 말이다, 저것들은. 어찌 이러할 수가. 마물은 없다고 써 두었지 않았느냐."

한동안 사고는 정지된 채 침묵이 장내를 지배했다.

잠시 후 두 눈을 손으로 감싸고 주저앉아서 중얼거리는 빨간 머리의 목소리를 듣고 그제야 정신 차렸다.

"……저것들이 마물이 맞나 아닌가는 나중에 따지기로 하고, 마물이 안 나온다고 쓰여 있기는 했는데 그 범위가 『미로 안』으로 한정된다는 뜻 아니겠어?"

맨 처음 장난치는 현수막에 쓰여 있었던 규칙을 다시 떠올리자니 그런 식으로 쓰여 있었던가.

일단 출구를 지난 셈이고, 미로는 빠져나왔으니까 거짓말은 안 했다고 할 셈일까.

"미로를 빠져나왔다면 어째서 지상으로 이어지지 않는 게냐. 클리어하면 바깥으로 나갈 수 있다고 쓰여 있었잖느냐."

"음, 짐작하자면 미로는 클리어했지만 던전은 클리어하지 않았다는 핑계이려나?"

게다가 잘 살펴보면 이 문은 던전의 보스 방 앞쪽에 설치되어 있는 문과 비슷한 듯싶은데.

"앗."

"뭐냐, 또 뭐를 발견했느냐."

"아니, 저기에 말이야. 엄청나게 티가 안 나기는 한데 『수호자의 방』이라고 글자를 새겨 놓은 거 아니야?"

그렇게 말하고 나는 문의 위쪽을 가리켰다.

벽의 색깔과 거의 같은 색이었고 문의 크기에 비해 작아서 눈에 띄지 않았지만, 그곳에는 분명 『수호자의 방』이라는 글자가 보였다.

""……. ""

또다시 묘한 침묵이 감돌았다.

"시, 싫다. 싫다, 싫단 말이다!! 설마, 수호자의 방이라니. 저것들과 싸워야 한단 말이더냐? 무리이니라, 저것은 해도 너무하는구나! 아무리 그래도 성격 고약한 수준의 장난질이 아니잖느냐! 저것은!!"

무엇인가를 거절하는 듯 붕붕 손을 흔들면서 빨간 머리가 소리친다.

"아, 남자아이는 벌레를 좋아한다던가? 여자아이는 벌레를 싫어하는 법이라지? 그러니까, 맡기마?"

"뭐가 「그러니까, 맡기마」냐!! 나도 싫단 말이다, 저딴 것들!! 그야 남자아이는 벌레를 좋아하지만!! 저것들은 달라! 저것들은 다르다고!! 뭐랄까, 음, 장르가 다르단 말야!!"

"저리 징글징글한 것들은 결코 상대하고 싶지 않구나!! 그, 그렇구나. 하나 빚을 달아 둔 것이 있었지. 지금 돌려다오, 당장 돌려다오. 나 대신 저 벌레와 싸우거라!!"

"싫거든!! 빚은, 거 뭐냐, 실컷 나를 약 올리면서 벌써 다 까먹었지!!"

"뭐랏, 비겁하구나!! 떼어먹을 셈이냐?! 사람이 그럼 못쓰잖느냐! 안 되지, 안 되고말고! 다른 사람에게 진 빚은 모자람 없이 갚아야 제대로 된 어른이 될 수 있느니라!!"

"대체 뭔 소리냐, 대체!!"

싫다, 절대로 싫다.

뭐랄까, 저것들과 싸우게 되면 체력 이전에 여러 가지 기운이 팍팍 허물어진다.

약간 징그러워도 마물은 괴물이라고 여기면 싸울 수 있지만, 평소의 징그러운 벌레 이미지 그대로 큼지막해진 저것들은 싫었다. 살충 스프레이를 주세요.

"군소리 말거라! 그러면 나 같은 미소녀에게 저따위 것들을 상대시킬 셈이더냐! 완전히 범죄잖느냐!! 에라, 망나니 놈아!!"

"누구더러 망나니래, 이 빨간 머리야!! 네가 훨씬 더 망나니겠지!! 내 전투 수단은 바짝 붙어야 하는 근접 공격이거든?! 떨어져서 봐도 저따위 파괴력인데 접근해서 공격하라는 게 어디 말이나 되냐!! 저따위 것들에게 손 닿을 거리까지 다가가라는 게 제정신으로 할 말은 아니잖아!!"

"미련하기는! 눈을 꾹 감고 싸우면 되지 않느냐!!"

"억지 부리지 마라!! 내 공격 수단은 기본적으로 검이란 말야!! 그런 무기로 저것들과 싸우면 피 튀기는 대신에 체액투성이가 될 게 뻔하잖아!!"

"그쯤은 상관없을 텐데! 그래, 물 찬 제비처럼 멋지다는 말도 있잖느냐!!"

"거참, 물을 차는 게 아니라니까!! 말 좀 들어먹어라!!"

그로테스크 영상을 배경으로 거대 벌레의 체액에 흠뻑 젖어서 뭘 어떻게 해야 멋지다는 말을 들을 수 있겠어!!

“싫다, 싫단 말이다아아앗!! 아무렴. 까슬까슬하잖느냐, 미끌미끌하잖느냐. 거무튀튀하게 윤기 난다든가, 점액투성이로 꿈틀거린다든가, 꾸물꾸물한다든가, 우글우글한다든가! 등줄기가 오싹, 오싹거리거늘!!”

“저것들 틈에 기꺼이 돌진할 녀석이 세상 어디에 있겠냐!! 웃기는 소리 집어쳐!!”

우리는 뭐든 구실을 대서 저 강대한 적의 상대를 떠넘기고자 골육상쟁을 이어 나갈 수밖에 없었다.

그렇게 잠시 시간이 지난 뒤.

“싫기는 나도 똑같이 싫다고 말했잖냐!! 뭐, 어때. 마법 날려서 공격하면 되니까 너는 괜찮잖아!! 멀리서 특기 마법으로 태워 죽이든 생매장하든 내키는 대로 해버려!!”

“그런 문제가 아니래도!! 애당초 체액이 튀는 걱정을 왜 하나? 네 녀석의 신체 능력을 발휘하면 피든 뭐든 튀기 이전에 거리를 벌릴 수도 있을 터인데!! 게다가 그리 싫다면 마물 뼈라도 내던지면 되지 않느냐!!”

서로가 하는 대사에 퍼뜩 놀라서 입을 멈췄다.

““듣고 보니까 옳은 말이네. (말이구나.)””

거센 탈력감이 몸을 감싼다. 으으, 고작 이런 단순한 사실을 알아차리는 데 다다를 때까지 얼마나 멀리 돌아온 거야.

“맞아, 저것들과 『싸운다』라고 생각하니까 이렇게 마음이 흐트러졌던 거야.”

“네 말이 옳구나, 저것들은 싸울 상대가 아니니라. 『구제』이지, 구제해야 마땅한 존재이니라.”

흐느적, 우리는 다시 문을 향하여 돌아섰다.

그래, 뭘 이리 기겁했을까. 커다랗더라도 벌레는 벌레. 징그럽더라도 벌레는 벌레.

문 앞에서 이렇게 추한 말다툼이나 계속 벌인들 사태는 결코 호전되지 않는다.

“벌레, 그깟 게 뭐냐아아아아아앗!!”

“해충은, 살충이로다아아아아아앗!!”

그렇게 우리는 눈앞의 문을 차서 부수고 보스전에 돌입했다.

『갸갸갹!!』『샤샷!』『꾸뤄러기긱.』

““싫어어어어어어어어어어어어어어어어엇!!””

자포자기가 되어 돌격했지만, 그런 여유 따위는 종이호랑이보다 매가리 없이 부서졌다.

절망적인 전투가 지금 시작됐다.

“에랏! 뭉개져라, 벌레 놈!!”

『끼익끼익…….』『까드드…….』

휙휙, 둥글 주머니 속에다가 묵혀 두었던 뿔이며 뼈이며 겉껍데기를 전력으로 집어 던졌다.

이미 그곳에서 보이는 장면은 진입했을 때보다 더한 그로테스크 영상이었다.

안 그래도 까슬까슬하고 너절너절한데 지금은 더욱이 거기에 쏟아져 나온 체액과 떨어져 나간 몸의 파편 때문에 미끈미끈과 끈적끈적 성분이 대량 추가됐잖아.

비주얼만 쓱 봐도 이 장면을 의도한 녀석이 얼마나 성격 고약한 녀석인지 족히 짐작하고도 남겠다.

"핫핫핫~! 벌레가 벌레 새끼 같구나!!"

이제는 뭔 소리를 하는가 스스로도 모르겠다만, 일단 머리가 차분해지고 흥분이 가라앉아서 똑바로 직시해버리면 정신을 잃어버릴 것 같았기에 나는 의식적으로 혼란 상태를 유지했다. 혼란 상태는 무적이다!!

어라, 내가 진짜 뭔 생각을 하고 있었더라?

"꺄아아아아아아익!! 징그럽다, 징그럽구나!! 나가들지 말거라! 벌레는! 벌레 요리만큼은 안 된단 말이닷!!"

뭐야, 저 녀석. 벌레 요리를 먹은 적도 있었나. 그래서 나 이상으로 거부 반응을 보였나.

『키치이이이익!!』『뿌가아아피핏!!』

"까슬까슬하구나앗, 꿈실꿈실하구나아앗!! 이제 싫단 말이다아앗!!"

빨간 머리도 꺅꺅 소리 지르면서 제대로 겨냥도 하지 않고 마법을 난사 중이었다.

응응, 나와 마찬가지로 적절하게 혼란 상태다. 어라, 울고 있잖아. 혼란이 해제됐나? 그러고 보니 빨간 머리는 혼란을 일으키는 공격에 완전 저항이었던가?

"뭐, 어때!! 자, 덤벼라! 어서 나자빠져라!! 아하하핫!!"

"몹쓸 놈! 자기 혼자만 제정신을 내팽개치다니!! 어째서 나만 제정신을 유지해야 한다는 말이더냐……!! 마법 저항이 과하게 높은 본인이 처음으로 원망스럽구나……."

"엉? 뭐라고~? 나는 제정신이거든~!!"

"시끄럽구나, 대머리!! 눈이 빙글빙글 돌건만 웬 헛소리를 지껄이는 게냐!! 작작 좀 날뛰고 슬슬 제정신 차리거랏!!"

"으아앗?!"

철퍼덕, 느닷없이 공중에서 물 덩이가 나타나서 떨어지는 바람에 차가운 물에 흠뻑 젖고 말았다.

그 탓에 나에게 걸려 있었던 가벼운 혼란 상태 이상까지 풀려버렸다.

"뭐하는 짓이야!!"

"어중간한 내성 때문에 상태 이상이 걸렸기에 도와준 것이 아니더냐!! 언제까지 정신 못 차리고 날뛸 셈이냐."

"일부러거든!! 해제하려고 마음만 먹음 언제든 해제할 수 있으니까 가만뒀다고!! 저런 징그러운 것들을 어떻게 제정신 갖고 상대하겠냐!! 우웩!"

새삼 상황을 파악하니 이보다 더 징그러울 수가 없는 광경이었다. 텔레비전 및 영화 등등 화면 너머로도 사양하고 싶은 광경을 맨눈으로 보게 되니까 상상 이상의 파괴력을 발휘했다.

기분 탓일까, 약간 공기까지 탁한 것 같다는 기분마저 든다. 아니, 방금 전까지 혼란에 빠져 있었던 탓에 눈치 못 챘지만, 뿜어져 나온 체액이라든가 내게 혼란을 일으켰던 미끈미끈 버섯처럼 기분 나쁜 마물의 포자, 용종의 하위 호환 브레스 비슷한 숨을 토하는 유사 지렁이 등등 때문에 실제로 구토를 자극하는 냄새가 주위에 들어차 있었다.

레벨도 제법 올라 상태 이상과 관련된 내성 스킬을 얼추 갖고 있어서 잔재에 불과한 이런 것들 때문에 상태 이상에 걸리지는 않겠지만, 그래도 냄새까지 못 느끼는 것은 아니었다.

"제, 젠장! 체액 때문에 열이 팍 오르니까 냄새가 괜히 더……! 벌레는 변온 동물 아니었어? 피도 체액도 차가운 거 아니었어? 왜 이래?"

정상 상태로 돌아온 탓에 이제까지 적당히 무시하고 넘겼던 정보가 단번에 인간을 벗어난 오감을 자극하며 덮쳐들었다.

그로테스크 영상은 쓸데없이 세세한 부분까지 또렷하게 보이고, 공중을 날아다니는 날개 벌레 비슷한 부류의 불쾌한 날갯소리가 방을 가득 채우고, 방금 진 인급했던 냄새도 그렇고.

그리고 어느 틈인가 실온이 올랐든가 습도가 오른 듯 느껴졌다. 아마도 빨간 머리가 화염계 마법을 날려 댄 탓이겠지.

게다가 정작 빨간 머리는 본인 주위에 반구형으로 바람 막을 만들어 놓고 바깥 공기를 전부 차단해버렸다.

"빨간 머리!! 이 녀석, 자기 혼자만! 치사하다!! 나도 넣어줘라!!"

바닥을 기어서 닥쳐드는 지네 비슷한 마물의 머리를 꿰뚫어서 하나, 공중을 날아 접근하는 날개 달린 개미 비슷한 두 마리를 쳐서 떨어뜨리고자 둘을 집어 던지면서 빨간 머리가 펼친 마법의 효과 범위로 다가들었다.

"끄앗?! 이리로 오지 말거라! 징그러운 것들 데리고 오지 말란 말이닷!! 게다가 네 녀석에게 들러붙은 냄새가 따라 들어오지 않느냐!!"

"방금 막 네가 물로 씻어 냈잖아!!"

"아직도 살짝 냄새난단 말이다! 에잇, 한 번 더 깔끔하게 씻어라!!"

"으앗?!"

또다시 물 덩이가 나타나서 내 몸을 감싼다. 달랐던 점은 내 몸을 적셔서 씻기는 게 아니라 주위에 달라붙은 채 빙글빙글 회오리치고 있다는 부분이다.

'와, 인간 세탁기네.'

빨간 머리가 날린 석창이 또다시 몇 마리 날개 벌레의 날개를 꿰뚫어서 바닥을 기어 다니게 만들었다.

그사이 목부터 아래쪽으로 10초가량 휙휙 흐르는 물을 만들어 냈던 이 마법은 마지막에 철썩하고 바닥에 떨어져서 지면을 적셨다.

"아, 진짜! 흠뻑 적시고 방치하는 거냐!! 아니, 아까부터 젖어 있었지만!!"

"투정이 과하구나! 특별히 불편하지도 않을 테니까 상관없잖느냐!!"

"젖은 상태면 저 버섯 같은 녀석의 포자라든가 저기 날아다니는 나방 같은 마물의 인분이라든가! 그런 게 끈적끈적 달라붙는다고!! 엄청나게 불편하고 엄청난 참사잖아!!"

"나를 얕보지 마라! 이 바람 막의 범위 안으로 그딴 기분 나쁜 것들을 들일 리가 없잖느냐!!"

그런 대화를 나누는 동안, 몸을 통째로 씻어 내는 10초 동안에 거리를 좁혀서 오는 벌레들 대여섯 마리를 한꺼번에 짓뭉개기 위해 3미터급 스톤 골렘의 시체를 냅다 집어 던졌다.

이전에 공략했던 초심자 대상 던전의 상당히 작고 약한 보스인데,

큰 흠집을 거의 내지 않고 쓰러뜨렸던 골렘이다.

골렘 계열의 마물이 적은 오를레아 왕국에서는 무척 귀중한 소체라고, 보통은 얌전하게 구는 유미스가 살짝 흥분해서 말하기에 원형 그대로 둥글 주머니에 넣어 뒀었다.

사실은 다음번 도착 예정의 마을에서 에르미아에 있는 유미스의 연구소로 보내려고 준비 중이었지만. 미안, 유미스. 이번에는 긴급사태였어, 이해해 줘.

벌레 체액이라든가 살짝 묻어도 연구에는 분명 문제없겠지? 응, 안 된다면 나중에 또 한 마리 사냥하러 가자.

"젠장, 옷이 들러붙어서 미묘하게 기분 나쁘네."

저 벌레 녀석들을 그대로 상대하기도 싫지만, 원래 세계의 옷과 다르게 별로 품질이 좋지 않은 이쪽 세계의 옷은 일단 젖으면 안 그래도 미묘한 감촉이 더욱 나빠진다.

체온 따위로 잠시 지나면 마르겠지만, 그래도 더 빨리 말라주기를 기원하는 바이다.

『키샤아아아아아아악!!』

"키샤? 그게 도대체 뭔 소리냐, 망할 벌레야!!"

울음소리 비슷한 새된 소리를 내며 기어드는 유사 민달팽이가 짜증스러워서 즉각 투척 작업을 재개했다.

그런 느낌으로 한동안 싸움을 벌여 나가다가 얼마 뒤.

막 진입했을 무렵에는 무시무시하게 많은 숫자가 있었던 벌레들도 이제는 머릿수가 제법 줄어들었다.

조금 더 해치우면 이 방의 벌레들을 싹 섬멸할 수 있겠다. 점점 시야가 트이면서 방 안쪽, 우리가 들어왔던 문의 정반대 위치에 같은 디자인으로 선명한 녹색을 띤 색깔이 다른 문이 보였다. 분명 저기야말로 진짜 골이겠지.

그러나 상황과 반대되게도 나와 빨간 머리는 불길한 예감에 휩싸였다.

"끄응, 저기 안쪽에 있는 녀석 말이다만."

애써 의식하지 않으려고 했는데 드디어 인내심의 한계가 왔는지 결국 빨간 머리가 운을 떼었다.

"……말하지 마라, 나도 알아."

벌레를 섬멸하면서 힐끔힐끔 시선 보내는 그곳에는 미끈미끈한 느낌의 연분홍색 알 비슷한 무엇이 있었다. 혈관 같은 가닥이 표면에 이리저리 뻗어 나가는 모습인데, 그게 때때로 움찔움찔 움직이는 광경을 멀리서도 알아볼 수 있었다.

벌레의 수가 줄었으니까 지금은 처리할 수 있을까 싶어 적당한 소재가 아닌 제대로 던져 맞히기 위해 제작된 투척 나이프를 던졌다.

"쳇, 아직 안 되나."

그러나 나이프는 목표에 도달하기 전에 알을 지키고자 한 덩어리의 벽이 되어서 뭉친 벌레들에게 가로막혔다. 게다가 알의 위치는 출구로 짐작되는 녹색 문의 바로 앞쪽이다.

여기까지만 봐도 심상치 않다는 것을 알 수 있는 데다가 그 알은 아까 전부터 색깔이 점점 짙어지고 또한 크기가 커지고 있었다.

"여봐라, 나는 자꾸 불길한 예감이 드는구나."

"그러냐? 나 혼자만의 생각이 아니라니까 안도감이 솟는군."

"별 재수 없는 안도감이 다 있구나. 어디에든 써먹을 데가 없겠어."

빨간 머리도 이제는 슬슬 좀 적응이 되는 듯 지금은 담담하게 화염구를 손으로 날려 보내고 있다.

어떤 상대든 일단 화염 계통의 마법을 쓰면 먹힌다는 것을 확인한 다음은 그쪽 마법만 써서 벌레를 해치웠다.

그 덕분에 주변 여기저기에서 검은 연기가 피어오르고 있었다. 연기가 가득 들어차지는 않아서 다행히도 시야가 막히는 일은 없었지만, 어딘가의 세기말 같은 풍경이었다.

'돌격을 감행해서 직접 베어버리고 올까? 그래도, 음, 이 바깥으로 나가기는 좀.'

빨간 머리의 바람 막 덕분에 여기 안쪽 공기는 적당히 맑게 유지되지만, 일단 바깥에 나가면 끔찍한 냄새가 넘쳐들 것이다. 아니, 이제껏 상당한 수를 쓰러뜨렸잖아. 불 마법을 내내 사용한 탓에 실온도 절묘하게 기분 찝찝한 느낌으로 데워지기도 했고 불쾌지수는 더욱 심각해지지 않았을까.

빨간 머리도 마법 구축 속도와 보유 MP에는 눈이 휘둥그레질 만한 강점이 있었지만, 한 발에 담아낼 수 있는 마력량은 그에 비하여 꽤 적었다.

저 마물, 아니, 벌레 장벽을 관통하기에는 위력이 살짝 부족할 듯 싶었다.

"끄응, 벌레 주제에 왜 이리 마법 저항이 높단 말이더냐."

그렇게 이를 가는 동안에도 알은 점점 더 변화했다.

순조롭게 줄어드는 벌레들의 숫자에 반비례하듯이 알의 색깔이 짙어지고 크기가 커다래진다.

방 안쪽 벌레들의 밀도가 제법 떨어지면서 이제 섬멸의 때도 슬슬 보였다. 그러나 적은 숫자를 보충하려는 듯이 벌레들이 알 주위에 뭉쳐 오기로라도 알에 흠집을 내지 않겠다는 기세로 거센 저항을 펼치고 있다.

그리고 불길한 예감은 결과적으로 현실이 되고 말았다.

어느 한 지점을 넘겼을까, 알의 변화가 급히 가속됐다. 파열하는 듯한 속도로 커다래지더니 처음에는 엷은 분홍색을 띠고 있었는데도 불구하고 지금은 숫제 붉은색도 아니라 흑색에 가까운 검붉은 색을 띠어 간다.

펄떡펄떡 맥박을 치는 속도도 이미 마구 연타하는 속도가 되어 있었다.

"쳇!!"

이제 곧 벌레를 완전 박멸할 수 있었을 텐데! 역시 그렇게 편하게 해치울 수는 없는 듯했다.

난감한 심정을 달래고자 이 녀석이라도 처 먹으라고 수중에 있던 나머지 다섯 개의 투척 나이프를 집어 던졌다.

슈욱, 바람을 가르며 공중을 달린 나이프의 대부분은 아직껏 남아 있었던 벌레들이 몸 바쳐 막아 냈다. 그중 한 자루가 벌레들의 틈을 빠져나가서 알의 위치로 날아갔다.

'……잡았나?! 아차, 실수다. 이거 플래그잖아?!'

그러나 나이프가 도달하기 직전에 정말 폭발할 기세로 알의 부둥부둥한 껍질이 벌어졌다.

꽃봉오리가 벌어지듯 틈이 벌어지더니, 열린 안쪽에서 멀리서 봐도 알 만큼 점도가 높아 보이는 황토색을 띤 액체가 주위로 튀어 나갔다.

점액에 기세가 깎인 나이프는 지면에 떨어지고 말았다.

"크, 으음, 젠장. 복선 회수 수고하셨습니다이젠장맞을!! 그나저나 되게 징그럽네!!"

"히이이이익!! 아, 아앗. 지, 징그럽도다아아아아아아아앗!"

살짝 자포자기해서 중얼거린 순간에 나타난 것은 다큐멘터리 방송에서 본『대왕 기간테우스』가 거대화, 진화한 듯한 모습의 벌레였다.

어떻게 알 속에 들어가 있었는지 의문이 들 만큼 커다란 그 녀석은 가로세로가 두루 5미터에 가까운 덩치를 자랑했다. 정면만 보면 도심의 작은 단독 주택과 비슷한 크기다.

미끈미끈한 점액으로 몸을 번들거리면서 열 개를 훌쩍 넘는 게, 세우 같은 갑각질 손발을 꾸물꾸물 움직거린다. 마치 지네의 얼굴과 비슷한 낯짝도 키쉭키쉭 먹잇감을 찾는 것처럼 소리를 울리고 있다.

그렇다, 흡사 에이리언 같은 모습이었다. 혼동의 여지도 없이 에이리언이다.

엄청나게 징글징글하다. 아까 전까지 해치우던 벌레들도 몹시 징그러웠지만, 이 녀석과는 아예 비교도 되지 않는다.

몸속이 살짝살짝 비쳐 보이는 꼴이 더욱 징그러웠다.

『키샤아아아아악!!』

새된 소리와 둔탁하고 낮은 소리를 이중으로 겹쳐서 갈라놓은 울음소리가 귓속에서 난반사되며 더한 불쾌감을 불러일으킨다.

이제부터가 진짜 싸움이라는 듯이 만반의 준비를 갖춰 나타난 그 녀석은 주위에 있던 벌레들을 으득으득 씹어 먹었다.

갑각을 지닌 벌레를 껍질째 씹어 바스러뜨리고, 날개 벌레의 날개를 찢어 몇 마리씩 한꺼번에 입속으로 던져 넣는다. 민달팽이 같은 놈들의 몸을 덥석 물어서 수분을 빼앗아 비틀어지게 만든 뒤 퍼석퍼석하게 말라 작아진 잔해를 다시 또 한입에 삼켜버렸다.

얼마 남지 않았던 벌레들은 전부 라스트 보스 같은 녀석의 배 속으로 들어가고 말았다.

즉 이 녀석이 진짜 보스라는 뜻이다. 겉모습에 따른 정신 공격의 강한 위력도 정말이지 발군이었다.

"제기랄! 누가 이따위 던전을 만든 거야. 절대 자연적으로 만들어진 게……."

"아, 아앗. 아아아아아."

그리고 내가 말을 다 꺼내기 전에 내 옆쪽에서 뚝, 소리가 들린 것 같았다.

"더는 싫다아아아아아아아아아앗!! 냉큼 죽어라아아아아아아아아아앗!!"

"으앗?!"

빨간 머리가 자포자기가 되어 부르짖은 동시에 아주 지긋지긋하다는 듯이 말도 안 되는 속도로 마법을 마구 구축하기 시작했다.

불과 몇 초 사이에 수십 발 가까운 화염구가 공중에 떠오르는 광경을 보고 나는 휘말려들지 않기 위해 살짝 후방으로 뛰어서 거리를 벌렸다.

"바, 바보야?! 저 큼지막한 놈에게 폭발 계열 마법을 쓰면!! 우웩!"

단지 이 전투를 빨리 끝내겠다는 일념밖에 머릿속에 없는 것일까, 화염구의 생성에 따라 급격하게 가열된 공기가 빨간 머리를 중심 삼아서 방사형으로 퍼져 나갔다.

그 폭발 때문인지 이성을 날려 먹은 빨간 머리가 제어를 내팽개친 탓인지 모르겠다만, 이제껏 공기를 차단하고 있었던 바람 막이 제거되면서 단백질 타는 불쾌한 냄새 및 가열되어 증발한 벌레들의 체액 냄새 등등이 섞인 강렬한 냄새가 덮쳐들었다.

그 때문에 순간적으로 숨이 멈췄고 말문도 틀어막혔다.

설령 마지막까지 말할 수 있었더라도 빨간 머리가 과연 내 말을 들었을까 의문이다만. 어쨌든 저쨌든 간에 내 제지의 목소리는 늦어버렸고 주사위는 던져졌다.

"폭발해라아아아아아앗!!"

"멈춰어어어어엇?!"

나의 비통한 부르짖음을 지워 없애면서 최종적으로 일백 가까이 늘어났던 화염탄이 일제히 목표에 착탄했다.

『크샤아아아아아아아아아아아아앗!?』

하나하나는 이제껏 날린 마법과 별반 위력의 차이가 없었으나 표적이 아주 크기도 했고 마법 전부를 치밀하게 컨트롤하여 동시에 착탄시킴으로써 위력이 현격하게 올랐다.

그리고 우리에게 뭔가 공격을 펼쳐보지도 못한 채 무참하게 거꾸러졌던 대왕 기간테우스 비슷한 마물은 단말마의 비명을 지른 뒤 목숨의 불꽃을 꺼뜨리고 말았다.

다만 폭발에 의해 사방으로 흩날리는 몸 크기와 비례하는 체액과, 산산조각 부서져서 질척질척한 육편의 비와 함께.

““끄아아아아아아아아아아아아아아앗!!””

쏴아아아앗, 억수 같은 기세로 마치 위산처럼 구토를 부르는 점액의 비가 쏟아졌고, 의외로 젤라틴의 성질을 띤 주먹 하나쯤 되는 크기의 몸통 육편이 뚝뚝 내리쏟아진다.

가히 무시무시한 분량이었기에 폭발 속도의 거센 기세도 작용하여 이렇다 할 대응도 하지 못한 채 결과적으로 온몸이 오물 범벅이 되고 말았다.

“후유, 아주 험한 꼴을 보았구나.”

빨간 머리는 젖은 진홍빛 머리카락과 옷을 바람 마법으로 순식간에 건조시켰다.

사라락, 펼쳐지는 주옥같은 머리카락을 나부끼면서 한 차례 한숨을 쉰다.

그렇게 쯧쯧거리는 꼴이 조금은 짜증스러워서 나는 트집 잡았다.

“이 녀석아, 뭘 잘했다고 자기는 관계없는 척 시치미 떼는 거냐. 네가 다짜고짜 그 큼직한 놈을 날려버린 탓이잖아. 나한테 몇 마디 사과한다든가 성의를 표할 생각은 없습니까? 네?”

“아, 그래그래. 미안하다, 내가 잘못했구나. 아이고, 고생 많았느니라.”

“어, 얼씨구! 이런 참사를 일으켜 놓고 설렁설렁 사과하는 척이라? 아주 훌륭하신 성격이시군.”

그로부터 우리는 하나 앞쪽의 방에 돌아와서 샘터를 점령한 채 철저하게 오물을 씻어 냈다.

정말이지 끔찍한 대참사였다.

이제껏 함정에 빠져 기름기 많은 점액투성이가 되는 경험은 몇 번이나 겪었다만, 그때는 몸에 달라붙기는 해도 질감은 의외로 시원스러운 데다가 동백기름 비슷하게 좋은 꽃향기도 났었다.

그 덕분에 머리카락에 윤기가 흐르게 됐고, 빨간 머리는 찰랑찰랑 머릿결을 노리는지 몇 차례 일부러 함정에 빠졌다는 것도 알고 있었다.

다만 이번에는 종류가 아예 달랐다. 전혀 기분 산뜻한 부류가 아니었다.

아주 구토가 난다, 토사물이다, 술주정뱅이의 특수 스킬이라는 엑토플라즘이다.

위산처럼 시큼한 냄새의 농도를 열 배로 올려 한 달쯤 푹 발효시킨 자극적이고 강렬한 향.

알갱이 큰 자갈이 섞인 물엿 비슷하게, 그 대왕 기간테우스처럼 생겼던 마물이 아마도 소화 중이었을 벌레들의 조각이 섞여 끈적끈적하게 피부를 타고 흘러내리는 감촉.

쇼킹 핑크와 황토색과 청자색이 대리석 무늬를 그리며 섞여 아마도 경직 반응으로 몸에 달라붙은 채 꿈틀꿈틀 경련하는 육편의 색깔.

어느 법정의 변호사도 『이의 없음!!』이라고 큼직한 문자를 등 뒤에 달고 유죄 판결에 찬성해줄 테지.

"아아, 싫다, 싫구나. 흠뻑 젖어버린 미소녀에게 강제로 사죄를 받아 내면서 유열에 잠기려 하다니. 이래서야 범죄자 예비군 확정이로다."

"다른 사람까지 끌어들여서 오물 범벅으로 만들어 놓은 너야말로 이미 범죄자다만."

그나저나 나 혼자 여전히 흠뻑 젖어 있다는 게 은근히 짜증스럽다.

"그래서 사과했잖느냐. 도대체가, 계집애 같은 사내로다. 자, 말려줄 테니 이제 좀 기분 풀거라."

부웅, 바람이 불어 올라와서 내 몸을 감쌌다.

드라이어와 비슷한 온도의 열풍이 몸에서 수분을 증발시킨다.

"끙, 후유. 알았어, 그만하자."

왠지 석연치 않기는 한데 마냥 구시렁구시렁 투덜거리는 게 뭣하다는 것도 분명하기에 입을 다물었다.

어쨌든 간에 드디어 던전을 클리어했다. 수호자의 방 안쪽에 문이 있으니까 거기를 지나면 이번에야말로 바깥으로 나갈 수 있겠다. ……나갈 수 있겠지? 이제는 진짜 좀.

설마하니 문을 지나갔더니 진짜 수호자의 방이 튀어나온다든가 그러지는 않겠지?

"아, 아무튼 빨리 이곳에서 나가도록 할까."

"그, 그러지. 어서 가도록 할까."

몸을 일으켜 다시 수호자의 방 안쪽에서 본 문으로 향하는 내 머릿속에 일순간 떠올랐던 불길한 상상을 빨간 머리도 역시 품은 모양이었다.

그렇겠지, 의심이 너무 지나치잖아. 아무러면 그런 짓까지 할 리가. 너무 구질구질하면 진짜로 미움받는단 말야? 응.

아니, 끝끝내 의구심을 끊어버리지 못하는 시점에서 이미 훌륭하게 조련당했다는 기분이 들긴 드는데…….

그러나 우리의 의구심을 이 던전은 언제나 예상 밖의 방향에서 배반했었다.

게다가 예상을 더욱 웃도는 방향으로.

그리고 이번에도 역시 마찬가지였다.

수호자의 방 안쪽, 내부의 깊숙한 곳에 있었던 문을 열기는커녕.

『키샤키샤키샤.』『쿠치칫.』『끄르르르르.』『파사삿, 파삿.』

그 앞쪽 수호자의 방으로 들어가는 좌우 여닫이식 강철 문을 조용히 닫아야 했다.

"어째서어어어어어어어어어어어어어어어어어!!"

"어째서어어어어어어어어어어어어어어어어엇!!"

던전 코어를 파괴하지 않는 한 수호자의 방에서 등장하는 보스가 부활한다는 사실은 알고 있었다. 그러나 이토록 빨리 부활할 리가 없잖은가. 아니, 곰곰이 돌이켜보면 던전 코어를 보지 못했었는데 도대체 어찌 된 일일까.

자문한들 대답이 나올 리도 없었기에 우리는 또다시 벌레들을 섬멸하는 작업에 종사하게 됐다.

""죽어어어어어엇!! 구더기들아아아아앗!!""

한껏 분노에 물든 우리는 벌레들을 섬멸하는 속도가 두 배로 빨라졌음을 여기에 기록해 둔다.

"이다음은 또 어떤 함정이냐, 망할 녀석아아아아아아아아앗!!"

반쯤 자포자기가 되어 뛰어들었지만, 방 안은 쥐 죽은 듯이 고요했다.

분노에 차서 여러 가지 거리낌을 다 떨쳐 낸 우리는 그야말로 어딘가의 무쌍 게임과 같은 기세로 벌레를 퇴치한 뒤 수호자의 방을 문자 그대로 침묵시켰다.

시끄럽게 떠들어 대는 벌레를 모조리 박살 냈으며 알은 부화조차 허락지 않고 일도양단했다.

그리고 우리는 뭐든 다 덤비라는 정신으로 안쪽 문을 박차서 열고 다음 방으로 몸을 날렸다.

그곳은 이제까지 몇 번이나 봐왔던 살풍경한 사각형 입방체의 방.

"역시 출구가 아니잖아!!"

"이번에는 무엇이더냐!! 함정인가, 낙하형 천장인가!!"

"어디냐, 함정은 어디에 있냐!!"

우리는 핏발 선 눈으로 방 안을 둘러봤다.

오래도록 훈련받았던 우리에게 더 이상 사각은 없다.

그때 뒤쪽의 문이 조용하게 닫히는가 싶더니 사뿐 떠오르는 느낌으로 바닥에 마법진이 나타났다.

녹색의 빛 입자가 방 안을 떠다니면서 주위를 비춘다.

"뭐지?!"

"끄앗?!"

그러나 그 변화는 순식간에 우리의 시야에서 사라졌다.

마치 주위 세계가 흰 파도가 밀려닥치듯 하얗게 물들었다.

"전이와 비슷한 힘이 느껴진다만, 이게 무엇이더냐."

"이게 뭐야. 설마, 함정인가?"

그곳에는 아무것도 없었다. 다만 온통 하얗게 물든 장소였다. 어디를 봐도 표지가 될 만한 물건은 아무것도 없었고, 다만 끝없이 백색이 뻗어 나가는 저편은 보이기만 할 뿐 원근감이 자꾸 어긋난다.

『함정은 아니랍니다.』

그 목소리는 어디인지 알 수 없는 곳에서 들려왔다.

"이, 이봐. 지금 목소리는 뭐였지?"

"나의 착각은 아니었나 보군."

서로 얼굴을 마주 보면서 확인을 마쳤다.

『방가방가~ 방가요~. 최단 기록 클리어, 축하드립니다~.』

""……..""

『굿 잡이에요! 이제까지 가장 많이 웃겨준 도전자였어요. 후후, 이번에는 정말로 진심으로 실컷 웃었다니까요~?』

""……..""

『특히 내가 유도한 것도 아닌데 벌어졌던 맨 처음 결투극은 최고였죠. 몇 번을 돌려서 봐도 숨을 못 쉬어서 죽을 뻔했다니까요, 푸흡!! 떠올리기만 해도 웃음이…….』

아연실색하는 우리의 앞에 희희낙락하며 미소를 띠고 나타난 자는 스물넷, 다섯쯤 되어 보이는 여성이었다. 어깨에 닿을 길이의 머리카락은 끝부분이 심하게 곱슬거렸고, 마치 파마라도 한 것처럼 꼬불꼬불했다.

루나리아 교의 복장과 비슷한 수도복을 걸쳐 입은 그 여성은 장난기가 한껏 배어나는 표정으로 깔깔 웃고 있었다.

그러나 명백하게 심상치 않은 점이 셋 가지 보였다.

하나는 조금 떨어진 장소에서 둥실둥실 공중에 떠 있다는 것.

마법을 쓰는 기척도 없건마는 완전히 땅에서 다리가 떨어져 있다. 뭐, 이 새하얀 공간에서는 지면이 어느 높이인가 애당초 애매하다만.

또 하나는 이렇듯 눈앞에 나타나 있는데도 불구하고 전혀 기척이 안 느껴진다는 것.

목소리가 들리고 풍부한 표정으로 눈앞에서 웃고 있는데도 기척은 전혀 감지되지 않는다. 기척을 은폐하는 스킬을 사용했다고 쳐도 이렇듯 모습을 드러냈는데도 알아볼 수 없는 수준이라면 상당히 강력한 고유 스킬이라도 쓰고 있다고 밖에 설명이 안 된다.

그리고 무엇보다도 결정적인 특징.

몸 건너편이 비쳐 보이는 파랗고 반투명한 클리어 보디. 아니, 비쳐 보이는 건너편도 역시 새하얗기는 한데.

그래도 뭐, 그런 심상치 않은 점은 지금은 아무래도 좋았다.

"여봐라, 까만 머리."

"아무렴, 빨간 머리."

우리는 다시 얼굴을 마주 바라보면서 고개를 끄덕였다.

""사형이다아아아아아아아아앗!!""

『푸푸풉~. 나는 안 죽는데용~. 깔깔.』

이번 공격은 직전에 날려버리고 왔던 대왕 기간테우스를 처리할 때보다 더한 위세를 떨쳤다.

나는 둥글 주머니를 텅 비울 기세로 다짜고짜 던질 만한 물건을 죄다 꺼내다 놓고 오로지 맹렬한 속도로 집어 던지는 데 주력했다.

빨간 머리는 화염탄, 물포탄, 바람탄, 자갈탄, 연기탄, 식물탄, 벼락탄 등등 뭐든 다 상관없다는 듯이 절조도 없는 마법을 날리는 데 주력했다.

우당탕 쾅쾅 쿠르릉 퍼펑, 수많은 종류의 둔탁한 소리를 울려 퍼뜨리는 연속 공격을 펼쳤건만, 그러나 마치 나뭇잎이 바람에 흔들리는 것처럼 전부 다 팔랑팔랑 피해버린다.

"크, 쫄랑쫄랑 피하지 마라!!"

『에잇, 얍, 휙! 응응, 잘 좀 노려봐~. 이래서는 맞아주고 싶지가 않네~.』

"바, 바보 취급하는 거냐! 얌전히, 뒈 · 져 · 버 · 렷!!"

『싫은뎅~!! 깔깔!』

빙글빙글 공중을 날아다니며 일부러 들으란 듯이 웃음소리를 터뜨리면서 그 녀석은 히죽히죽 이쪽을 보고 있었다.

『자, 내 던전의 클리어 보너스 시간이야. 이번 포상은 무엇을 줄까~.』

"그러면 네 녀석의 낯짝을 한 대 콱 때리게 해줘라!!"

"그러면 온몸을 노릇노릇 태우게 해주거라!!"

『그런 요청은 거 · 절♪』

""뭣이?!""

빗발치는 탄환을 비웃듯이 말한 여성은 갑자기 모습을 지웠다.

『너희에게는 이게 좋으려나? 자, 선물이야♪』

“끄아앙?!” “으햐앗?!”

그러다가 기척도 없이 뒤쪽으로 나타난 여성이 내민 반투명 팔이 우리의 몸속으로 들어왔다.

오싹, 무엇인가 소중한 부분을 쓰다듬고 나가는 감각이 몸에 치달았다. 또한 그 표면에 무엇인가를 발라다 놓는 감촉.

【시스템 메시지 · 심화의 영검이 해방되었습니다.】

“어라, 음?”

“끙, 그러한 구실로, 으으…….”

잘 알지 못하는 이론과 감각을 억지로 체득시키는 동시에 우리의 공격이 오직 혼으로 이루어진 존재에게는 거의 효과가 없다는 사실도 저절로 이해됐다.

『그리고 너 말야, 파지 풀을 지나치게 의존하지 않는 게 좋을걸? 이미 본인도 알겠지만, 수면을 취하지 않으면 육체는 괜찮아도 혼에 피로가 쌓여서 오히려 역효과가 나거든. 노력이 과한 아이에게 누나가 들려주는 다정한 조언이니까 고분고분 들읍시당.』

쿡쿡 웃으면서 타이르는 말투로 그 녀석은 말했다.

『그럼 잘 가, 재밌었어~.』

그 말을 남기고 여자는 뒷걸음질로 우리에게서 멀어졌다.

““기다려, 이 녀석……!””

휙, 고개 돌리자 또다시 세계가 유채색으로 물들어 가는 광경이 보였다. 거의 효과가 없는 줄 알면서도, 그럼에도 마지막으로 한 방 먹여주기 위해 돌아섰다.

서 있는 위치 관계상 아슬아슬하게 손을 쓸 수 있었던 사람은 나뿐이었다.

“윽!!”

그렇지만 마지막 일순간이나마 아슬아슬하게 시야에 포착할 수 있었던 여성의 얼굴이 쓸쓸함으로 차 있는 듯 보였기에 손이 멈췄고.

『메롱.』

“으앗, 또!!”

나는 마지막 최후의 순간까지 홀딱 속았다. 곧 우리는 던전 바깥으로 날아가버리고 말았다.

제6장 소녀들의 마음

정신을 차렸을 때 우리는 별과 달이 반짝이는 하늘 아래, 주위가 깊은 숲에 둘러싸여 있는 다소나마 트인 장소에서 주저앉아 있었다.

"모, 못된 자식아아아앗!! 또 만나면 기필코 한 대 후려쳐주마!!"

"화내서 얼버무리지 마라, 얼간이!! 귀한 기회를 까먹어버린 게 누구더냐, 이 멍텅구리야!!"

"시끄러워!! 그딴 거 내가 가장 잘 알고 있다고!!"

압도적인 패배감에 나는 얼굴을 한쪽 손으로 감싼 채 맞받아쳤다.

그때 분위기를 다 망쳐 놓으면서 서로의 배가 소리를 울렸다.

"아, 안 되겠다. 밥, 밥이 먼저이니라. 어서 밥부터 차리거라."

"그래야겠다. 나도 배고프네."

이제 지쳐서 기력이 한 줌도 남지 않았다.

요리를 힘줘 만들기도 귀찮아 못 견딜 지경이어서 냄비에 물과 소금과 일찍 수확한 리코르 열매 과실주와 일전에 한꺼번에 손질해 뒀던 그레이트풀 보어의 고기 덩어리를 대충 집어넣고 불을 올렸다.

"아, 아직이더냐? 이제는 슬슬 다 익지 않았느냐?"

"배고픈 건 나도 마찬가지다만, 조금만 더 기다려라. 아무러면 벌써 익었겠냐?"

"으으~ 감질나는구나~."

둥글 주머니에서 꺼내 둔 나무 식기를 손에 들고 안절부절 발을 구르는 빨간 머리에게 기다려 지시를 듣는 개를 겹쳐 보면서 나는 냄비를 휘저었다.

그 후에도 조금 더 끓인 다음에 요리가 완성됐다.

“좋아, 다 됐…….”

“이리 내놔라!!”

“앗, 이봐. 흘리겠다, 천천히 먹어.”

“싫닷!!”

내게 국자를 빼앗은 빨간 머리는 그릇에 넘치도록 가득 퍼 담은 수프를 맹렬한 기세로 먹어 치웠다.

이토록 격한 기세는 첫날 이 요리를 대접했을 때 이후 처음으로 봤다.

“거참, 사레들려도 나는 모른…….”

“꺼억?! 쿨룩, 끅끅!!”

“재빠른 플래그 회수, 고맙습니다.”

“한 그릇 더 다오!!”

“그래그래. 알겠다, 맘껏 먹어라.”

그리고 한 차례 사레가 들려 캑캑거리면서도 곧 회복되어 두 번째 그릇을 요구하는 빨간 머리가 어이없어서 체념과 함께 한숨을 쉬었다.

나는 내 그릇에 덜어 둔 수프를 위에 담으며 빨려 들어가듯이 사라지는 냄비의 속을 바라봤다.

“푸핫~! 제법 맛있구나.”

“정말 잘 먹는구나, 이 녀석. 그래도 먹은 다음에 곧장 잠들면 소로 변한다?"

"그게 웬 뚱딴지같은 말이더냐. 그런 이야기는 한 번도 들은 적이 없었느니라."

최종적으로 냄비 두 개 분량의 요리를 추가로 만든 끝에 간신히 식사 시간이 끝났다.

그리고 그만큼 많은 요리를 먹어 치운 당사자는 만족스러운 모습으로 배에 손을 얹고서 벌렁 드러누워 있었다.

한편 나는 요리에 쓴 불로 모닥불을 피워 놓고 나무줄기에 등을 기댄 채 앉아 있었다.

"……여기가 어디인지는 모르겠지만, 일단 전부 내일로 미룰까. 지쳐버렸어."

식생 따위를 보고 판단한 바로는 내가 던전에 떨어졌던 제국 북부와 수인국의 국경 부근에 위치하는 숲으로 짐작된다. 정확한 위치는 모르겠는데 해가 떠오르면 방위는 알 수 있을 것 같았다. 혼의 지식을 얻은 영향일까, 기척을 느끼는 능력이 현격하게 향상된 듯싶었고 어렴풋하지만 사람들이 많이 있는 방향도 왠지 모르게 알 것 같았으니까 그쪽 방향으로 쭉 걸어가면 머지않아서 가도든 마을이든 도착할 수 있을 것이다.

"여봐라, 정말로 무얼 어떻게 해야 그 빌어먹게 맛없는 그레이트 풀 보어의 고기가 이토록 맛있어지는 게냐?"

"누……."

누가 가르쳐주겠냐! 평소처럼 받아치려다가 나는 입을 다물었다.

"……일찍 수확한 리코르 열매 과실주를 더해서 뼈까지 함께 끓이면 돼.”

“응? 무얼 말이냐?”

“그레이트풀 보어의 고기를 맛있게 요리하는 비결이야. 궁금하다며?”

“그 주향은 과실주였는가!! 좋은 정보군, 언니와 합류하면 또 만들어 달라고 해야겠어. 들어라, 까만 머리. 내 언니께서 만드는 요리는 무척 맛있느니라. 나에게 마법을 가르쳐준 재원이고 게다가 세계에서 제일가는 미인이시지. 나는 초절 미소녀이다만, 언니께서는 그 이상의 초절 미인으로…….”

“아, 그래그래. 알겠다니까. 미인이고 요리와 마법 솜씨가 뛰어나다면서. 몇 번을 들었다고.”

던전 안에서 지내는 동안 거듭거듭 들어야 했던 자랑 이야기였기에 어깨를 으쓱거렸다.

“그보다 내가 가르쳐줬으니까 너도 가르쳐줘.”

“음? 뭐냐. 나의 스리 사이즈를 물으려는 게냐? 이런 변태를 보았나.”

“그딴 걸 뭐하러 물어봐. 60 · 60 · 60이면 제대로 절벽이지.”

“일단 죽어버려랏!”

쓱 몸을 기울여서 내게 날아오는 자갈탄을 피했다. 등 뒤의 나무줄기에 돌이 쿵 틀어박혔다가 투둑투둑 나뭇조각을 흩날리면서 지면에 떨어졌다.

이미 몇 번이나 주고받은 공방이었던지라 생각하기에 앞서서 몸이 움직일 만큼 적응돼버렸다.

"네가 여행을 하는 이유. 누가 먼저 던전을 탈출하나 승부하기로 했잖아. 동시라서 무승부니까 너도 말해봐."

"그러고 보니 그런 승부도 했었구나."

자못 지금 막 떠올렸다는 듯이 빨간 머리가 대답했다.

"글쎄다, 어찌할까. 일전에도 말했던 대로 가르쳐주는 건 상관없다만……."

"뭐야, 되게 뜸 들이네. ……혹시 말이야, 내가 도와줄 거리가 있다면 손을 빌려줄 수도 없지는 않거든? 그 대신 커다랗게 빚을 지우겠지만, 뭐."

내일이 되면 우리는 각자의 여행길로 돌아간다.

예전처럼, 단지 힘을 갈구하는 것이 전부인 나날로.

그러기에는 왠지 아쉽다는 기분이 들었다. 이 녀석의 여행에 목적이 있다면 얼마간은 함께 다녀주자는 생각을 했다. 이렇게 바보 같은 응수를, 마치 원래 세계에서 친구들과 주고받았던 그때와 같은 시간을, 조금만 더.

"뭐냐, 섭섭하더냐? 마치 토끼 같은 녀석이로구나."

"이, 이 녀석. 사람이 호의를 표시해도 이렇게 나오기냐!"

놀림조로 히죽히죽 웃으며 입가에 손을 가져가는 빨간 머리.

아주 틀렸다고 말할 수 없는 야유였기에 얼굴이 달아오르는 것을 느꼈다.

'젠장! 올라오지 마라, 혈액!!'

눈치채는 게 아닌가 생각하면서도 이러한 다른 사람의 약점을 가만히 두고 보는 녀석이 아니라는 것은 충분히 잘 알고 있었다.

"쿡쿡쿡, 얼굴이 빨개지지 않았느냐. 정곡을 찔렸나 보군. 요 녀석, 에잇."

"뜨아아아아앗! 거 얼버무려서 넘기려고 하지 마라!! 어쨌든 대답이나 해!"

그러나—.

"흡!!"

오싹, 발치에서 머리 꼭대기까지 싸늘한 무엇인가가 치달았다.

"여봐라, 그러고 보니 아직 이름도 묻지 않았었지. 이토록 긴 시간을 함께하면서 참 우스운 일이다만, 이름은 무엇이라고 하느냐?"

"카이토……. 내 이름은 카이토야."

훌쩍 몸을 일으켜 세운 빨간 머리가 하늘을 올려다본다.

별로 이상한 움직임을 취한 게 아니었다.

적의를 가득 드러내지도, 살의를 가득 드러내지도 않았다.

그러나 나는 분명히 빨간 머리에게 공포를 느껴야 했다. 아니, 공포와도 또 다르다. 봐서는 안 되는 것을 들여다봤다는 후회 비슷한 그런 괴로운 감정.

"그런가, 카이토인가. 좋은 이름이구나."

평소와 어딘가 다르다는 건 아니었다.

……그럼에도 자신의 눈을 의심하게 된다. 지난 며칠간 봐왔던 모습이 환상으로 느껴지는 인상을 나는 빨간 머리의 내면에서 보았다.

어둡고 어둡고 어두워서.

빛이 없는 상태를 어둠이라고 한다면 그런 얄팍한 개념이 아니다. 흡사 빛을 집어삼키는 영원한 암흑.

"유감스럽게도 네 녀석이 돕기는 무리이니라, 카이토."

"……이유가, 뭔데. 이래 봬도 제법 연줄도 있고, 얼마든지."

"그게 아니다, 그런 게 아니니라. 카이토, 네 녀석은 **이곳**까지 다다를 수 없어. 혹여나 이미 다다랐다면 그리 가볍게 돕겠다는 말을 절대로 선뜻 꺼낼 수는 없었을 테니까."

이쪽을 향해 선 소녀는 분명하게 웃고 있었다.

그러나 내 눈에 보이는 얼굴을 분명 미소를 띠었는데도 분명 미소가 아니었다.

어째서 그런 느낌을 받는지는 알지 못했다. 다만 그럼에도 직감적으로 단 하나만은 이해하고 말았다.

아무리 손을 내뻗어도 지금의 나는 닿기는커녕 가까이 다가서기도 애초에 불가능하다는 것을.

그렇게 닿을 리 없다는 아득한 감각뿐.

"모를 테지? 배 속 밑바닥이 타오르는 감정도, 손발이 찢겨 나갈 기세로 욱신거리는 감각도, 울고 소리치고 부르짖어도 무엇 하나 되찾을 수 없는 절망도."

"……."

그렇게 말하고 이쪽으로 얼굴을 돌린 빨간 머리는 마치 눈물 흘리는 사람처럼 형태만 다정함을 띤 미소를 머금었다.

슬퍼 보이고, 괴로워 보이고, 무엇보다도. ——……뼛속까지 시리게 하는 분노의 감정을 가득 담아낸 채.

"내 여행의 목적은 복수이니라. 무슨 일이 있어도 죽이고 싶은 상대가 있지. 무슨 일이 있어도 용서하지 못할 상대가 있지. 기필코,

어떤 대가를 치르더라도, 내가 이 손으로 갈가리 찢어 놓아야 하는 상대가 있단다."

"복, 수……?"

무심코 들었던 대로 따라서 흘린 말의 의미가 천천히 머릿속에 스며들어서 번져 나갔다.

"그러하다, 고작 죽여서 끝내지는 않는다. 내가 오로지 나를 위하여 전부를 짓밟아 지옥 밑바닥에 던져 몸부림치게 만들겠노라고 결심하였지. 산 채로 눈알을 끄집어내고, 조금씩 거죽을 벗기고, 손발을 끄트머리부터 잘게 썰고, 그 등을 달군 철로 지지고, 아픔과 굴욕과 고통 전부를 음미하면서 새겨주고. ……비통한 부르짖음을 들으며 그 심장을 쥐어 으스러뜨리는 순간이 기대되고 기대돼서 견딜 수가 없느니라. 그야말로 사랑에 애태우는 것처럼 말이다. 쿡쿡쿡, 아하, 아하핫."

마치 보이지 않는 둔기에 얻어맞은 기분이었다.

무엇인가에 취한 듯 토로하는 소녀의 표정은 이제껏 본 적없는 진한 요염함에 젖어 있었다. 굶주린 듯 입가가 굽이치며 황홀함에 찬 표정은 바라보기만 해도 차가운 물속 바닥까지 밀려 잠겨 들어가는 기분이 든다.

그리고 빨간 머리는 또다시 그 전부를 덮어 가리는 미소의 가면을 뒤집어썼다.

"그러……."

『그러지 마라, 복수 따위로 행복해질 수는 없어.』

반사적으로 그렇게 어딘가에서 누군가에게 들었던 말을 입에 담을 뻔했다.

그러나 내 입에서 나오려고 했던 싸구려 말을 막아 세우며 입술에 닿은 것은 빨간 머리의 둘째 손가락 감촉.

몹시 차가운 손가락의 감촉이 어째서인지 무엇보다도 선명하게 느껴져서.

“네 녀석과 지냈던 지난 며칠은 의외로 즐거웠단다. 그러니까, 카이토.”

내 앞쪽에 서도 오싹거리는 초승달 같은 미소는 흔들리지 않았다.

전부를 덮어 가리려는 듯한 가면을 붙인 채, 그럼에도 미처 억누를 수 없어 언뜻언뜻 엿보이는 어두운 불꽃과 같은 감정의 단편.

마치 타인을 매료하는 요염함과도 비슷했기에.

“내게 손 내밀지 말거라, 내게 다가서지 말거라, 나를 알려고 하지 말거라. 딱 이만한 거리가 적당하니라. 이만한 거리는 꼭 벌려 놓아야 하느니라. 차라리 몰라야 더욱 행복하게 살아갈 수 있는 경험도 이 세상에는 존재하는 법이란다.”

그렇게 말하고 빨간 머리는 눈을 감은 뒤 천천히 고개를 흔들었다.

나는 마치 쇠사슬에 묶인 사람처럼 아무 대답도 할 수가 없었다.

분명하게 전해지는 거절의 의사에 입을 다물 수밖에 없었다.

그 이후 곧 잠들어버린 빨간 머리에게 나는 차마 말을 붙이지도 못한 채 가만히 눈을 감았다.

결국은 좀처럼 잠이 오지도 않아 선잠만 자다가 하늘이 하얗게 물들 무렵에 꾸벅꾸벅 졸면서 깨어나야 했다.

"후유, 아침은 가볍게 이 정도로 끝내도록 하마."
"어디가 가볍다는 거야. 냄비 하나를 깨끗하게 비워 놓고서."
빨간 머리는 어제의 대화 따위는 마치 없었던 일처럼 평소와 아무것도 다르지 않은 모습을 보여줬다.
그러니까 그 덕분에 나도 평소처럼 행동할 수가 있었다.
그리고 작별을 고해야 할 때가 찾아오는 시간도 금방이었다.
『갸아아오오오오오오오오!!』
"이제야 찾았네!! 도대체 어디 갔었어!!"
펄러어어어어어억, 압도적인 위압감과 함께 나타난 자는 선명한 붉은색 비늘을 지닌 한 마리 드래곤과 그 등에 탄 한 명의 여성.
"앗, 화염룡?!"
드래곤, 용종.
이 세계에서도 굳건한 위용을 떨치며 생태계의 주인으로서 군림하는 자들의 일종.
"괜찮느니라. 이게 며칠 만인가!! 그렌, 언니!!"
경계심을 끌어올리려고 하는 나를 제지한 뒤 빨간 머리가 앞쪽으로 나섰다.
"그래요, 언니 여기 있어요. 이 애가 정말!! 맨날 걱정만 끼치고!!"
조금 높은 위치에서 화염룡의 등에 탄 여성이 뛰어내렸다.
금색 머리카락을 높은 위치에서 묶어 둔 어른스러운 여성은 지면에 내려선 뒤 몹시도 분통 터진다는 모습으로 눈을 치켜떴다.
『갸르으♪』
"헉, 으엑?!"

갑작스러운 등장에 어안이 벙벙하던 나를 더욱 놀라게 하는 광경이 눈앞에서 일어났다.

직전까지 위용을 과시하던 화염룡이 작게 울리는 퐁, 소리와 함께 모습을 바꾼다.

커다란 성룡의 모습에서 성장 전의 드래곤 퍼피로 모습을 바꾼 뒤 마치 돌격하는 기세로 빨간 머리를 향해 날아들었다.

"어이쿠. 착하다, 착해. 거참, 어리광쟁이구나."

『루우♪』

할짝, 드래곤 퍼피가 뺨을 핥자 빨간 머리는 살짝 간지러웠는지 몸을 움츠렸다.

기본적으로 고고한 종족으로 알고 있었는데, 드래곤이 이토록 누군가를 따라 친근하게 군다는 것도 또 깜짝 놀랄 광경이다.

"뭘 잘했다고 태평한 얼굴인가요. 나중에 설교 잔뜩이에요. 이번에는, 이번만큼은 용서 안 할 테니까 각오하세요."

"어, 언니?! 잠시 말을 들어주시게!! 이번에는 나 혼자의 잘못이 아니라오!!"

"변명은 안 듣습니다. 설교 다 끝날 때까지 밥도 안 지어줄 거예요."

끄아아아아앙, 빨간 머리가 고통에 찬 신음 소리를 내질렀다.

그리고 성대하게 한숨 쉬고 머리를 흔들더니 몸을 비비적거리면서 어리광 부리는 드래곤 퍼피의 몸을 쓰다듬는다.

"자, 그러면 가도록 할까. 그렌, 부탁하마."

『갸르으.』

빨간 머리의 말에 대답 삼아서 한 차례 울음소리를 낸 드래곤 퍼

피가 다시 거대 화염룡의 모습을 되찾았다.

"영차. 자, 어서 가죠."

금발 여성이 먼저 드래곤의 등에 올라타서 빨간 머리에게 말을 건넸다.

"그러면 이만, 나는 가보마. 연이 있다면 또 어딘가에서 만날 수도 있을 테지."

"아!!"

빨간 머리가 말했을 때 무심코 숨을 멈췄다.

이렇게 될 줄은 이전부터 알고 있었는데도 도대체 영문을 모를 초조감이 찌릿찌릿 마음 구석을 애태운다.

"자, 잠깐만!!"

정신을 차렸을 때 나는 이미 외쳐비렀다.

"음? 왜 부르느냐?"

고개 돌리는 빨간 머리에게 나는 곧장 말을 꺼내지는 못했다.

무심코 외친 목소리에 이유 따위는 없었다. 다음 말은 꺼내야 하니 사고가 공회전과 함께 마구 돌아갔다.

"이름. 이름 가르쳐줘라, 빨간 머리. 내 이름만 물어봐 놓고 자기는 말없이 떠날 셈이냐?"

어째서인지 떠오르는 기억은 『나, 나의 이름을 네 녀석처럼 예의도 모르는 얼뜨기에게 알려줄 수는 없느니라』라면서 시선을 외면하던 이 녀석의 모습.

그러나 이번에는 그대와 또 다른 반응이 돌아왔다.

"음, ……뭐, 네 녀석에게는 가르쳐줘도 되겠지."

아주 잠시 망설이다가 빨간 머리는 그렇게 말했다.

“뭐? 잠깐만. 그런 위험은.”

“괜찮네, 언니. 일방적으로 빚지는 것은 나의 가치관에 반하니까. 게다가 고작 이름을 듣는다고 뭐가 어찌 되지는 아니할 테지.”

말리려고 하는 금발의 여성을 제지한 뒤 빨간 머리는 당당한 표정으로 이쪽을 돌아봤다.

“레티시아이니라. 나의 이름은 레티시아. 초절 프리티한 이름이 아니더냐?”

그렇게 말한 소녀는, 레티시아는 깔깔 웃었다.

지난 며칠 동안에 보고 익숙해졌던 쾌활하고 장난기 많은 웃음.

“자, 그러면 카이토. 머리가 벗겨지지 않도록 조심하거라.”

“거 자꾸, 누구 머리가 벗겨진다는 거야!!”

“쿡쿡, 작별이다. 이 천하의 멍텅구리 녀석!!”

“냉큼 가버려!! 이 천하의 얼간이가!!”

평소와 마찬가지로 받아치고 입씨름을 벌이며 웃은 레티시아는 드래곤의 등으로 뛰어 올라탔다.

그리고 곧장 고개도 돌리지 않고 하늘로 떠나갔다.

“……레티시아였구나.”

혼자 남게 된 그 자리에서 지난 며칠 동안을 반추한다.

『도, 동정하지 말거라!! 나, 나 역시 죽을힘을 다하여 노력했단 말이닷! 아주 노력했단 말이닷!!』

『푸풉, 그토록 버럭버럭 화를 터뜨리고 나갔던 녀석이 즉각 귀환이라니 꽤나 거물이로구나. 아니, 나로서는 도저히 흉내 낼 수가 없

어. 푸흐흡.』

『후훗, 내 평생 그리 우쭐거리는 낯짝은 처음 보았다. 내가 이제껏 보았던 낯짝 중 확실하게 다섯 손가락에 꼽힐 수준이었지. 차라리 모험가 따위 은퇴하고 광대나 하는 게 어떻겠느냐?』

그래, 제기랄. 솔직하게 인정하자.

즐거웠다고.

분통 터지고, 입씨름하고, 소리 지르고.

어린아이처럼 바보짓 하고, 성격 고약한 던전에 함께 불평을 쏟아붓고.

놀라고, 기뻐하고, 서로 장난치고, 서로 약 올리고, 서로 웃고.

줄곧 잊고 있었으니까. 식사가 즐거운 시간이었음을.

누군가와 이야기 나누는 것이 이토록 기분 편안해짐을.

그러니까 정말로 맛있게 요리를 먹어주는 그 녀석과 함께하는 식사 자리는 즐거웠다.

……정말로, 즐거웠었다.

"어째서, 복수 따위를. 복수 따위는 하지 않아도, 너는 웃을 수 있었잖아."

그 말은 아무에게도 가닿지 못한 채 하늘로 떠오르는 비눗방울처럼 터져서 사라졌다.

☆

"……이런 사연이려나. 이게 레티시아와 만났을 때 겪었던 이야기야.”

결국 그 후 파티의 망할 놈들과 합류할 수는 있었다만, 또다시 던전을 발견하기는 실패했다.

들어갈 때는 함정 구덩이, 나올 때는 전이진.

함정의 주둥이는 닫혔고, 출구는 찾을 방도도 없었기에 추가 탐사는 거기에서 멈출 수밖에 없었다.

애당초 던전이라고 보기에는 특이한 점이 너무나 많아 정말로『던전』이라고 불러도 되나 미심쩍다는 생각까지 들었다.

그 후에도 레티시아와 겪은 사건을 몇 가지 이야기했다.

어느 귀족의 저택에 잠입 조사를 실행했던 때에 어째서인지 메이드로 분장한 레티시아와 재회했던 이야기라든가 던전 밖으로 흘러넘치는 마물들을 함께 물리쳤던 이야기, 어느 마을의 대식가 대회에서 맞붙는 처지가 되었을 때의 이야기.

그 밖에도 떠오르는 대로 이런저런 이야기를 했다.

“아, 여기까지만 할까? 시간도 시간이고, 제대로 전달이 되지 않았을 만한 부분은 대강 이야기가 끝났고.”

조금 넉넉하게 만든 그레이트풀 보어 수프가 비었을 무렵, 나는 이야기에 일단락을 지었다.

생각보다 이야기가 훌쩍 길어졌던 까닭은 분명히 미처 냉정하지지 못하는 여러 감정이 절로 담겼기 때문이겠지.

“““…….”””

“저, 저기, 그렇게 말없이 빤히 쳐다보면 이래저래 쑥스러운데.”

이야기하는 동안은 내내 나 혼자 입을 움직였다. 미나리스도 슈리아도 두 사람 모두 딱히 끼어들지도 않고 이야기가 진행됐지만, 이야기를 다 마쳤는데도 두 사람은 아무런 말을 하지 않았다.

감상을 들려달라고 요구할 마음은 없지만, 그래도 뭔가 반응은 해줘야지.

게다가 이 침묵은 여러모로 부끄러웠다. 아니, 여기에서 『어젯밤에는 즐거운 시간 보냈네요』 같은 감상이 돌아와도 그럼 나름대로 창피해서 죽어버리겠지만 말이야.

“그렇게 말씀하셔도…….”

“기껏해야 『애처가시네요, 부러워요』밖에 할 말이 없는걸요.”

미나리스와 슈리아는 서로 얼굴을 마주 보면서 가만히 말했다.

“애, 애처가라니.”

스스로도 조금 자각은 했었다만, 실제로 말을 듣게 되니까 꽤나 민망스러웠다.

“그래도 한 가지, 확인차 여쭙고 싶은 질문이 떠올랐습니다.”

“네네, 슈리아도요. 아마도 문제없겠지만요, 그래도 확인차 질문 드리고 싶어요.”

그리고 내가 직면한 것은 아마색과 진홍색의 눈동자 두 쌍.

“카이토 님이 레티시아 씨를 몹시 좋아한다는 건 충분히 잘 알겠고요, 그리고 부족했었던 지식도 제법 빈자리를 채울 수 있었어요.”

“그래서 더더욱 묻고 싶습니다. 주인님은 이 두 번째 세계에서 레티시아 님과 함께하지 못하더라도 괜찮으신 건가요?”

그 눈동자는 차갑고 예리했기에 일절의 허위도, 일절의 얼버무림도 용납하지 않겠다는 눈빛이었다.

그러니까 나는 두 사람의 눈을 마주 보면서 옅게 웃었다.

"맞아, 안심해. 걱정 안 해도 그 녀석과 만나서 넋 놓는 짓은 하지 않아. 그 녀석은 솔직히 지금도 많이 좋아하지. 너희를 소중하게 여기는 만큼 비슷하게 나는 그 녀석을 소중하게 여기고 있어. 그 녀석이 진심으로 살의를 쏟아 내더라도 나는 분명히 맞서 죽이지 못할 거야."

그래, 분명히 가슴이 아프기는 하다.

욱신욱신 쑤시는 아픔은 지금도 역시 레티시아를 그리워하는 어느 자아의 존재에 대한 방증이었다.

……그렇지만.

"그렇다 해도 더는 잘못된 선택을 하지 않아. 나에게 편할 뿐인 꿈을 꾸는 헛짓은 이미 그만뒀어."

이것저것 닥치는 대로 가지겠다는 욕심이 이루어질 만큼 세상이 만만하지는 않다.

나의 모든 소망이 맞물려 이루어지는 세계 따위는 벌써 옛날에 허물어져서 사라졌다.

무엇보다도 그 사실을 들어 미나리스와 슈리아를 압박했던 내가 차마 또 어리석은 선택을 할 수는 없는 노릇이었다.

"복수의 여정을 한순간이라도 망설일 마음은 없어. 복수와 그 녀석을 구하려는 뜻을 동시에 이룰 수 있다는 것만으로도 만만세지. 그 때문에 레티시아에게 미움받더라도……. 설령 목숨을 위협받게 되더라도 나는 계속 살아갈 거야."

레티시아에게 진짜 증오를 받게 될 나날을 떠올리면, 그 녀석이 그럼으로써 편해질 수 있다면 모든 복수를 마친 다음에는 살해당해도 괜찮다는 생각마저 든다.

그럼에도 나는 그 녀석에게, 마왕에게 절대로 살해당할 수는 없다.

설령 증오의 나날에서 빠져나올 수 없을지라도, 그럼에도 나는…….

게다가 지금은 배반하지 못할 공범자도 생겼다. 미나리스도 슈리아도, 나 하나가 편해지기 위해서 둘을 죽음으로 몰아넣을 수는 없었다.

"그러니까 이게 대답이야. 곁에서 함께할 수 없다는 현실쯤이야 벌써 전부터 받아들였으니까."

소리 내서 말하자 다시 한 번, 아니, 그보다 더욱 강하게 가슴이 욱신거렸다.

이성으로 받아들였을지라도 이해와 수용은 또 별개인 터라 치솟는 아픔만큼은 어쩔 도리가 없었다.

……정말 한심스럽지만 이 마음만큼은 평생 사라질 것 같지 않았다.

"그러, 시군요. 그렇다면 제가 드릴 말씀은 없습니다. 주인님은 제가 평생, 온 힘을 다해 뒷받침해드리겠어요."

"슈리아도 이제 괜찮아요. 셋이나 함께 지내면 절대 쓸쓸하지 않을 거예요."

표정에 드러내지는 않았을 텐데도 용케 내 감정을 알아차렸을까, 두 사람은 마치 위로하려는 것처럼 곁에 가까이 다가붙어서 굳었던 표정을 다정하게 풀어 보였다.

거기에서 순수한 선의를 보았기에 지금은 단지 둘의 마음 씀씀이가 기뻤다.

“그래, 고마워. 미나리스도, 슈리아도.”

고작 동료라는 얄팍한 관계는 필요 없었다. 설령 혼자일지라도 나는 복수의 길을 나아가겠다.

그러나 고독의 아픔도 또한 거짓이 아니었기에.

그래서 더더욱, 깊이 깊숙이, 전부가 다 질척질척 뒤섞일 만큼 깊숙이.

신뢰도 아닌, 이해도 아닌.

의심의 여지 따위도 없도록, 배반의 여지도 없도록 결부돼 있는 이 관계를.

‘다만, 마음은 기쁘다만 여자아이의 소중한 부분이, 커다란 멜론과 작은 레몬이 양쪽에 닿았는데 말이지. 두 사람 모두 이상한 데서 자기 매력에 무관심하니까 곤란하군. 아니, 무관심한 게 아니라 무자각에 순진한 건가…….’

아니, 저는 횡재했다고 여기고 있기는 한데 말이죠.

아무리 남자라면 다들 이럴 수 있다고 하더라도 애써 보여주는 호의에 흥분을 느끼는 스스로가 부끄럽다는 마음은 물론 갖고 있다고.

그나저나 뭐랄까, 말로 지적해주는 게 좋으려나? 그래도 지금 입 열면 애써 위로해주려고 했더니 뭘 야한 생각이나 하냐고, 색골이냐는 말을 들을 텐데. 아니, 이대로 말없이 버티면 그건 또 나름대로 엉큼한 놈이라는 오명을 뒤집어쓸 것 같다.

그때 두 사람의 약간 홍조된 얼굴이 눈에 들어왔다.

……혹시 그건가? 본인들도 다 알면서 위로의 일환으로 하는 행동인가? 그런데 막상 행동에 나서니까 부끄럽다든가, 그런 느낌인가?

아, 안 되지. 내 장난기가 좀이 쑤신다.

『얼굴이 빨개졌는데 왜 그래?』라든가 시치미 뗀 얼굴로 묻고 허둥지둥하는 두 사람을 보고 싶다.

……안 돼, 안 된다. 참아라.

아무리 그래도 이 상황에서 그런 소리를 했다가는 다른 의미로 너무 쓰레기 같잖아.

'아니, 어느 쪽이든 쓰레기 신세는 똑같기는 한데. 쓰레기의 경지가 한 단계 올라갈 뿐이고.'

"아, 으흠. 긴 이야기 열심히 들어줘서 고맙네. 일단 오늘은 이만 자자. 슬슬 목적지에 도착할 테고."

그렇게 말하고 일어선 뒤 나는 에르미아의 거리에서 구입한 고급 침낭을 꺼내 놓았다.

즉 선택 커맨드 철수였다.

"그러면 저는 소화나 시킬 겸 잠시 주위의 마물을 사냥하고 와도 괜찮을까요?"

"앗, 그럼 슈리아도 같이 갈래요. 오늘은 아직 안 졸리거든요."

"음, 뭐, 알겠어. 단 적당히 마치고 돌아와야 해."

"분부대로 하겠습니다, 주인님."

"네네, 알겠어요!"

미나리스는 치마의 양쪽 자락을 잡아 들면서 예쁘게 인사했다. 슈리아는 살짝 몸을 굽힌 채 마치 경례라도 하듯이 한쪽 손을 척 올렸다.

"그러면 다녀오겠습니다."

"얼른 다녀올게요."

그렇게 말하고 두 사람이 숲속으로 사라져 간다.

"……어쩐지 미나리스 녀석, 하는 행동이 진짜 메이드 같아졌군. 역시 저 장비 탓인가?"

장비를 바꾼 즈음부터 미나리스의 메이드다움이 정도를 더하는 것 같다. 복장이 메이드 옷 비슷하다는 것도 이유 중 하나일 텐데 점점 더 태도며 동작이며 말투 및 표현 선택법 등등 갈수록 세련되어지는 듯싶다.

무엇을 위해서인지 대충 짐작은 되나 어째서 그런 방향으로 나아가는지는 무척 아리송했다.

그리고 나는 한숨과 함께 죄악감을 달래기 위해 혼잣말을 중얼거렸다.

"……미안하다, 미나리스. 레티시아와 제대로 매듭을 짓기 전까지는 잠깐의 갈등조차 불성실하다는 생각이 들거든."

미나리스가 어떤 종류의 감정을 품고 있는가, 그쯤이야 이렇게 같이 지냈던 만큼 눈치는 챘다. 다만 어떤 대답을 들려주든 간에 지금 이 자리에서 입에 담아버리면 어중간한 결과밖에 안 된다는 예감이 들어서.

분명 이렇게 쭉 호의를 눈치 못 챈 척하기보다 훨씬 미나리스에게 실례되고 불성실한 행동이다.

"……이런 놈이니까 그 녀석에게도『천치 녀석』소리를 들었던 거지."

그렇게 혼자 중얼거리고 에이, 몰라, 사고를 중단한 뒤 나는 침낭 안으로 파고들었다.

지금 숙고해야 하는 것은 이후의 계획.

목적지는 왕국 북부의 도시, 제국과 맞닿은 국경선 가까이에 위치한 더틀러스. 그리고 거기에서 큰 권익을 쥐고 있는 그론드 상회와 그곳의 회장.

그론드 골더트.

내게서 많은 것을 빼앗아 갔던 작자들 중 한 사람.

기필코 죽이겠다고 맹세했던 작자들 중 한 사람.

"기다려라. ……너도 기필코 달빛도 닿지 않은 땅속 깊숙이 암흑으로 끌고 내려와주마."

죽여주마, 죽여주겠다, 죽여버리겠다.

괴롭히고 희롱하고, 자신감도 신념도 존엄도 엉망진창으로 짓밟아서.

그 녀석이 빼앗은 것을 전부 청산해서.

모조리 다 용광로 바닥에 빠뜨려주마.

"그래, 정말로 기대된다. 지금 실컷 웃어둬라, 저열한 짐승 놈아."

배 속에서 빙글빙글 휘도는 거무칙칙한 감정을 토해 내면서 중얼거린 뒤 나는 눈을 감았다.

☆

"……."

"……."

주인님을 남기고 저희는 숲속으로 들어왔습니다.

"이제는 괜찮겠죠."

"여기까지 오면 주인님에게도 목소리가 들리지 않을 거예요."

잠시 움직여서 충분히 거리를 벌린 다음에 저와 슈리아는 얼굴을 마주 보면서 굳게 손을 맞잡았습니다.

"우훗, 우후후훗!! 해냈어, 해냈어요!! 드디어 확답을 받아 냈습니다!!"

"네, 해냈어요. 해냈다고요!! 확실하게 한 걸음 전진이에요!!"

저희는 두 손을 잡아 쥐고 꺅꺅거리며 기쁨에 발을 굴렀습니다.

감정을 억제하는 데 꽤나 고생했던 만큼 조심할 필요가 없게 되자 자제심이 도무지 말을 듣지 않습니다.

"드디어 주인님의 입에서 그 여성과 결별하겠다는 결의의 말이 나왔습니다! 해냈어요, 해냈습니다!!"

"스스로 직접 말하면 완전히 달라져요, 함락의 때는 언제나 본인의 선언을 계기 삼아서 찾아오는걸요!!"

슈리아도 상당히 흥분해서 말을 늘어놓습니다.

저도 흥분했다는 자각은 느끼는 중입니다만, 억제할 마음조차 들지 않았습니다.

"맞아, 그래요. 『한여름 밤의 백합꽃』의 필라르 공주도 맨 처음에는 그렇게 강한 척했는데 한 번 직접 말하고 인정한 다음은 간단하게 허물어졌어요."

물론 창작물의 내용이니까 그렇게 척척 일이 풀리지는 않겠습니다만, 어쨌든 간에 커다란 한 걸음이겠죠.

"게다가 말이에요, 게다가 말이에요!! 위로할 때 함께 갖다 붙였던 가슴에 제법 반응했단 말예요!"

“맞아요, 처음 잠깐 동안은 안간힘을 다해 주의가 쏠리지 않게 조심하는 느낌이 들었습니다만, 중간부터 살짝 흥분한 분위기로 움찔움찔했었죠. 심박도 평소보다 조금 빨랐습니다.”

“슈리아의 탐지기에 삐삑, 반응이 왔어요! 거기에서 S기질의 강한 욕망이 느껴졌어요.”

“제게는 그런 기괴한 탐지기는 없습니다만, 비슷한 느낌은 저도 받았습니다. 저희를 놀리고 싶기는 한데 꾹 참을 때 보여주는 표정이었죠.”

평소 사소한 실수나 별것 아닌 실패를 조금 심술궂은 얼굴로 웃고 놀리던 때의 주인님과 비슷한 분위기가 느껴졌습니다. 책에서 읽은 『말로 괴롭히기』 같아서 부끄럽다고 여기는 한편 요즈음 들어서는 살짝 기쁘게 받아들이는 자신도 자각을 하곤 합니다.

슬쩍 물어봤더니 슈리아는 매번 마음껏 즐기면서 기뻐한다는 대답을 해줬습니다. 뭐랄까, 『그렇고 그런 관계가 되면 하고 싶은 일』의 한 가지가 이것의 발전형이라던가요.

『미리 겪는 체험판 같아서 무척 기뻐요♪』라고 말했었죠.

슈리아와 이래저래 서로의 취미와 기호에 대한 이해를 깊이 다지면서 다양한 지식을 배우고 있습니다.

슈리아는 사랑이 담긴 행위로서 주인님에게 『밟히고 싶어, 괴롭힘당하고 싶어, 희롱당하고 싶어』라고 합니다. 슈리아의 욕구 자체는 이해가 되지 않았습니다만 『정신없이 허우적거리도록 나를 탐하고 사랑해주면 좋겠다』라는 부분에서는 공감이 이루어졌습니다.

스스로 탐하기보다 탐닉을 당하고 싶어 하는 저 또한 슈리아와 다소나마 동류이겠지요.

『소프트 M인 거예요. 그래도 품속에 받아 낸 다음은 어느 틈인가 도망칠 길을 전부 부숴버릴 것 같다는 점에서 S의 느낌도……. 탐닉 계열의 일체형 소프트 SM인 거예요?』라는 말이 슈리아에게 받은 평가였습니다.

말뜻은 잘 모르겠습니다.

물론 제가 내리는 슈리아의 평가는 『사랑이 담긴 괴롭힘을 받고 싶어 한다는 상당히 전문적인 취향의 극성 M』입니다.

……뭐, 얼마간의 성공을 거두기는 분명 거두었습니다. 그러나 마냥 들뜬 채 시간을 보낼 수는 없습니다.

"성공은 성공한 게 맞지만요, 어쨌든 간에 역시나 많이 분하군요."

"그토록 흐뭇흐뭇 오라를 가득 뿜으면서 말할 줄은 몰랐는걸요. 달콤달콤 찰싹찰싹 계열은 아니었지만, 그래도 화기애애를 너무 자랑하는 느낌이었어요."

다시 떠올리면 방금 전의 흥분이 살짝 가라앉습니다.

복수로 피보다 깊이 맺어진 것이 저희의 관계입니다만, 그럼에도 비슷할 만큼 소중하게 여긴다는 말을 들을 수 있는 레티시아 님에게 질투를 하지 않을 리 없겠습니다.

주인님께서 이미 알아채셨는지 여부는 알 수 없습니다. 그러나 이야기를 하는 동안에 주인님은, 그야말로, 틀림없이 짙은 추억에 사로잡혀 있는 표정을 짓고 계셨습니다.

소중한 보물을 더럽히지 않기 위해서 손대지 않고 가만히 지켜봐야 하는 쓸쓸함이 서린 표정.

"그래도요, 그래서 더더욱 저희가 뒷받침이 되어드려야겠죠. 그리움과 추억이 강할수록 레티시아 님과 마침내 결별했을 때 받을 마음의 상처는 더욱 깊어질 테니까요."

주인님이 목표로 하는 결과를 양립시키면 어떤 수를 쓰든지 레티시아 님과 화해하기는 결코 불가능합니다.

그 사실이 있는 이상은 레티시아 님에게 살해당하는 처지만은 어떻게 해서라도 피하겠지요. 주인님은 레티시아 님이 슬퍼하지 않도록 해주기 위해 당사자에게조차 미움 받은 채 살아가시게 됩니다.

변명도, 화해도, 속죄를 대신하는 죽음도 선택할 수 없이.

그러니까 조금이라도 주인님의 마음을 레티시아 님에게서 빼앗아 와야 합니다.

가슴에 품는 아픔을 다소나마 덜어드릴 수 있도록, 계속해서 곁에 다가가서, 조금이라도 치료해드릴 수 있도록 노력하겠습니다.

저 자신의 욕망과 별개로, 몹시 진지한 마음으로 그렇게 기원합니다. 더 이상 쓸데없는 상처를 짊어지는 모습은 보고 싶지 않습니다.

……물론 저 자신의, 주인님께 누구보다도 필요한 사람이 되고 싶다는 욕구가 다분히 담겨 있다는 것도 분명하기는 한데 말이죠.

그쪽과 이쪽은 또 다른 이야기니까요.

"레티시아 님과 정말 결별을 맞이했을 때 주인님은 분명히 가장 상처 받겠죠. 그리고 진정한 의미에서 치료할 수 없는 상처를 쭉 안고 살게 됩니다. 그때야말로 진짜 승부를 벌일 때예요."

"상심한 카이토 님을 치유해드리는 거예요! 주체할 수 없는 울분의 배출구가 되어드리고, 억지로 깔아 눕혀도 저항 못 하고. 헉, 허헉, 꿀꺽!"

"그렇겠네요, 상처 받은 주인님을 감싸 안아드려야죠. 이 세상 온갖 어리광과 응석을 다 받아드리고, 그리고 주인님의 욕망을 전부 제게 토해주신다면……. 우훗, 우후후훗!!"

아아, 상상만 해도 오싹거리는 쾌감이 온몸을 돌아다닙니다. 부끄러운 부분이 젖어버릴 것 같습니다.

주인님, 주인님이 상처 받는 것을 그저 지켜보고만 있지는 않겠어요. 그런 건 절대로 용납하지 않을 거예요.

그럼요, 각오하세요. 괴롭고 또 괴로워해도 당신은 저희가 꼭 치유해드리겠어요.

"그러면 언젠가 올 날을 대비하기 위해 오늘도 공부예요."

"그러죠. 주인님의 거부감도 제법 풀어진 것 같기도 하고요. 이런 분위기로 계속 노력해요."

"네네, 그래요! 노려라, 주지육림이에요!!"

그렇게 저희는 여느 때처럼 주인님에게 기쁨을 드리기 위한 의논을 거듭했습니다.

종장 시초의 서곡

“어째서……! 대체 어째서!!”

퍽, 퍽, 힘없는 손이 가슴을 때린다.

『내가 아니야.』

눈앞의 여성에게 한마디 말해주기는 간단했다.

“남편의 검을 갖고 싶어서, 그래서 네가 남편을 죽인 거야? 용사면서 아이들까지 가지고 놀고! 그 아이들은 그토록 너를 따랐었는데, 어째서?!”

『내가 아니라고.』

그렇지만 변명의 말을 꺼낸들 어떤 의미가 있을까.

이전에 봤을 때와 다르게 몹시 초췌한 모습.

이것도 하나의 결과였다.

내가 구제 불능으로 어리석었기에 일어나고 만 결과.

“어째서 그 아이들을!! 대답해, 왜 그랬어! 어째서 하필이면 네가 그랬어!”

『이렇게 될 일이 아니었는데.』

그럼에도 부정의 말이 자꾸 마음속에 떠올랐다.

내 탓이 아니야, 내가 한 짓이 아니었어.

“돌려줘, 돌려줘엇……!! 돌려, 흑, 달라고…….”

『이런 미래는 바라지 않았다고.』

그래도 어떤 말이든 결국 변명이다.

내가 알아차렸다면 미리 막았을 비극이었다.

그러니까 역시 나의 잘못이다.

☆

머나먼 기억. 그러나 지금도 분명하게 가슴속에서 존재하며 이 세계가 사랑스럽다고, 지키고 싶은 곳이라는 생각을 품게 해줬던 나날의 기억.

수많은 욕심에 더럽혀졌기에 더더욱, 이 세계의 파멸마저 바라지는 않도록 내 분노를 제어해주는 소중한 나날의 기억.

☆

"으음, 끙……."

내 앞에는 A랭크 마물의 토벌 의뢰보다 더더욱 달성 곤란한 난관이 놓여 있었다.

"어서, 용사 형아."

"으앗?! 자, 잠깐 기다려. 기다려봐, 케리!!"

눈앞까지 다가든 그것이 소년의 손에 잡힌 채 꾸물꾸물 몸 비트는 꼴을 보고서 나는 저절로 자세가 뒤로 젖혀졌다.

"알겠어? 잠깐 기다려, 잘 생각해봐. 역시 이상하잖아, 안 그래?"

소년이 손에 든 통의 안쪽에 산처럼 쌓인 내용물 중 한 마리를 붙들어 내밀어서 어서 먹으라고 재촉했다. 그 생물은 귤 비슷한 크기에 연녹색을 띤 모종의 벌레 유충이었다.

그 녀석이 복부를 붙들린 채 통통한 몸뚱이를 꾸물거린다. 절로 질색하는 표정이 지어졌다.

레티시아와 처음 공략했던 던전 덕분에『그때와 비교하면 훨씬 괜찮지 않아?』라는 식으로 살짝 그로테스크한 수준의 벌레 마물을 봐도 가볍게 맞붙을 수 있게 되었다.

다만 그렇다 해도 이래서는 경우가 많이 다르다.

못 먹을 녀석이 아니라는 것은 알고 있어도, 분명히 맛있을 수도 있겠지만, 그래도 나는 벌레를 음식으로 본 적이 없었던 현대인이니까 사양하고 싶었다, 절대로 사양하고 싶다.

"음식 투정을 하면 안 된다고 말한 사람은 용사 오빠잖아~?"

"윽, 센파. 아니, 그야 그렇기는 한데 말이야? 응, 오빠는 이미 어른이니까, 용사니까. 이제 충분히 강하니까 음식 투정을 해도 괜찮거든?"

"엥~ 치사해, 치사해~!!" "형아는 뻰질이다~!! 용사 주제에~!!"

"아, 몰라, 몰라! 원래 어른은 다 살짝 치사한 거야! 용사도 못 먹는 음식은 있다고."

어린애 특유의 똥글똥글한 눈으로 우우~ 불평을 늘어놓는 아이들에게서 엉뚱한 방향으로 시선을 돌려 외면한 채 비난의 목소리를 견뎌 냈다.

“어휴, 왜 그렇게 싫어하는 거야? 영양분도 많고 맛있어, 이 녀석.”

“맞아~ 끈적끈적하고 살짝 달콤하고 맛있단 말야~. 안 먹으면 아까운데~.”

“으으, 하다못해 씹지는 말고 한입에 삼켜줘라……”

““꼭꼭 씹어서 천천히 먹으라고 말한 사람이 누구였더라?””

“……저요.”

『음식은 꼭꼭 씹어서 삼킨다』라는 말은 현대인이라면 어린 시절에 한 번은 부모나 교사에게 듣는 잔소리이다.

다만 이쪽 세계에는 비슷한 상식이 없었다.

오히려 음식은 먹을 수 있을 때, 되도록 시간을 오래 들이지 말고 신선할 때 먹는 게 좋다는 인식이 일반적이다.

그 이유도 어떤 의미에서는 이해가 되긴 된다만, 역시 영양분 섭취의 측면으로 봐도 소화 촉진의 측면으로 봐도 음식은 천천히 씹어서 먹는 게 옳겠다.

‘그렇기는 한데…….’

못 먹는 음식은 못 먹는다고. 오히려 너희가 어째서 과자 집어 먹는 것처럼 산 채로 그 녀석을 씹어 먹을 수 있냐고 묻고 싶네? 케리, 입가에서 흘러나오는 그거 침이지? 벌레 내장은 아니지?

“앗. 어휴, 케리도 참. 입에서 벌레 알맹이가 새어 나오잖아.”

할짝, 센파가 케리의 입가에서 흘러나오는 물체 X를 핥아 먹었다.

“으앗, 바, 바보야!! 뭐하는 거야!!”

쑥스러워하는 소년과 고개를 갸웃거리는 소녀. 일본이었다면 초등학교 저학년쯤 되는 나이다.

점점 더 여자아이와 접하는 것이 부끄러운 연령의 케리가 퉁명스럽게 쏘아붙이고 얼굴 붉히는 모습을 센파는 이상하다는 얼굴로 마주 바라보고 있었다.

무척 흐뭇한 광경이다.

케리의 손에 들린 통 속에서 몸을 꿈틀거리는 수많은 그 녀석들과 방금 핥아 먹었던 물체 X의 정체에 대해서는 사고를 포기해야 한다는 조건이 필요하다만.

"케리, 센파……. 미안, 개구리는 어떻게 먹었지만, 역시 나에게 그 녀석은 무리야."

정말이지 하루하루를 씩씩하게 살아가는 소년 소녀들에게는 무척 미안하지만, 벌레만큼은 입에 대고 싶지 않았다.

"아, 카이토 님. 역시 또 이곳을 방문하셨군요."

"응? 메테리아?"

"앗, 성녀 언니다!" "용사 형아를 마중하러 온 거야?"

그때 고아원 정원에 있던 우리에게 말을 건넨 사람은 메테리아였다.

오늘도 제법 햇볕이 따가운데 여전히 기장이 긴 수도복을 입고 있었다. 뭐, 수도복 차림인데도 분명하게 드러날 만큼 큰 가슴으로 얇은 옷을 입는다면 내 정신 건강에 더할 나위 없도록 나쁠 테니까 어떤 의미에서는 다행스럽달까.

여동생 마이 및 알레시아 등등 미소녀는 자주 봐서 익숙하지만, 겨우 한 살 연상이라고 여겨지지 않는 포용력을 지닌 청순 미인은 솔직히 몹시 감격스러운 눈보신이었다.

뒤늦게 하는 말이지만, 이곳 이세계는 원래 세계와 비교해서 미남미녀의 비율이 훨씬 높은 듯싶다.

“네, 선물도 빠뜨리지 않고 챙겨 왔답니다. 여기에 오기 전에 구워서 익힌 리코르 파이예요.”

다정하게 미소 짓고 메테리아가 연 바구니 안쪽에서 달콤한 냄새와 함께 맛있어 보이는 파이가 모습을 드러냈다.

““와아~!!””

“이 녀석들아, 너희들끼리 먹는 거 아니다! 뮨 선생님이랑 다른 녀석들이랑 나눠서 먹어야지!”

““으으.””

당장에 손을 뻗으려고 했던 두 녀석의 손을 찰싹찰싹 때렸다.

여성은 다들 단것을 무척 좋아한다지만, 그 선생님은 특히 단것을 덮어놓고 즐긴다.

평상시 많은 아이들을 뒤치다꺼리하면서 일하는 사람이니까 가끔은 이런 간식으로 숨 돌릴 시간도 가져야겠지.

“아무튼 굿 잡이야, 메테리아.”

“굿, 잡? 굿 잡요?”

“정말 잘했다는 뜻이야.”

“아니에요, 모든 것은 루나리스 님의 인도에 따랐을 뿐인걸요. 저는 당연한 행동을 한 것에 불과합니다. 카이토 님.”

메테리아는 그렇게 말한 뒤 조금 전과는 또 다른 차분한 미소를 머금은 채 두 손으로 눈앞에 대고 깍지를 끼며 루나리스 님인가 하는 신에게 기도 올렸다.

"그리고 두 분도, 오늘은 평소보다 많이 가져왔으니까요. 서두르지 않아도 괜찮아요. ……이렇게 위문품을 가져다드리는 날도 오늘 이후는 당분간 마지막이 될 테니까요."

"……."

메테리아가 말했던 대로 우리는 오늘을 마지막으로 이 도시를 떠난다.

점점 더 마족과의 전쟁이 현실성을 띠고 다가오는 상황이었다.

비록 우여곡절이 있다지만, 제국도 수인국도 본격적인 충돌에 임하여 전쟁 준비에 착수했다.

이 도시에 왔던 목적도 다 완수했겠다, 나도 여기에서 태평하게 시간만 보낼 수는 없었다. 이 전쟁은 내가 마왕을 쓰러뜨리지 못하는 한 끝나지 않을 테니까.

"쳇~ 그러지 말고~. 이 도시에서 같이 더 지내자. 겨우 사이도 좋아졌는데 섭섭하잖아."

"맞아, 맞아요. 나요, 성녀 언니가 만들어주는 과자 더 많이 먹고 싶어!"

그 말을 들은 아이들은 역시나 우우~ 불평을 늘어놓았다.

"얘들아, 그렇게 마냥 떼쓰면 안 되잖니."

그때 나타난 사람은 고아원을 어렵게 꾸려 나가고 있는 뮨 선생님이었다.

""선생님~!""

"용사님은 용사님 나름대로 할 일이 있으시잖니. 미안해요, 아이들 억지니까 못 들은 척해주세요."

“아뇨, 괜찮습니다. 저도 즐거웠으니까요.”

보통 고아원 운영을 맡는 원장 선생님이라고 말하면 푸근한 분위기의 나이 지긋한 사람이라는 이미지가 먼저 떠오를 텐데, 뮨 선생님은 꽤나 젊었다.

처음에는 전직 모험가였던 남편과 두 사람이서 고아원을 운영했다던가. 그러나 남편은 경영난을 개선하기 위해 사냥 나갔던 숲속에서 불운하게도 강력한 마물과 조우하여 저세상 사람이 되고 말았다.

경영난은 남편이 생전에 사용했었던 귀한 무기를 처분함으로써 해소할 수 있었다지만, 이후 뮨 선생님은 혼자 고아원을 경영해야 하는 처지가 됐다.

“뮨 씨, 제가 구운 리코르 파이예요. 괜찮으시면 여기 고아원 아이들과 함께 드셔주세요.”

“어머나, 감사합니다. 분명히 다른 아이들도 기뻐할 거예요. 어떠세요? 지금 차를 내올 테니까 함께…….”

“카이토 오빠~!!”

“아차차, 트리아. 위험하니까 갑자기 뛰어들지 말래도?”

와락, 등 뒤에 갑자기 얹히는 체중을 받아 내면서 대답해줬다.

고아원의 아이들 중 가장 처음에 알게 된 녀석이 바로 트리아였다.

애당초 고아원과 연을 맺었던 계기도 트리아를 마물에게서 구한 사건이 시작이었다.

고아원 아이들 중 나이 많은 축이고, 살짝 조숙한 부분도 있는 이 소녀는 조금이라도 뮨 선생님에게 보탬이 되고자 하는 마음에 주위 사람들한테는 말하지 않고 주변 숲으로 약초를 캐러 다녔다고 한다.

이곳 아이들은 여덟 살을 넘기면 도시 곳곳에서 잡일을 하며 고아원에 조금씩 돈을 보탠다. 그런데 길드에서 심부름을 하던 중 수입이 좋다는 말에 마음이 동한 트리아는 달랑 혼자서 약초를 캔다고 도시 바깥으로 나가버렸다.

주변을 우연히 지나가던 내가 도운 이후부터 고아원 아이들 중 각별히 나를 따랐다. 멀리 떨어져 있어도 나를 발견하면 쌩 달려와서 이렇게 뛰어드는 게 버릇이 됐다.

"싫어, 싫어!! 트리아도 오빠랑 같이 갈래!!"

"트리아?"

등에 꽉 달라붙은 트리아는 외출용 복장을 입고 개인용으로 작은 가방을 손에 들고 있었다.

"헤어지기 싫은걸!! 오빠가 이 도시를 떠나버리겠다면 트리아도 같이 갈 거야!!"

여기 주변에서는 보기 드물게 흑색으로 물든 머리카락과 역시 검은빛을 띤 눈동자.

어쩐지 이목구비도 일본인과 닮은 듯했고, 살짝 어리광쟁이 같은 성격도 포함하여 나 자신부터 자꾸 어린 시절의 마이를 떠올리고는 했다.

"트, 트리아. 일단 진정하자. 응? 별로 지금 당장에 떠나는 것도 아니……."

"거짓말! 오늘 돌아가면 내일은 이미 도시를 나가서 없을 거잖아!!"

"못써요, 트리아. 용사님을 방해하면 안 되잖니?"

"싫어, 싫어, 싫단 말이야!!"

"트리아……."

평소였다면 뮨 선생님의 말에 고분고분 따랐을 텐데, 이때만큼은 트리아도 내 등의 옷을 꽉 붙잡은 채 머리를 휙휙 흔들기만 했다.

특별히 차별하는 것은 아니다만, 역시 고아원 아이들 중 트리아에게 가장 정이 들었다는 자각은 갖고 있었다.

이토록 고집부린다면 내가 다소 억지로 떼어 내서라도 타일러야 할 테지만, 눈에 눈물이 가득 글썽거리는 트리아를 보면 도저히 강경 수단을 선택할 수 없었다.

"……트리아, 이해해주면 안 될까? 내가 이제부터 갈 장소는 너무나 위험하거든. 그런 곳에 트리아를 데려갈 수는 없어."

한 치 앞도 암흑이었다.

지난 2년이라는 세월 동안에 나는 강해졌다. 그러나 내가 모르는 틈에 트리아에게 무엇인가 신변의 위험이 발생했을 경우 곧바로 달려갈 수 있다는 장담은 못 한다.

무엇보다도 서로가 서로에게 거무칙칙한 살의를 갖고 죽이려 드는 전장에 어떻게 아이를 데리고 갈 수 있을까.

"으읏, 흑."

대답은 없었다. 그러나 분명 옷을 붙잡는 손힘이 풀어졌다.

"부탁할게, 트리아. 게다가 트리아가 이곳을 떠나면 고아원 아이들은 어쩌겠어? 다들 쓸쓸할 테고, 트리아는 누나에 언니니까 어린 아이들을 돌보는 일도 해야 하잖아?"

"……흐흑, 으아아아아아아아아아아앙!!"

트리아 본인도 내 말에 납득했을까, 옷을 붙잡고 있던 손에서 힘이 빠져나갔다. 그 대신 미처 억누르지 못하는 감정이 터져 나오는지 커다랗게 울음을 터뜨렸다.

“으음, 떽, 울지 마라. 울지 마. 예쁜 얼굴이 다 구겨지잖아.”

섭섭함에 불이 붙어서 우는 트리아의 머리를 천천히 쓰다듬어줬다. 도중에 뮨 선생님은 배려하는 마음으로 아이들을 데리고 메테리아와 함께 건물 안으로 들어갔었다.

“훌쩍, 훌쩍.”

그대로 잠시 부드럽게 머리를 쓰다듬어줬더니 트리아도 간신히 기분이 가라앉은 모양이었다.

“그래, 멋진 선물을 줄게.”

“선물?”

“응, 맞아. 사실은 고향에 있는 여동생에게 줄 선물로 구했는데……. 트리아에게 줘야겠다.”

엘프의 숲에서 선물용으로 구했던 물건, 끈에다가 목각 새를 한 마리 달아 둔 심플한 펜던트였다.

“자, 받아. 잘 어울리네.”

트리아의 목에 펜던트를 걸어줬더니 작은 새의 눈 부분에 박힌 수정이 햇살을 반사해서 반짝 빛났다.

“정말, 잘 어울려? 트리아, 예뻐?”

“하하. 응. 예쁘다, 예뻐.”

어린 시절의 마이와 아주 똑같은 반응이었기에 무심코 살짝 웃음을 터뜨리고 말았다.

역시 이 나이의 여자아이가 하는 생각은 다 비슷비슷하구나.

“에헤헷, 그러면 트리아가! 용사 오빠의 첩이 될 거야!!”

“컥!! 트, 트리아!? 그런 말을 어디서 배웠어?!”

제법 흐뭇한 기분이 잠겨 들었던 때에 갑작스레 쏟아진 말에 숨이 턱 막혀버렸다.

아니, 「○○의 신부가 될 거야~!」라든가 그런 대화라면 이해가 될 텐데 말이야, 어째서 첩 소리가 나오는 거야?

“응, 있잖아. 길드에서 심부름할 때 만난 접수처 언니가 『본처보다 첩이 더 애정을 받아』라고 말했거든.”

“……오빠는 그런 이야기 듣고 싶지 않았어.”

“어?”

그렇구나, 그 다정다감하고 푼수 기질이 있는 누님이 그런 소리를 했었구나.

……으으, 사람 속내는 모른다더니.

“그러니까 말이야, 오빠.”

“응? 왜?”

“또 만나러 와줘! 트리아가 기다려줄게!!”

그렇게 말한 뒤 트리아는 민들레처럼 밝은 미소를 머금었다.

“……그래, 꼭 올게.”

나는 트리아를 안심시켜주고자 다시 한 번 미소지었다.

☆

“……꿈인가.”

눈을 뜬 나는 천천히 몸을 일으켰다.

방 안이 아직은 살짝 어두컴컴했다.

조금은 멍한 머릿속으로 캐낸 기억에는 어젯밤 도착했던 더틀러스의 숙소라는 정보가 새겨져 있다.

주점에서 식사를 먹던 중 주인장에게 돈을 쥐여 주고 알아냈었던 포근한 침대가 있는 숙소다.

"……."

이 세계에서 나는 힘을 손에 넣었다.

전부는 무리라도 지키고 싶다 바라는 대상쯤은 지킬 수 있다고, 그렇게 진심으로 자신했기에 의문조차 품지 않았었다.

그러니까 나는 그때 분명히 웃고 있었다.

기필코 내가 이 아이들을 지켜 내겠다고 다짐했었다.

……허탈하고 처참한 결말의 원인은 대부분 자만심이라던가.

제법 갑갑했던 현실 속에서 몸소 방아쇠를 당겨버렸던 처지인 만큼 도저히 웃음이 나오지 않는 경구였다.

"그건 그렇고 나도 참 신경 예민한 놈이로군."

내가 이토록 감정적인 인간이었나?

그러고 보니 어제 잠들기 전에 에르미아에서도 옛날 꿈을 꿨다고 살짝 불편한 기분이 들었는데, 설마 또다시 옛날 꿈을 꾸게 될 줄이야.

"……혹시?"

소리도 없이【복수의 성검】을 만들어 냈다.

감정을 걸어【복수의 성검】의 습득 조건과 효과를 표시했다.

다만 표시된 항목에 약간의 변화가 있었다.

공백이었던 부분에 떠올라 있는 항목은【트라우마와 관계되는 경위를 꿈으로 본다】.

"정말 미묘하군……."

한숨이 나올 만큼 애매하기 짝이 없달까.

언제 꿈으로 보는가, 무엇이 이 효과에서 비롯되는 꿈인가 판단할 도리가 없다.

방금 전 꿈도 트라우마와 관계된 기억이라기에는 딱히 별다른 굴곡도 없는 기억이었다.

"으음, 뭐랄까……."

나의 스킬, 심검은 은근히 불친절한 구석이 많다.

습득한 심검의 능력은 손에 넣은 시점에서 적당히 이해가 되고, 감정을 걸면 상세한 설명을 알 수 있었다. 그러나 거기에서 끝나지 않는다.

심검에는 비밀 능력이라고 불러야 할 만한 힘이 존재했다. 다만 감정으로【???????】처럼 확정 표시되는 경우가 있고, 이【복수의 성검】의 능력처럼 감정으로도 일말의 존재조차 확인할 수 없는 경우가 있었다.

심검을 획득할 때처럼 일정 조건을 만족하면 사용이 가능해지거나 이번처럼 본래 그 힘의 영향을 받고 있었고 내가 자각함으로써 감정에도 표시된다거나 하는 식으로 아무래도 사용자의 입장에서는 불친절한 설계로 만들어져 있었다.

예를 들어서 얼마 전 다시금 능력을 전부 해방했던【물 요정의 물방울 칼】로 말하자면 유체(流體) 조작은 어느 마물을 쓰러뜨렸을 때 손에 넣었다. 그러나 유체의 온도 조작은 내가 전투 중 느꼈던 위화감을 단서 삼아서 시험하다가 확인할 수 있었던 힘이다.

아마도 내가 눈치채지 못했다면 줄곧 변함없었을 능력.

뭐, 별로 심검은 누군가가 나에게 사용이 편리하도록 만들어준 게임 시스템이 결코 아니니까 어쩔 수 없겠다.

첫 번째 때 질리도록 절감했던 이치는 세상이란 내 생각보다 더욱 철저하게 부조리하게 만들어졌다는 것이다. 그러니까 언제나 내가 기원하는 광경과 세상은 어긋난다.

"흐앙, 주인님……?"

"아, 미안. 내가 깨웠나?"

내 오른쪽 침대에서 가볍게 눈을 비비적거리며 미나리스가 몸을 일으켰다.

3인용 방에 침대 세 개가 나란히 놓여 있는 숙소 방이다.

방을 따로 빌리는 건 단념했지만, 그 대신 큼지막한 사이즈의 침대를 한 사람당 하나씩 빠짐없이 확보 가능한 방을 잡았다.

꿈자리는 어쨌든 간에 잠자리 자체는 제법 만족스러웠다. 폭신폭신한 침대는 역시 정의였다. 틀림없다.

"으응, 응~. 흐아앙. 주인님, 키스요~."

가볍게 기지개를 켰음에도 여전히 멍하니 저혈압 증세를 보이고 있는 미나리스가 흐물흐물 풀어진 표정을 짓는다.

요즘은 본래 품성이라고 할 만한 야무진 아가씨다운, 뭐랄까, 진짜 메이드다운 행동거지에 빈틈이 점점 사라지고 있는지라 막 만났을 때처럼 여러모로 서툴렀던 미나리스를 떠올리게 하는 귀중한 시간이었다.

그렇다 해도 미나리스는 잠들 때 원피스 비슷하게 얇은 천 옷 하나만 입는 녀석이다. 여기저기 몸의 오목하고 볼록한 부위가, 목이라든가 팔이라든가 집어넣기 위한 빈틈으로 들여다보이기에 좋지 않았다. 아침에는 특히 더 아찔하다.

"그래그래, 일단 얼굴부터 씻고 와라."

"우웅, 네에."

사람 한 명 너비가 될까 말까 한 침대 사이를 넘어서 온 미나리스의 머리를 한쪽 손으로 붙잡고 외투를 걸쳐 입혀서 얼른 바깥의 세면장으로 내보냈다.

얼굴을 씻고 본인이 똑똑히 정신 차리는 무렵에는 이렇듯 멍하니 보낸 시간을 잊어버리는 눈치니까 이제 문제없겠나.

"그리고 슈리아, 밟아줄 마음은 없으니까 바닥에서 미리 자세 잡고 기다리지 마라."

"히잉, 카이토 님. 심술궂어요."

픽~ 입술을 삐죽거리는 슈리아. 그러나 바닥에서 움직이지 않는다.

"……군소리 말고 너도 얼른 나가서 세수나 해라. 못난이 납작 가슴 강아지야."

"하, 하윽!! 분부대로 다녀올게요오~!!"

어쩔 수 없었기에 일단 목소리를 낮춰서 점점 일과로 자리 잡고 있는 매도를 입에 담았다.

보통은 화내고도 남을 소리를 꺼냈을 텐데 부들부들 몸을 떤 슈리아는 은근히 기쁜 기색을 보이며 바깥으로 나갔다.

"……후유, 어쩌다가 이렇게 됐지."

몹시, 몹시도 머리 아프다.

게다가 원인이 아마 나에게 있는 것 같다는 점에서 더더욱 머리 아파온다.

"……안 되지, 생각을 말자. 답도 안 나온다."

누군가의 취향이나 기호를 두고 다른 사람이 이러쿵저러쿵한들 뭐가 바뀌지는 않는 법이다.

딱히 못된 짓거리를 벌이는 게 아닌 데다가 그보다 지금은 눈앞의 목표에 더욱 집중해야 한다.

"자, 나도 세수나 하러 가보실까."

얼굴을 씻고 기분을 전환하도록 하자.

언제까지고 잠에 취한 채 가만있을 수는 없었다.

어쨌든 우리는 그론드가 살고 있는 이 도시에 드디어 다다랐으니까.

☆

"그론드 님, 지시하셨던 거래를 완료하고 돌아왔습니다. 여기, 보고서입니다."

"그런가, 이리 다오."

창문으로 비쳐 들어오는 빛은 완전히 붉은빛을 띠고 있었다.

평소와 다르지 않은 잘 정돈된 집무실 내부, 나는 부하가 들고 온 보고서를 쓱쓱 훑었다.

얼마간 내용을 파악한 뒤 보고서 다발을 책상 위에 내려놨다.

"좋아. 큭큭, 이제야 그 여자가 검을 포기했단 말이군."

힘을 풀면서 의자 등받이에 체중을 싣자 끼익, 가볍게 삐걱거리는 소리가 난다.

얼마 전 새로 맞춘 최고급 가죽을 두른 의자가 딱 적당한 반동으로 몸을 받쳐줬다.

"네. 바로 며칠 전 남편도 죽어버렸겠다, 빚을 이유로 고아원에 압류를 실시하겠다고 눈치 주니까 대번에 넘어오더군요. 후후, 그런 미인이 울먹거리는 모습은 제법 흥분됐습니다. 뭐, 옆에서 시끌벅적 떠들어 대는 꼬마들만 아니었다면 강제로 깔아 눕히고 싶었습죠."

"네 취미나 성벽 따위는 아무래도 좋다. 그보다 검은 어쨌나?"

"아, 물건은 여기 있습니다."

툭, 집무 책상 위쪽으로 놓인 것은 검집에 짙은 녹색과 밝은 황토색의 장식이 달린 검.

칼날 길이는 대략 70센티미터 정도이고 손잡이는 나무줄기와 같은 질감으로 칼자루 부분도 포함하여 얇은 나무가 비틀려서 어우러지는 디자인을 더했다.

"오호, 이것이 A랭크 던전『아룡(牙龍)의 나뭇길』에서 입수했다는 랭크 4의 마검,『엽석(葉石)의 칼』인가."

일어선 뒤 검집에서 칼을 꺼내자 날렵한 강철의 빛을 발한다.

랭크 4의 마검쯤 되면 적어도 B급 모험가, 혹은 중견 수준의 귀족은 되어야 손에 넣을 수 있는 물건이었다.

검을 보고서 나는 한 차례 한숨을 쉬었다.

"제기랄, 쓸데없이 시간을 지체시키는군. 불량 재고를 처분할 수 있다고는 하나 그간의 과정까지 감안하면 수지는 마이너스잖은가."

"예?"

"이런 뜻이다, 불량 재고."

딱, 손가락을 튕기자 방 안쪽에 대기 중이던 뒤처리 담당 부하 두 사람이 눈앞에서 얼간이 같은 낯짝을 내보이고 있는 전직 부하 남자를 제압했다.

"뭐, 뭡니까! 컥?!"

발악하려고 드는 힘을 빼앗기 위해 무감정하게 복부를 후려쳤다.

나의 전직 부하였던 쓰레기는 믿기지 않는다는 표정으로 눈을 부릅떴다가 바닥에 허물어지면서 무릎 꿇었다.

"어, 어째, 어째서……."

"나도 꽤 얕보였군. 이따위 위조품도 못 알아볼 줄 알았나? 이것은 던전에서 나온 마검이 아니라 다른 물건이잖은가."

분명히 제법 훌륭한 검이기는 했다. 다만 던전에서 나오는 마검이 띠는 마력은 질이 달랐다.

그럭저럭 쓸 만한 검이기는 한데, 아마도 어느 대장장이에게 의뢰하여 단련했겠지.

나는 검을 책상에 놓은 뒤 일어섰다.

"보아하니 이 가짜를 내가 거래 상대로 집은 귀족에게 넘기도록 만들어 나를 실각시킨 뒤 진짜 마검을 상납해서 회장 의자에 걸터앉겠다는 속셈이었을 터이나……. 벌레 같은 놈!!"

"끄, 흑……."

집무 책상을 돌아 나와서 나는 쓰레기를 밟아 눌렀다.

"너 따위 찌꺼기 인간이 감히 나를 거역하다니!! 구더기 놈!! 너 때문에 다른 장사의, 거래가, 지체되잖나!! 아앙?! 네놈의 시간과 내 시간은 값어치가 다르단 말이다! 이봐! 입 다물지 마라. 변상하란 말이다, 빌어먹을 놈!!"

콱콱, 울분을 풀기 위하여 전직 부하였던 고물을 거듭거듭 걷어찼다.

"이 물건은, 갈런드 백작에게, 생색을 낼 수 있는 절호의 거래품이란 말이다!! 벌레 같은 노오옴!! 네놈도, 그 고아원의 갈보 년도, 내 돈벌이를 훼방 놓는 짓이나 하고 말이야!!"

단골 거래처의 제국 귀족에게서 주문이 들어온 것은 1개월쯤 이전이었다.

아들이 제국 무투제에 나가려는데 강력한 마검을 갖고 싶어 한다면서 숙달될 시간을 확보하기 위해 빠르게 납품하면 납품할수록 추가 보수를 지불하겠다는 조건까지 달았다.

평범하게 매입하는 방법도 있었지만, 아마도 추가 보수는 기대할 수 없을 만큼 시간이 걸린다.

그래서 주목한 것이 도시의 한쪽 구석에서 조용히 꾸려 나가고 있던 고아원이었다.

부상으로 은퇴한 전직 베테랑 모험가가 세운 곳이었는데 몇 년 전부터 경영 상황이 악화되었고, 그 남자도 몇 주일 이전에 불의의 사고로 사망한 탓에 벼랑 끝까지 몰리고 말았다.

그러니까 경영을 지원해주는 대가 삼아 그 남편이 남겼다는 검을 매입하겠다고 제안했지만 『죽은 남편의 유품이니까』라고 한 푼의 가치도 없는 이유로 검의 판매를 주저했었다.

"헉, 허억……. 후유."

잠시 동안 남자를 걷어차다가 냉정하게 식은 머리로 다시 사안을 차근차근 고찰했다.

아마도 고아원에서 검을 처분했다는 말은 분명할 것이다. 거기까지 위장했다면 이 자리에서 당장은 나를 속여도 귀족과 거래를 마치기 전에 틀림없이 정보가 내 귀에 들어온다.

그 뻔한 결과를 짐작하지 못할 만큼 머리가 나쁜 벌레 새끼는 아니었다. 그따위로 못 써먹을 인간이었다면 더 빨리 목을 베었다.

그렇다면 진짜 『엽석의 칼』은 어디인가 다른 장소에 보관해 놓았을 테지.

"너희들, 이 쓰레기에게서 검의 위치를 알아내라. 평소처럼 어떤 수단을 써도 상관없다."

"안 돼……. 사, 살려……."

"시끄럽다! 내 돈을, 갉아먹은 놈!! 지옥에 떨어져라, 구더기 놈아!! 데려가도록."

질질 끌려가다가 구더기는 내 눈앞에서 사라졌다.

"후유. 자, 그러면."

책상 위에 놓인 종을 들어서 흔들었다. 그러자 별로 지체되지 않고 노크하는 소리가 방에 울려 퍼졌다.

"들어와라."

"부르셨습니까? 주인님."

검은색 연미복을 차려입은 여윈 체구의 노인이 나지막하게 점잖은 목소리로 대답하며 들어왔다.

깊이 주름이 새겨져 있는 얼굴 및 깔끔하게 정돈된 백발에서 남자의 연령이 느껴지지만, 청록색 눈동자는 은근할지언정 연령이 느껴지지 않는 강함을 갖고 있었다.

페그너 릴루트.

선대 때부터 골더트 가문을 섬겼고 집사장의 직분을 수행하는 인물이다.

하달한 업무를 재빨리 맡아 처리할 줄 알기에 공과 사 두루두루 쓸 만한 남자였다.

"페그너, 노노릭의 거처에 심부름꾼을 보내라. 일거리를 줄 테니까 저녁 식사 후 집무실로 오라고."

"분부 받들겠습니다. 즉시 처리하지요."

곧 가볍게 인사를 올린 뒤 페그너가 방에서 나갔다.

돈을 긁어모으고, 긁어모은 돈은 나 자신을 위해 낭비함으로써 이 세상의 모든 호사를 맛보자는 게 나의 바람이었다.

돈은 무엇으로든 변한다. 음식, 집, 옷, 작위, 무기, 긍지, 명예, 권력, 인간의 목숨, 그리고…… 나라마저도.

이 세상에서 돈이 없으면 결코 행복해지지 못한다. 진실된 충족감을 누리고자 한다면 그에 상응하는 수준을 훨씬 더 넘어서는 돈이 필요하다.

이 세상 모든 물건의 가치는 돈으로 결정된다. 돈으로 결정할 수 있다.

나에게 돈은 신과 다르지 않다. 돈은 내 전부를 보장해주는 가치니까.

이 세상의 돈을 긁어모으고 긁어모으고 긁어모아서 내가 이 세상에서 가장 호사스러운 인간이 되어야 한다.

……그래, 다른 누구도 아닌 나 자신이.

☆

“흠, 뭐, 별거 아니네.”

“으윽, 끅…….” “꺽…….”

어둑어둑한 뒷골목, 고통에 차서 숨을 헐떡거리는 이자들은 그론드가 더러운 일에 부리는 수하였다.

그론드의 저택에서 사람들 눈을 피하며 몰래 나왔던 덕분에 우리도 일을 처리하기가 무척 수월했다.

이 녀석들이 나무 상자를 실어 애지중지 옮기고 있던 수레를 빼앗아 곧장 빈민가로 끌어왔다.

덜컹덜컹 돌아가는 수레바퀴는 이윽고 빈민가의 깊숙한 곳에 있는 폐가에 다다랐다.

“영차.”

나는 수레에서 나무 상자를 들어다가 폐가의 안쪽에 있는 지하실로 움직였다.

“오셨군요. 기다렸습니다, 주인님.”

“준비는 벌써 다 마쳐 놓았어요.”

“와, 잘못 온 줄 알았네.”

처음 찾아왔을 때는 잡동사니와 쓰레기가 먼지에 덮인 채 산더미처럼 쌓여 있어서 도저히 못 볼 꼴이었던 장소였는데, 그것들을 치운 덕분에 『잡동사니 방』에서 『쓰레기투성이 방』 수준까지 랭크 업했다.

살풍경한 방 안쪽, 중앙에는 낡은 의자가 놓여 있고 망가진 가구의 일부가 여기저기 흩어졌다.

미나리스와 슈리아에게는 정말 감사한 마음뿐이다.

"자, 어디, 열어보실까."

"으음, 끅……."

들고 온 나무 상자의 뚜껑을 열자 묶인 채 재갈을 물고 있는 남자가 나타났다.

일단 상자에서 꺼내다가 대충 눕힌 뒤 재갈만 풀어줬다.

"너, 너희는……. 어푸."

상황을 파악하지 못하고 두리번두리번 주위를 살피는 남자에게 포션을 끼얹었다.

때리고 차는 폭행을 당했다지만, 어차피 그론드에게 입은 상처가 전부인 터라 순식간에 치료가 이루어졌다.

"그, 그렇군. 너희는 같은 편인가. 살았다……! 젠장, 망할 노인네가. 실컷 걷어찼겠다."

"……."

"그래, 아무튼 다른 밧줄도 어서 풀어다오. 살을 죄여서 조금 아프구나."

"이봐, 너 말이야, 무슨 착각을 하는 거냐?"

"응? 끄헉?!"

갑자기 기운을 차린 남자의 턱을 차올렸다.

“미나리스, 슈리아. 도와주겠어?”

““네~.””

“뭐, 뭐냐?! 끄아아앗?!”

강제로 일으켜 세운 남자를 미나리스와 슈리아가 방 중앙에 마련해 둔 의자에 앉혔다.

거스러미가 서 있는 나무의 표면이나 못이 튀어나온 의자에 앉아야 했던 남자는 기대한 대로 멋지게 비명을 질러줬다.

미나리스와 슈리아는 남자가 날뛰지 못하도록 재빨리 손을 움직여 결박해준다.

“무, 무슨 짓이냐! 너, 너희는 나와 같은 편, 커헉?!”

“하하핫, 적당히 좀 해라. ……누가 네까짓 놈과 편을 먹겠냐. 토 나오는군.”

이제는 정말 한계가 가까웠기에 복부로 가볍게 일격을 넣어 닥치게 했다.

“진짜, 정말로 불쾌하다고. 그 고아원은 말이야, 너 같은 놈이 먹잇감으로 넘봐도 되는 장소가 아니거든!”

“으끄그극!! 끄아악.”

맨발이 드러나 있는 남자의 오른쪽 다리를 콱 짓밟았다.

“살았다? 전혀 아니야. 그따위 놈들에게 맡겨서 일찌감치 망가지면 곤란해서야. 게다가 무엇보다도.”

“끄윽, 아, 아파아아앗……!!”

“네놈들은 전원 다 내가 지옥 밑바닥으로 떨어뜨리겠다고 정했으니까.”

그리고 나는 주변에 나동그라져 있던 막대기를, 부러져서 들쭉날쭉하게 뾰족한 나무 막대를 놈의 다리에 박아 세웠다.

“크하아아아아아아아아아아아아아아악!!”

“앗! 치사해요! 새치기예요!!”

“그러면 저는 왼쪽 다리를 처리할게요.”

미나리스는 그렇게 말한 뒤 허리춤의 검을 뽑아서 남자의 발가락을 얕게 베었다.

“흐그으으으으으윽……!!”

“우후훗, 쓰레기치고는 멋진 비명이군요.”

할짝, 입술을 혀로 핥더니 미나리스는 가학심으로 가득 찬 미소를 지었다.

“으으, 에잇! 두 분요! 아직 약을 안 먹였다고요! 죽어버리면 어쩔 셈이에요!”

“““앗.”””

나와 미나리스가 동시에 소리를 냈다.

아차차, 진짜 잊고 있었다.

“어휴, 정말. 두 분 다 칠칠맞아요.”

“으음. 미안, 미안해. 그렇지, 냉정하게 행동해야지.”

안 돼, 안 된다. 이래서는 그 녀석들과 다르지 않아.

시간은 잔뜩 있잖아. 벌써 편하게 보내줄 순 없다.

"이번에는 정말 반성을 해야겠네요……. 오랜만에 흥분한 탓에……. 뭐, 아무튼 간에 빨리 이 약을 복용시키도록 하죠."

사전에 준비했던 약을 미나리스가 손에 들었다.

"꺽, 끄윽, 쿠, 쿨럭?!"

"안심하세요. 쉽게 죽지 않도록, 쉽게 기절하지 않도록 만들어주는 약이랍니다. 뭐, 마시고 나흘 뒤에 미라가 되어 죽어버리겠지만요. 어차피 그때까지 못 버틸 테니까 상관없겠죠. 우훗, 우후훗."

"아파아앗, 끄으아아아악. 아파앗!! 뭐, 뭐냐……. 뭐냐고!! 뭐냐고, 이게!!"

덜걱덜걱 경련하면서 남자가 몸을 거세게 요동쳤다.

"쉽게 기절할 수는 없을 거예요. 물론 의식은 또렷하게 유지되겠죠? 아차, 전혀 안 들리겠네요!! 이휴, 나빴이. 슈리이기 이렇게 손수 나이프로 콕콕 찔러주잖아요. 좀 색다른 목소리로 울어주셔요~♪"

"흐극, 끄윽, 으아아아아아아아악."

슈리아가 오른쪽 위팔에 마치 요리라도 하는 것처럼 천천히 나이프의 칼날을 밀어 넣는다.

"좋아, 좋아. 더 울어라, 더 부르짖어라. 그렇게 괴롭다고 소리쳐라. 완전히 망가지기에는 아직 빠르잖아."

이 장소를 이용했던 시기는 2년은 더 지난 나중이었지만, 아무것도 변한 게 없이 써먹을 수 있었기에 정말 도움이 됐다.

"여기에서는 너를 천천히 죽일 수 있어. 그 장소에 더러운 발을 들여놓았지? 간단히 끝날 거란 기대는 버려라."

작고 지저분한 방 안에는 탁한 공기가 갇혀 있었다.

분명 그리 시간도 걸리지 않고.

피 냄새와 절망의 비명이 대신 들어차리라.

☆

“으음. 하하, 좋은 날씨야.”

“해님의 빛살이 참 기분 좋아요.”

지하실 바깥으로 올라온 나와 미나리스와 슈리아는 휑하니 뚫린 폐가 안에서 하늘을 올려다보다가 끙, 팔을 뻗치며 기지개 폈다.

그러자 꼬르륵, 미리 맞춘 것처럼 우리의 배가 소리를 낸다.

“어머나, 그러고 보니 배가 좀 고프네요. 슬슬 식사할까요?”

“그래야겠네, 다만 우선은 목욕이야. 역시 피 냄새 풍기면서 다니면 안 좋으니까.”

“네네, 알겠어요.”

지하실에서 나온 우리는 그렇게 그 장소를 뒤로했다.

아래쪽 지하실에는 그저 오로지 고통을 주기 위한 목적만으로 내내 고문을 당한 끝에 절망으로 가득 찬 표정을 짓고 미라가 된 한 구의 시체만 남겨졌다.

“자, 그론드. 기다려라. 너도 기필코 지옥 밑바닥에 처박아주마.”

그 순간을 떠올리면서 나는 입가를 끌어 올렸다.

두 번째 용사는 복수의 길을 웃으며 걷는다 3
~꿈을 잃은 마술사~

1판 1쇄 발행 2018년 12월 20일
1판 2쇄 발행 2019년 5월 8일

지은이_ Kizuka Nero
일러스트_ Sinsora
옮긴이_ 김성래

발행인_ 신현호
편집국장_ 김은주
편집진행_ 최은진 · 김기준 · 김승신 · 원현선 · 권세라
편집디자인_ 양우연
국제업무_ 정아라 · 전은지
관리 · 영업_ 김민원 · 조인희

펴낸곳_ (주)디앤씨미디어
등록_ 2002년 4월 25일 제20-260호
주소_ 서울시 구로구 디지털로 26길 111 JnK디지털타워 503호
전화_ 02-333-2513(대표)
팩시밀리_ 02-333-2514
이메일_ lnovelpiya@naver.com
L노벨 공식 카페_ http://cafe.naver.com/lnovel11

ISBN 979-11-278-4798-2 04830
ISBN 979-11-278-4600-8 (세트)

값 9,800원

거미입니다만, 문제라도? 1~9권

바바 오키나 지음 | 키류 츠카사 일러스트 | 김성래 옮김

분명히 여고생이었을 텐데 정신을 차리고 보니
「나」는 본 적도 없는 곳에서 《거미》라는 괴물로 전생해버렸다?!
어미 거미의 동족 포식을 피해 도망쳤지만 방황 끝에 도착한 곳은 괴물들의 소굴.
독개구리, 왕뱀, 거대 늑대, 심지어 용까지 설치고 다니는 최악의 던전.
힘없는 조그만 거미인 「나」는 이곳에서 무사히 살아갈 수 있을 것인가……?
으악, 되도 않는 소리는 작작 하란 말이야!
나를 이런 상황으로 몰아넣은 놈 누구야! 당장 튀어나와!!

수많은 인터넷 독자들이 응원하는
거미양의 서바이벌 생활, 당당히 개막!

L BOOKS

L BOOKS

고블린 슬레이어 외전: 이어 원 1권

카규 쿠모 지음 | 아다치 신고 일러스트 | 칸나츠키 노보루 캐릭터 원안 | 박경용 옮김

누나가 누나가 아니게 된지 사흘이 지났다. 그래서 그는 움직이기로 했다.
고블린의 습격으로 가장 사랑하는 누나와 마을을 잃은 소년이 있었다.
5년 뒤, 변경 도시의 모험가 길드를 찾아온 소년은 모험가가 된다.
그리고 5년 전, 돌아갈 마을을 잃은 소녀는 과거의 소꿉친구와 만났다.
최하급 클래스, 백자 등급이 된 소년은 장비를 갖추고,
오로지 혼자서 고블린이 둥지를 튼 동굴로 간다—.
이것은, 그가 고블린 슬레이어라고 불리게 되는 이야기.

대인기 다크 판타지 「고블린 슬레이어」의 전일담.
카규 쿠모 × 아다치 신고가 선사하는 외전 「이어 원」 스타트!